MERLIN 4

운명의 거울

THE MIRROR OF FATE

MERLIN ₄

운명의 거울
THE MIRROR OF FATE

토머스 A. 배런 지음 | 김선희 옮김

T. A. BARRON

arte

충직한 친구이자, 열정적인 작가이며, 깐깐한 편집자
패트리샤(Patricia Lee Gauch)에게 이 책을 바칩니다.

벤(Ben)에게 특별히 감사의 말을 전합니다.
벤은 네 살인데, 매처럼 보고 하늘을 난답니다.

유령의 늪 세부지도

차 례

멀린과 관련해 결코 달라지지 않는 사실이 하나 있다. 그것은 바로 멀린이 계속해서 우리를 놀라게 한다는 사실이다.

옛이야기들에서도 그것을 증명했다. 처음, 지금으로부터 15세기 전에 웨일스 음유시인들이 멀린을 노래했다. 멀린의 전설적인 노년기에도 그것을 증명했다. 당시 멀린은 아서 왕의 스승, 원탁의 마법사, 그리고 우리가 카멜롯이라고 부르는 경이로운 비극에서 중심인물로 우뚝 섰다. 젊은 시절도 이에 못지않다. 멀린은 젊은 시절에 자신의 이름, 자신의 자아, 자신의 운명을 찾기 위해 고군분투한다.

우리를 놀라게 하는 멀린의 비결은 어쩌면 그 캐릭터의 엄청난 깊이와 복잡성에 있는 건지도 모른다.(멀린 연대기의 길고 긴 시 구절 중에 마지막 연 하나. 나는 15세기가 지난 후에도 멀린 캐릭터의 상당 부분이 여전히 불모지로 남아 있다는 사실에 깜짝 놀라곤 한다.) 어쩌면 어린 시절에 피어난 강력한 마법 때문인지도 모른다. 아니, 어쩌면, 멀린을 기다리고 있는 무시무시하고 유혹적인 신비한 미래 때문인지도 모른다.

아니, 어쩌면 우리를 놀라게 하는 멀린의 능력은 그보다 훨씬 더 단순하고 기본적인 것 때문인지도 모른다. 즉, 멀린의 인간성 말이다. 이 시리즈의 네 번째 책인『운명의 거울』에서, 멀린의 경이로움은 재능이 피어나고 위대함이 시작되는 것이 아니라, 인간으로서의 기본적인 결점에서 나온다. 왜냐하면 힘이 세지고 열정이 드높아지는데도, 멀린은 여전히 죽을 운명을 지닌 인간으로 남아 있기 때문이다.

확실히, 멀린은 잃어버린 시간의 연대기에서 출발점이라 할 수 있는 '운명의 날'로부터 기나긴 길을 걸어왔다. 바로 그 날, 거의 익사할 뻔한 소년이 낯선 해안가에 쓸려왔다. 곧장, 죽음이 소년을 쫓아왔다. 하지만 소년의 머릿속을 가득 채운 그 모든 두려움에도 불구하고, 소년은 자신에게 부족한 게 뭔지 깨달았다. 즉, 소년은 어린 시절, 부모, 자신의 이름에 대한 기억이 거의 없었다. 멀린의 말에 따를 것 같으면, 그날 "거친 바다는 죽은 듯 차가웠다. 내 폐에 공기가 하나도 남지 않은 것처럼, 아무런 희망도 없었다."

비록 멀린이 그날 살아남았지만, 이제 막 수많은 도전적인 여정을 시작한 것에 불과했다. 그날 이후, 멀린은 핀카이라의 비밀을 일부 밝혀냈다. 섬 주변에 소용돌이치는 안개만큼이나 포착하기 어려운 땅, 죽을 운명의 지구와 불멸의 사후 세계 사이에 존재하는 섬. 멀린은 자신의 과거에 대해 많은 걸 알게 되었다. 하지만 자신의 정체성에 대해서는 그다지 많이 알지 못했다. 멀린은 자기를 낳아준 부모를, 탄생의 비밀을 알게 되었다. 그리고 친구도 몇 명 사귀었다. 친구 몇 명을 잃기도 했다.

그리고 멀린은 여러 번의 성공을 이루어냈다. 즉, 상처 입은 용을 치유해주고, 사슴처럼 달렸으며, '거인들의 춤'을 불러오고, 새롭게 보는 방법을 배웠으며, 일곱 노래의 수수께끼를 풀었다. 늙은 조개의 속삭임을 듣고, 살아 있는 바위한테 잡아먹힐 위기에서 가까스로 탈출하고, 여동생의 정령을 사후 세계로 인도하고, 마법을 삼켜 버린 괴물들과 상대해 승리를 거머쥐고, 전설적인 '와이의 수레바퀴'를 익혔다. 멀린은 자신이 고안한 악기를 직접 만들었다. 그리고 음악이 줄에 있는 게 아니라, 그 줄을 튕기는 손에 있다는 걸 깨달았다.

하지만 이 모든 성공에도 불구하고, 멀린의 가장 위대한 도전이 여전히 앞에 놓여 있다. 멀린은 어떻게든 인간으로서 자신의 깊이를 이해해야만 한다. 즉, 승리를 위한 능력, 또한 비극을 위한 능력을…….

그렇지 않고는 멀린이 어떻게 노년에, 우리가 너무도 잘 아는 아서 왕의 스승이 될 수 있단 말인가? 아서 왕의 전설에서, 또한 그 전과 후로 이어진 신화에서, 멀린이 자신의 역할을 수행하기 위해서는 '인간의 본질'을 제대로 파악해야 한다. 확실하게 알아야만 한다. 멀린은 인간의 허약함은 물론이고 고귀한 열망을 익혀야 한다. 아무리 좋은 의도에도 결함이 있다는 걸 이해해야 한다. 약속된 구원도 심각한 위험을 지니고 있다는 걸 이해해야 한다.

다시 말해, 멀린은 자기 자신을 알아야 한다. 하지만 어떻게 진실한 거울 안에서 자신을 볼 수 있단 말인가? 그리고 어디서 그런 거울을 찾을 수 있단 말인가? 어쩌면 거울에 비친 모습은 본질적으로 다른 곳에서, 위장된 형태로서만 볼 수 있을지도 모른다. 어쩌면 그것의 이미지는, 고도로 밝거나 어둠이 깊게 깔리든, 그 자체의 경이로움을 지닐지도 모른다.

멀린이 자신을 분명하고 완전하게 볼 수 있을 때, 젊고 이상적인 군주를 인도할 수 있다. 새로운 군주가 원탁회의를 중심으로 하는 새로운 사회 질서를 만들어내는 걸 도와줄 수 있다. 비록 당시에는 실패할 운명이라 할지라도……. 모든 역경에도 불구하고, 젊은 지도자를 도와 희망을 찾아줄 수 있다. 그리고 어쩌면 다시 시도할 수 있다.

멀린이 잃어버린 시간의 비밀을 드러내고, 그 과정에서 나를 끊임없이 놀라게 하지만, 한 가지는 절대 변하지 않는다. 즉, 나를 격려하고 자문에 응해준 친구들에게 너무나도 감사하다. 언제나 그렇듯이, 나는 아내 커리(Currie)와 편집자 패트리샤(Patricia Lee Gauch)에게 고마움의 무한한 빚을 지고 있다. 더불어, 킬렌 비어스(Kylene Beers)에게 그 지혜와 확고한 믿음에 대해 특히 고맙다는 말을 전하고 싶다. 또한 할리아가 늪지대에서의 어두운 밤에 친구들에게 들려주는 『속삭이는 안개의 이야기』에 자극을 준 크리스티 다이트(Kristi Dight)에게도 감사를 전한다. 데보라 코넬(Deborah Connell), 캐시 몽고메리(Kathy Montgomery), 수잔 길리아(Suzanne Ghiglia)에게도 특별히 감사를 표한다. 그리고 언제나 그렇듯이, 딱히 뭐라 한 마디로 정의 내리기 어려운 마법사 멀린에게도 감사를 전한다.

토마스 A. 배런

내가 잠깐 살았던 전설적인 도시들의

안개 자욱한 꿈과 어렴풋한 기억에서

바다에 수를 놓은 듯한 수정의 광채로,

그리고 전설적인 우아함으로 나는 은총을 입었다.

- 16세기 시, 디피디애스의 노래(Song of Dyfyddiaeth) 중에서

그 이야기들이 나온 세상은 여전히 별 모양의 안개 안에

존재한다……

-예이츠(W. B. Yeats)

　　나는 수많은 거울을 봐왔다. 나는 수많은 얼굴을 봐왔다. 하지만 그 모든 세월 동안, 보라, 그 모든 세기 동안, 내가 잊을 수 없는 거울은 단 하나 밖에 없다. 단 하나의 얼굴을 지닌 거울. 그 거울은 처음부터, 첫 순간부터 나를 홀렸다. 그리고 그 거울은 지금도 역시 나를 유혹한다.
　　내가 확신하노니, 거울은 커다란 칼보다 더 많은 고통을 불러일으키리라. 무시무시한 유령보다 더 큰 고통을 불러일으키리라.

　　돌로 된 아치 길 아래, 안개가 소용돌이치듯 일렁이며, 마치 모든 걸 내려다보듯 두리번거렸다.
　　안개는 땅에서 솟아나지 않았다. 물웅덩이에서 솟아나지 않았다. 오히려, 이 안개는 아치 아래 바로 그 허공에서, 기이하게 흔들리는 장막 뒤에서 피어났다. 점점 불어나는 물살을 담고 있는 댐처럼, 장막이 안개를 보듬고 있었다. 하지만, 이따금 안개가 넘쳐흘러, 돌기둥을 감싼 보라색 잎사귀 덩굴을 핥았다. 그런데 지금, 안개는 아치 길 안에서 꿈틀거리며 뭔가가 계속해서 모습을 만들었다 이내 허물었다. 늘 변하면서도, 늘 한결 같았다.

문득, 느닷없이, 안개의 장막이 몸서리치며, 장벽처럼 딱딱하게 굳어 버렸다. 그 표면에 불빛이 닿자, 유리 조각처럼 흩어졌다. 주변 늪지대의 모호한 모습들이 비쳤다. 거울에 비친 모습 뒤 어딘가에서, 구름이 계속해서 움직이며, 어둠에 닿아 그림자를 일그러뜨렸다. 그리고 그 너머 깊은 곳에서 신비한 불빛이 반짝였다.

이 장막은 사실 거울이었다. 안개로, 그리고 그 이상의 무언가로 가득 찬 거울. 스스로 움직이고, 스스로 고동치는 거울. 그 표면 저 아래 뭔가가 휘젓고 있는 거울…….

갑자기, 한가운데에서 물안개가 몰아치더니, 무언가가 따라 나왔다. 뭔가 가느다란 것. 뭔가 뒤틀린 것. 그리고 살아 있는 것. 손하고 아주 흡사한 것.

날카로운 기다란 손톱이 달린 손가락이 밖으로 모습을 드러내더니 더듬거렸다. 셋, 넷, 그러고는 엄지손가락. 늪지대의 안개 한 움큼이 그 손가락 주위를 휘감으며, 정교하게 만든 끈 같은 반지처럼 손가락을 에워쌌다. 하지만 손가락은 안개를 떨쳐내며 주먹을 꼭 움켜쥐었다.

아주 오랫동안, 주먹은 꼭 쥐여 있었다. 마치 자신의 실존을 시험하기라도 하는 것 같았다. 주변의 물안개처럼 창백한 피부가 더 창백해졌다. 손톱이 살점 속으로 깊이 파고들었다. 주먹은 긴장으로 부르르 떨렸다.

아주 천천히, 주먹이 펴지기 시작했다. 손가락이 풀리고 서서히 움직이더니, 허공을 어루만졌다. 흐릿한 실이 엄지손가락 주변을 묶고, 활짝 펼친 손바닥을 가로질러 뻗어갔다. 그러자 거울이 시커멓게 변했다. 부서지는 돌 끝자락에, 깊은 그림자가 거울 안쪽을 향해 새어나와 표면을 뒤덮었다. 잠시 뒤, 아치 길 전체가 검은 수정처럼 빛났다. 거울의 부드러운 표면이 깨지지는 않았지만, 창백한 손 한가운데가 파르르 떨렸다.

찢어질 듯한 날카로운 소리가 허공을 쩍 갈랐다. 그 소리는 거울에서 나오는 것 같았다. 아니 어쩌면 오래된 돌에서, 또는 완전히 다른 곳에서 나오는 것 같기도 했다. 그 소리와 함께 향기가 흘러나왔다. 몹시도 달콤한, 장미꽃 향기를 닮았다.

바람이 일며, 소리와 향기를 모두 실어갔다. 소리와 향기는 고약한 냄새가 진동하는 유령의 늪 속으로 사라졌다. 그 누구도, 늪지 유령들조차도, 무슨 일이 벌어졌는지 알지 못했다. 그 다음에 무슨 일이 일어났는지 아무도 보지 못했다.

손은, 손가락을 쫙 펼친 채, 앞으로 돌진했다. 그 뒤로 손목, 팔뚝, 팔꿈치가 나왔다. 빛나던 표면이 갑자기 깨지며 일그러졌다가, 흔들리는 거울로 다시 녹아들었다. 안개처럼 불안하게 움직였다.

한 여인이 아치 길 밖으로 성큼성큼 걸어 나왔다. 그 여인은 진흙투성이 땅에 발을 딛고, 흰색 옷과 은빛 망토의 옷자락 주름을 툭툭 폈다. 키가 크고 호리호리했다. 눈동자는 거울 안쪽처럼 아무런 빛이 없었다. 여인은 거울을 돌아보며 섬뜩하게 미소 지었다.

찰랑이는 검은 머리카락을 흔들며, 늪지대로 관심을 돌렸다. 멀리서 들리는 흐느낌 소리와 야유 소리를 아주 오랫동안 귀담아들었다. 그러고는 교활하게 웃었다. 여인이 속삭이듯 숨죽여 말했다.

"친애하는 멀린, 이번에는 내 손아귀를 벗어나지 못할 거야."

그 말을 하며, 여인은 망토를 어깨 위로 모으고 어둠 속으로 성큼성큼 걸어 나왔다.

1

그림자

나는 긴장한 채, 내 모든 힘을 쏟아 부었다. 하지만 내 그림자는 꼼짝도 하지 않았다.

다시 한 번 더 시도해보았다. 여전히, 그림자는 고집스럽게 꿈쩍도 하지 않았다. 나는 두 눈을 꼭 감고, 최선을 다해 집중했다. 하지만 눈을 감아봤자 아무 소용도 없었다. 내 두 눈은 어쨌든 어느 것 하나 볼 수 없고, 3년도 훨씬 전에 투시력이 시력을 대신했으니까. 내 그림자를 집중해서 찾아보았다. 하지만 오늘처럼 화창한 여름날에는 그림자를 알아보는 일도 쉽지는 않았다. 그림자를 알아보는 게 그림자를 움직이는 일보다는 쉬워 보였지만 말이다.

그렇다면, 좋다. 나는 마음을 가다듬으며, 이 고지대 초원의 바스락거리는 풀 소리, 그리고 근처에서 물을 튀기며 흐르는 시냇물 소리를 떨쳐냈다. 너무 강해 재채기가 나올 정도인 스프링민트, 라벤더, 다닥냉이 향도 떨쳐냈다. 내 몸을 떠받치는, 누런 이끼가 꺼끌꺼끌하게 뒤덮인 둥그런 바위도 떨쳐냈다. 내 위로 우뚝 솟은, 여름인데도 여전히 길게 남아 있는 하얀 눈 흔적이 보이는 바리갈의 산악지대도 떨쳐냈다. 심의 고향에서 아주 가까운 이 언덕에서 내가 옛 친구, 심을 다시 만날 수 있을까 하는 궁금증도 떨쳐냈다. 그리고 그 무엇보다도 가장 어려운 것, 할리아에 대한 생각도 떨쳐냈다.

그저 내 그림자 뿐.

나는 바닥에서부터 시작해, 풀밭 위에 있는 그림자의 윤곽을 쫓았다. 가죽 끈이 대롱대롱 매달린 내 신발이 바위 위를 굳게 디디고 서 있었다. 파도처럼 일렁이는 내 옷 때문에, 두 다리, 엉덩이, 그리고 가슴이 평소보다 뚱뚱해 보였다. 내 자그마한 가죽 가방이 한쪽에서 툭 튀어나와 있었다. 다른 쪽에는 내 검이 있었다. 그 옆에, 내 두 팔이, 두 손을 옆구리에 받치고 구부정하게 있었다. 나는 코끝이 보일 정도로 머리를 살짝 움직여봤다. 놀랍게도, 최근 몇 달 사이 내 코가 아래로 조금씩 휘고 있었다. 코라기보다는 부리에 가까웠다. 내 코를 보자 그 용맹한 매가 떠올랐다. 내 이름에 영감을 준 쇠황조롱이. 이제 머리카락이 보였다. 내 그림자보다 더 검었다.

움직여.

나는 몸을 꿈쩍하지 않고 조용하게 명령을 내렸다.

아무 반응이 없었다.

네 몸뚱이를 들어 올리란 말이야.

나는 그림자의 오른쪽 팔에 집중하며 노래하듯 읊조렸다.

여전히 아무 반응이 없었다.

나는 성난 목소리로 으르렁거렸다. 나는 이미 아침 내내 그림자가 독자적으로 움직이도록 부추기면서 시간을 보냈다. 그림자를 움직이는 게 나이 많은 마법사, 진정한 마법사만 허락받은 기술이라면 어쩌지? 나는 기다리는 데 그다지 소질이 없었다.

나는 느릿느릿 길게 숨을 들이켰다.

움직여. 움직이라고, 내가 움직이라고 하잖아!

나는 화난 표정으로 어두운 그림자를 한참 동안 노려보았다. 이윽고…… 뭔가가 달라지기 시작했다. 천천히, 아주 천천히, 그림자의 윤곽이 미세하게 파르르 떨리기 시작했다. 그림자의 양 어깨 끄트머리가 점점 더 희미해졌다. 그러는 내내 두 팔이 아주 격렬하게 떨렸다. 마치 빵빵하게 부풀어 오르는 것처럼…….

그렇지! 잘하고 있어!

내 자신은 꼼짝하지 않으려 했다. 관자놀이에서 흘러내리는 귀찮은 땀방울을 굳이 훔쳐내지 않았다.

이제, 오른 팔을 들어 올려.

갑작스레, 그림자의 팔이 쭉 뻗더니, 머리 위로 곧장 올라갔다. 몸은 꼼짝하지 않지만, 전율이 내 몸을 타고 흘렀다. 내 힘이 자라나는 것에 대한 흥분, 발견, 그리고 자부심이 뒤섞였다. 드디어 내가 해냈다! 내 그림자를 움직였다! 나는 할리아한테 어서 빨리 보여주고 싶었다.

둥그런 바위 위에서 훨훨 날아오를 것 같은 느낌이었지만, 나는 얌전히 있으려 했다. 단, 점점 퍼지는 내 함박웃음이 내 마음을 배반했을 뿐이다. 다시 그림자로 관심을 되돌렸다. 그림자는 여전히 팔을 들어 올리고 있었다. 나는 성공을 만끽했다. 내 나이 이제 고작 열다섯 살에 불과한데, 내 그림자를 움직일 수 있다니…….

잠깐, 왼쪽 팔? 숨이 탁 막혔다. 왼쪽이 아니라, 오른쪽을 움직였어야 했다! 나는 고함치면서 발을 쿵쾅거리며 두 팔을 미친 듯이 흔들었다. 그림자는, 마치 화풀이를 하듯, 나를 따라 똑같이 움직였다.

"이 멍청한 그림자 같으니라고! 너한테 말 듣는 법을 가르쳐주겠어!"

"언제 그럴 건데?"

뒤에서 낭랑한 목소리가 물었다.

획 돌아보니 할리아가 있었다. 암사슴처럼 가볍게 발걸음을 옮기는 할리아는 여름 풀밭보다 더 유연해 보였다. 비록 젊은 여자의 모습을 하고 있다 할지라도, 할리아는 그 어떤 위험도 빨리 눈치챈다는 걸, 언제든 사슴처럼 뛸 준비가 되어 있다는 걸 나는 잘 알고 있었다. 햇빛이 땋아 내린 고동색 머리카락 위에서 반짝반짝 빛났다. 할리아의 커다란 갈색 눈동자가 나를 익살스럽게 바라보았다.

"내가 상기시켜주자면, 말을 듣는 건 네 장점이 아닌 걸로 알고 있는데……."

"내가 아니라, 내 그림자 말이야!"

할리아의 눈동자가 장난스럽게 빛났다.

"수사슴이 껑충 뛰어오르면, 그림자도 껑충 뛰어오르는 법이야."

"하지만…… 하지만 나는……."

나는 두 뺨이 뜨거워지며 말을 더듬거렸다.

"왜 하필 지금 이 순간에 나타나는 거야? 내가 모든 걸 망쳐 버린 바로 이 순간에 말이야."

할리아는 갸름한 턱을 쓰다듬었다.

"모르긴 몰라도, 나를 감동시키려고 했나보네."

"천만에! 멍청한 그림자 같으니라고! 나는 그림자가 해야 할 일을 하게 만들고 싶었을 뿐이야."

나는 두 주먹을 불끈 쥐고는, 내 그림자를 향해 흔들어 보였다. 그림자가 나한테 두 주먹을 흔드는 모습을 보니 더 화가 치밀어 올랐다.

할리아는 몸을 숙여 루핀*의 싹을 유심히 살펴보았다. 싹은 할리아가 입고 있는 옷처럼 짙은 보라색이었다.

"난 그냥 네가 좀 겸손해졌으면 해. 그건 보통 리아의 책임이지만, 지금은 리아가 협곡 독수리의 언어를 배우러 가 있으니……."

할리아는 꽃잎에 코를 대고 킁킁 냄새를 맡았다.

"내 말이 리아를 태워갔어……."

나는 뻣뻣한 어깨를 쭉 펴며 중얼거렸다.

"당연히 그럴 수밖에. 어쨌든, 리아는 사슴처럼 달릴 수는 없으니까."

할리아는 나를 흘끗 올려다보며, 두 눈이 아니라 입술로 살짝 미소 지었다.

할리아의 말, 목소리, 미소의 뭔가에 내 분노가 스르르 눈 녹듯 사라져 버렸다. 아침 태양에 안개가 사라지는 것처럼……. 심지어 내 어깨도 한결 편안해지는 것 같았다. 하지만 이걸 어떻게 설명해야 하나? 이내, 할리아가 내게 보여주었던 비밀이 떠올랐다. 나를 한 마리 사슴으로 변신시킨 비밀 말이다. 또한 할리아 옆에서 달리던 그 기쁨이 떠올랐다. 발바닥이 아닌 발굽으로, 두 다리가 아닌 네 다리로 나는 달렸었다. 예리한 시각, 그리고 그보다 더 예리한 후각과 더불어. 귀가 아닌, 뼛속으로 들을 수 있는 능력과 더불어…….

"그건…… 음, 그건…… 아……, 멋진 것 같아. 이곳에 있는 것 말이야. 너랑 함께. 그냥…… 그러니까, 그냥 너랑 함께."

나는 말을 더듬었다.

사슴 같은 할리아의 눈동자가 갑자기 부끄러운 듯 내 시선을 피했다.

---

*쌍떡잎식물. 루피너스, 층층이부채꽃이라고도 한다.

대담하게도, 나는 바위에서 성큼성큼 내려갔다.

"심지어 요즘에도, 요 몇 주 동안, 우리는 함께 여행을 했어. 우린 혼자 있을 시간이 많지 않았어. 만약 너희 사슴 종족의 누군가가 아니었다면, 아니, 오랜 친구가 아니었다면, 그건……."

머뭇머뭇, 나는 할리아에게 손을 내밀었다.

할리아는 자기 손을 빼냈다.

"그래서 넌 내가 너한테 보여준 걸 좋아하지 않는다는 거야?"

"아니. 그러니까, 그래. 그건…… 아, 내가 말하려는 건 그게 아니야! 내가 이곳에 있는 걸 얼마나 좋아하는지 너도 잘 알잖아. 너희 종족의 여름의 대지(Summer Lands)를 보는 것 말이야. 저 높은 초원 지대, 출생의 골짜기, 숲 사이에 숨은 오솔길. 음, 그중 최고는……."

내가 머뭇거리자, 할리아가 고개를 들어 올렸다.

"뭐?"

나는 할리아를 흘끗 쳐다보았다. 한순간 할리아와 눈길이 닿았다. 그 순간, 내가 무슨 말을 하려고 했는지 까먹고 말았다.

"뭐? 말해봐, 젊은 매."

할리아가 부추겼다.

"그건, 음, 그러니까…… 나도 몰라! 나는 카이르프레 선생님이 가끔 부러워. 언제든 자기 맘대로 시를 툭툭 내뱉을 수 있잖아."

나는 이마를 찡그리며 말했다.

할리아가 싱긋 웃었다.

"요즈음에는, 너희 엄마에 대한 사랑 시가 대부분이더라."

나는 그 어느 때보다 허둥대며, 목청을 높였다.

"그런 말이 아니라니까!"

할리아가 고개를 숙이는 모습을 보며, 나는 내가 자연스럽지 못하다는 걸 깨달았다.

"그러니까…… 내가 하려던 말은, 아니, 음, 내가 진짜로 말하려던 게 아니었어."

할리아는 그저 고개를 절레절레 저을 뿐이었다.

나는 할리아를 향해 다시 손을 쭉 내밀었다.

"제발, 할리아. 내 말로 날 판단하지는 말아줘."

"흠, 그렇다면 도대체 내가 널 어떻게 판단하라는 거야?"

"다른 걸로."

"어떤 거?"

불현듯, 영감이 떠올랐다. 나는 할리아의 손을 꽉 잡고 풀밭으로 끌어당겼다. 우리는 함께 달렸다. 우리 발이 동시에 쿵쿵 움직였다. 시냇가에 이르렀을 때, 우리 몸은 낮아지고, 목은 길어지고, 팔은 땅을 향해 쭉 뻗었다. 물가의 이슬을 머금은 연두색 갈대가 반짝이며, 우리 앞으로 휘어졌다. 단 한 번 만에, 마치 한 몸처럼, 우리는 허공으로 뛰어오르며, 저 아래 시냇물처럼 부드럽게 흐르듯 움직였다.

맞은편 강둑에 착지할 때, 우리는 사슴으로 감쪽같이 변해 있었다. 궁둥이를 이리저리 흔들며 숨을 깊이 들이쉬면서, 콧구멍에 초원의 풍부한 향을 가득 채웠다. 수사슴의 가슴 벅찬 자유를 느꼈다. 할리아의 앞발이 내 앞발을 부드럽게 쓰다듬었다. 나도 뿔로 할리아의 우아한 목을 쓰다듬어 주었다. 이내, 우리는 함께 초원을 껑충껑충 내달렸다. 발굽으로 높이 뛰어오르며, 갈대와 초원의 비밀스러운 속삭임에 귀 기울였다. 시간은 분이 아니라 마법으로 측정되기에, 우리는 즐겁게 뛰어다녔다.

드디어 발걸음을 멈추었다. 우리 갈색 털은 땀으로 번들거렸다. 우리는 시냇가로 터벅터벅 걸어가, 강둑 옆에서 잠시 풀을 뜯어먹었다. 그러고는 움푹 팬 곳으로 조심조심 걸어 들어갔다. 상류를 향해 걸어가는 동안, 우리 등이 솟아오르고, 머리가 위로 올라왔다. 곧 우리는 더 이상 발굽이 아닌 발바닥으로 걸었다. 나는 신발을 신은 상태였고, 할리아는 맨발이었다.

침묵 속에서, 우리는 질퍽거리는 강둑 위로 기어올라 골풀 사이로 발걸음을 옮겼다. 둥그런 바위, 내 그림자를 길들이지 못했던 그곳에 이르렀을 때, 할리아가 나를 똑바로 쳐다보았다. 암사슴의 눈동자가 여전히 반짝반짝 빛나고 있었다.

"너한테 할 말이 있어, 젊은 매. 중요한 거야."

나는 할리아를 쳐다보았다. 마치 내 가슴 안에 커다란 발굽이 있기라도 한 것처럼, 심장이 쿵쾅거렸다.

할리아가 말을 꺼내려다 멈칫했다.

"그러니까…… 아, 말로 표현하기 정말 어렵네."

"나도 이해해. 나중에 해도 돼."

나는 손가락으로 할리아의 팔을 부드럽게 어루만졌다.

할리아가 머뭇머뭇 다시 말을 꺼냈다.

"아니야, 지금 할래. 난 아주 오래전부터 이 말을 하고 싶었어. 우리가 이곳, 여름의 대지에서 매일 시간을 보내며, 이 감정은 점점 더 강해지고 있어."

"그래? 그게 뭔데?"

나는 말을 멈추고, 침을 꼴깍 삼켰다.

할리아가 한 발 더 가까이 다가왔다.

"난 네가, 네가…… 알았으면 해, 젊은 매."

"뭘?"

"그건 내가…… 아니, 네가……."

불쑥, 묵직한 물체가 내게 쿵 부딪치는 바람에 나는 뒤로 쓰러지고 말았다. 나는 풀밭을 뒹굴다, 시냇가에서 가까스로 멈추었다. 내 머리와 어깨를 둘둘 감싼 옷을 풀며, 나는 흙탕물을 튀기며 벌떡 일어났다. 나는 얼굴을 찌푸린 채, 칼자루를 움켜쥐고 나를 방금 공격한 놈을 바라보았다.

앞으로 무작정 내달리지 않고, 나는 혼잣말을 했다.

"아니야, 지금은 아니야."

어린 용 한 마리가, 자주색과 진홍색 비늘을 반짝이며, 우리 옆에 앉아 있었다. 용의 거친 날개는 등짝에 딱 달라붙어 있었다. 하지만 날다가 방금 내려앉았기에 날개는 여전히 살짝 떨리고 있었다. 가늘고 거대한 몸통이 둥그런 바위뿐만 아니라 초원의 상당 부분을 가렸다. 그 바람에 용이 땅에 내려앉을 때, 내가 나뒹굴었던 것이다. 할리아는 재빠른 본능을 타고났기에 나처럼 나뒹굴지는 않았다.

용은 느릿느릿 숨을 깊이 쉬었다. 내 몸만큼이나 커다란 머리가, 커다란 어깨에서부터 억지로 붙어 있는 것처럼 매달려 있었다. 심지어 두 날개조차도, 깃발처럼 생긴 푸른색 귀처럼 슬프게 축 늘어져 있었다. 다른 한쪽 귀는, 언제나 그렇듯, 머리 옆으로 쭉 뻗어 나와 있었다. 귀가 아니라 제자리를 찾지 못한 뿔처럼 보였다.

할리아는 내 화난 표정을 보고는 마치 용을 보호하려는 듯, 용의 옆으로 움직였다. 할리아는 용의 툭 튀어나온 귀 끝에 손을 올려놓았다.

"귀니아(Gwynnia)가 미안해하잖아, 모르겠어? 절대 일부러 그런 게 아니야."

용은 코를 찡그리며 쉰 듯한 깊은 소리를 내뱉었다.

할리아는 용의 오렌지색 세모난 눈동자를 들여다보았다.

"하늘을 나는 법을 배우는 중이야. 착지가 아직 살짝 어설프지만 말이야."

"살짝 어설프다고? 날 죽일 뻔했단 말이야!"

내가 버럭 화를 냈다.

나는 풀밭 위에 널브러진 내 지팡이로 발걸음을 옮겨 가, 용의 얼굴 앞에 지팡이를 흔들어댔다.

"넌 술 취한 거인만큼이나 나빠. 아니, 그보다 더 나빠! 적어도 거인은 결국 기절했잖아. 넌 하루하루 점점 더 몸은 커지는데 더 어설퍼지고 있다고."

귀니아가 용암처럼 이글거리는 눈을 가늘게 떴다. 가슴 깊은 곳에서 으르렁 소리가 모이더니 계속 커졌다. 용이 갑자기 몸을 꼿꼿이 세우고 고개를 치켜들었다. 내 말에 충격을 받은 것 같았다. 으르렁 포효 소리가 잠잠해지더니, 이빨이 박힌 거대한 주둥이가 쩍 벌어지며 늘어지게 하품을 했다.

"용이 불꽃 내뿜는 법을 아직 배우지 않은 걸 천만다행인 줄 알아."

할리아가 경고했다. 그러고는 재빨리, 덧붙였다.

"친구한테는 불꽃을 절대 사용하지 않겠지만 말이야."

할리아는 용의 툭 튀어나온 귀 끝자락을 쓰다듬었다.

"그렇지, 귀니아?"

귀니아는 콧바람을 흥흥 요란스레 불었다. 이윽고, 초원 맞은편에서, 가시 달린 꼬리 끝자락이 위로 올라가며 돌돌 감기면서 후다닥 가까이 다가왔다. 그러더니 꼬리 끝자락이 나비처럼 우아하게, 할리아의 어깨 위에 내려앉았다. 자주색 옷 위에 놓인 자주색 비늘이 할리아를 지그시 눌렀다.

나는 옷에 묻은 진흙을 탁탁 털어내며 한숨을 푹푹 내쉬었다.

"너희 둘한테 오랫동안 화를 내고 있기는 정말 힘들다니까."

나는 귀니아의 밝은 눈동자를 응시하며 이어 말했다.

"날 용서해줄 거지? 내가 잠시 깜빡했어. 네가 항상 할리아 옆에 있다는 걸 말이야."

할리아가 나를 바라보며 기분 좋게 말했다.

"나도 잠시 깜빡했네."

난 슬프게 고개를 끄덕였다.

"너희들 잘못이 아니야."

"아, 내 잘못이야. 내가 저녁에 귀니아한테 노래를 불러주기 시작했을 때, 내가 어릴 적 배운 그 모든 노래 말이야, 귀니아가 이렇게 붙임성 있게 자라리라고는 꿈에도 생각하지 못했어."

할리아는 가시 달린 꼬리의 황금빛 비늘을 어루만졌다.

"이렇게 크게 자랄지도 미처 생각하지 못했지."

할리아가 웃음을 터트리려고 했다.

"카이르프레가 용한테 이런 대단한 이름을 짓게 내버려두지 말았어야 해. 오래된 용의 전설대로 살기를 바라지 않았다면 말이야."

"맞아. 최초의 용 여왕의 이름, 용 종족의 어머니."

나는 입술을 깨물며, 오래된 전설을 떠올렸다.

"커다란 용암 산에서 불꽃을 집어삼키기 위해 자신의 목숨을 걸었던 용. 그래서 그 용과 그 자손들 모두가 불꽃을 내뿜게 된 용."

그 말에, 귀니아는 입을 쩍 벌리고 다시 늘어지게 하품을 했다. 이번에는 하도 시끄러워서 우리 둘 다 귀를 틀어막아야 했다. 드디어 하품이 끝났을 때, 나는 알아차렸다.

"여왕이 낮잠을 자야 할 것 같은데."

나는 희망 섞인 속삭임으로 덧붙였다.

"우리 대화를 마저 끝마칠 수 있겠는걸."

할리아가 고개를 끄덕였다. 하지만 할리아는 뭔가 불안한 듯 움직였다. 할리아가 말을 꺼내기도 전에, 새로운 소리가 허공을 갈랐다. 그 소리는 비통함에 젖은 애달프고 슬픈 노래였다. 죽음의 고통을 겪는 누군가가 낼 법한 그런 소리였다. 아니, 더 정확히 말하면, 죽음을 앞둔 자가 낼 법한 소리였다.

2

밸리맥

괴로워하는 울음소리는 시냇가에서 계속 이어졌다. 나는 지팡이를 꽉 움켜잡고 풀밭을 가로질러 달려갔다. 할리아가 내 뒤를 바짝 따랐다. 귀니아는 그저 졸린 눈으로 우리를 지켜보며, 커다란 코로 날개를 툭 툭 쳐댔다. 강둑에 채 도착하기 전, 강 위쪽 여울목에서 구슬프게 흐느끼는 소리가 흘러나왔다. 소리가 하도 커서, 돌에 부딪치며 졸졸 흘러가는 물소리조차 삼켜 버릴 정도였다. 할리아와 나는 소리 나는 곳으로 달려가, 물가에 피어난 노란 가시금작화 덤불을 옆으로 휙 밀쳐냈다.

그곳에, 언젠가 본 적이 있는 기괴한 생명체가 질퍽거리는 강둑 위로 올라오려 버둥거리고 있었다. 거무죽죽하고 둥글둥글한 몸통이 번들거렸다. 마치 핀카이라 서쪽 해안의 바다표범처럼 생겼다. 크기는 바다표범보다 훨씬 작았지만, 바다표범처럼 수염이 길고 눈동자가 슬픔에 잠겨 있었다. 지느러미 대신, 팔이 각각 세 개씩 달려 있었다. 홀쭉하고 깡마른 팔에는 게와 같은 집게발이 달려 있고, 통통하게 튀어나온 배에는 푸르스름한 물갈퀴가 달려 있었다. 작은 주머니 같기도 했다. 등에는 정교한 꼬리가 한 줄로 나란히 길게 달려 있고, 꼬리는 둥그스름하게 말려 있었다.

문득, 들쭉날쭉한 톱니 모양의 상처가 눈에 들어왔다. 오른쪽 옆구리를 따라 길게 이어진 상처에 진흙이 뒤덮여 있었다. 이 짐승이 강둑에 팔딱거리며 애처롭게 신음하는 사이, 나는 그 옆으로 엉금엉금 기어갔다. 나는 재빨리 시냇물을 끼얹어 상처를 씻어주었다. 고통에 완전히 기진맥진해 있던 이 불쌍한 괴물은 처음에 나를 알아차리지 못했다. 하지만 잠시 뒤, 갑작스레 요란하게 몸서리쳤다.

"아, 끔찍한 죽음과도 같은 고통이여! 무시무시한 피의 상처여! 내 마지막 순간이 다가왔구나, 아주 곧, 아주 곧……. 아, 나는 너무 어리다. 거의 갓난아이와 같다."

짐승이 큰 소리로 울부짖었다.

"걱정 마."

나는 부드럽게 말을 걸었다. 그 괴물의 말이 내게 이상하게 들리는 것처럼, 내 말이 그 괴물한테 이상하지 않게 들렸으면 했다.

"상처가 무척 아프겠는데. 하지만 그렇게 깊지는 않아. 이 약초는……."

나는 작은 가방 안으로 손을 넣어 약초를 한 움큼 꺼냈다.

"날 죽여 잡아먹으려고? 자그마하고 불쌍한 나를! 아, 이 얼마나 무시무시하고 슬픈 종말이란 말인가!"

짐승이 몸을 떨었다. 아래쪽 살덩이가 출렁거렸다.

"아, 어떻게 내가 이처럼 고통스러워해야 하는가. 잔인한 인간괴물한테 잡혀 삶아 먹힌단 말인가."

나는 고개를 절레절레 저으며 말했다.

"오해하지 마. 진정하라고. 이러면 빨리 나을 거야, 정말이야."

나는 약초에 물을 떨어트린 뒤, 섞어서 찜질약을 만들었다.

짐승은 비명을 질러댔다. 몸을 버둥거리며 빠져나가려 했다.

"인간괴물! 넌 나를 두드려 씹어 재빨리 삼키려고 하는구나! 아, 고통
스럽고 비통스럽다! 내 고통의 죽음이 너무 가까이 왔구나, 내……."

"그만 진정해, 진정하라고."

내가 힘주어 말했다.

"아, 날 새장에 가두려고 하는구나. 기이하게 생긴 저 짐승처럼 말이
야! 그래서 더 많은 인간괴물들이 내 새장에 돌팔매질을 하게끔 말이
야. 아니면 빗장 사이로 꼬집으려고 말이야. 아, 끔찍한 운명이여, 무시
무시한 종말이여……."

"그런 게 아니라니까!"

나는 상처에 찜질약을 바르려 애를 썼다. 하지만 짐승이 끊임없이 발
버둥치는 바람에 도무지 할 수가 없었다. 몇 차례, 짐승은 내 무릎에서
빠져나가 물속으로, 아니, 가시금작화 덤불 속으로 미끄러질 뻔했다.

"난 널 도와주려는 거라고, 이해 못하겠어?"

"네가? 인간괴물이? 인간괴물이 도대체 언제부터 밸리맥을 도와줬다
는 거지?"

"밸리맥이라고? 이런, 정말 그럴 수 있겠구나."

할리아가 중얼거리며 몸을 숙였다. 이윽고 어리둥절한 내 표정을 알
아차리고는 이렇게 설명해주었다.

"밸리맥은 이 섬에 살고 있는 진귀한 생명체야. 나도 이야기만 들었
어. 하지만, 그래, 정말 밸리맥처럼 생겼네. 밸리맥이 여기서 뭐하고 있는
건지는 나도 이해할 수 없지만 말이야. 저 멀리 늪지대에 살고 있는 걸
로 알고 있었거든."

"아, 분명히 유령의 늪에 살지. 빨리 공격을 감행하라고! 나를 새장에 가두기 전에, 나를 오독오독 부숴서, 나를 요리해줘. 상한 감자를 듬뿍 넣어서 말이야. 아, 비참한 세상이여, 비통스럽고 비통스러운 고통이여!"

밸리맥이 구슬픈 소리로 울부짖었다.

나는 고개를 절레절레 저으며, 상처를 다시 살피며 물었다.

"믿어도 될까?"

"그럼, 그렇고말고."

짐승이 큰 소리로 말했다. 둥그스름한 눈에 눈물이 그렁그렁 맺혔다.

"내 타고난 천성이지, 맞아. 너무 빨리 믿고, 너무 바보처럼 속아 넘어 가지. 어떤 상황에서든 행복한 희망을 찾을 준비가 항상 되어 있어. 난 그렇다고! 그래서 내 슬픈 운명이 죽음을 맞이한 거야. 상한 감자 때문 이야. 더럽게 매스껍군!"

밸리맥은 거친 숨을 느릿느릿 내쉬었다.

"아, 어서 나를 죽여, 내가 비명을 지르게 해. 나는 명예롭게 죽음을 맞이할 테니까."

아주 잠깐 동안, 밸리맥은 침묵을 지켰다. 그러더니, 갑자기 큰 소리 로 울부짖었다.

"아, 끔찍하고 비통스러운 경련의 혼돈이여! 지금 당장 요리될지어다! 너무 어린 나이에. 너무 용감하고 강인하게. 너무……."

"입 좀 닥쳐!"

나는 명령하듯 말했다. 나는 강둑에 앉아, 밸리맥을 사납게 노려보며 으르렁거렸다.

"시끄럽게 저항할수록, 네 죽음은 더 끔찍해질 거야."

할리아가 깜짝 놀란 표정으로 나를 바라보았다. 하지만 나는 할리아를 못 본 체했다.

"그래, 그렇겠지. 내가 묻고 싶은 딱 한 가지는, 널 어떻게 죽이느냐 하는 거야. 하지만 이것만은 아주 분명해. 네가 야단법석을 떨면 떨수록, 널 더 고통스럽게 죽여주겠다는 거!"

나는 잔인하게 마구 지껄였다.

"정말이야?"

밸리맥이 낑낑거렸다.

"그래! 이제 그만 낑낑거리라고."

"아, 끔찍하고도……."

"지금 당장!"

밸리맥이 갑자기 조용해졌다. 이따금 와들와들 떨며 목에서 배까지 모조리 꿈틀거릴 뿐, 밸리맥은 내 무릎 위에서 꼼짝 않고 누워 있었다.

나는 상처 위에 두 손을 조심스레 올렸다. 그러고는 살덩이 깊숙한 곳에 집중했다. 그곳은 아주 심하게 찢겨 있었다. 나는 숨을 깊게 들이쉬었다. 내 폐가 공기가 아니라 여름 햇볕의 따스하고 부드러운 빛으로 가득 차 있다고 상상했다. 여기, 사슴 종족의 소중한 땅, 할리아와 내가 자유롭게 뛰어놀던 곳, 그리고 내가 다시 한번 확신을 느꼈던 곳. 이윽고, 빛이 내 온몸으로 타고 흘렀다. 빛이 내 어깨까지 가득 찼다가, 내 팔을 타고 내려가, 내 손가락 끝으로 흘렀다.

치유의 빛이 밸리맥의 상처로 쏟아져 들어가자, 밸리맥의 몸이, 심지어 수염까지 얌전해지기 시작했다. 불쑥, 밸리맥이 다시 신음을 토해냈다. 하지만 이번 신음은 달랐다. 고통은 줄어들고, 놀라움은 더 커진 소리였다. 기쁨의 소리 같기도 했다. 하지만 앞으로 정교한 작업이 더 남아 있다는 걸 알았기에, 나는 밸리맥을 향해 성난 눈빛을 보냈다. 즉각,

밸리맥은 조용해졌다.

　나는 살덩이 속으로 빛을 이끌었다. 망가진 하프에 줄을 거는 음유 시인처럼, 조직을 다른 조직으로 돌려 조심스럽게 묶고 단단히 조인 뒤, 각각의 힘을 시험해봤다. 그렇게 계속해 나갔다. 심하게 찢어지고 얽혀 있는 곳이 보였다. 상처가 거의 뼈까지 나 있었다. 나는 그곳에 한참 동안 빛을 쪼이고, 하나씩 분리했다. 드디어, 얽힌 것을 모두 풀었다. 그러고 나서 조직을 조심스레 다시 연결하며, 다시 힘을 받도록, 완전하게 되돌리도록 노력했다. 그렇게 한 층 한 층, 상처를 치유해 나갔다. 천천히 피부 표면 가까이에 이르렀다.

　몇 분 뒤, 나는 두 손을 들어 올렸다. 밸리맥의 검은 피부는 부드럽고도 흠집 하나 없이 빛났다. 나는 기진맥진해져, 시냇물 강둑에 등을 기대고, 가시금작화 덤불에 머리를 뉘었다. 푸른 하늘이 내 머리 위 노란색 꽃 사이로 빛났다.

　마침내 나는 자리에서 일어섰다. 그러고는 밸리맥의 옆구리를 가볍게 툭 쳤다.

　"음, 운이 좋은 줄 알아. 결국 널 삶아 먹지 않기로 결심했으니까."

　나는 한숨을 쉬었다.

　밸리맥의 눈동자는, 이미 컸는데, 더욱 더 커졌다. 하지만 아무 말도 하지 않았다.

　"진짜야, 불쌍한 친구. 난 절대 널 해칠 생각이 없었어. 하지만 널 가만히 있게 만들려면 그 방법밖에 없었어."

　"아, 넌 나를 갖고 놀았어. 재미있다는 듯이 나를 놀렸다고."

　밸리맥이 끙끙거리며 내 무릎 안에서 꿈틀댔다.

　할리아가 온화한 눈빛으로 나를 바라보며 말했다.

"저 친구는 지금 널 믿지 않아. 하지만 언젠가 믿게 될 거야."

"아, 그럴 일은 절대 없을 거야!"

밸리맥이 갑자기 꼬리 몇 개를 풀어, 강둑에서 툭 튀어나온 바위 하나를 감싸더니, 내게서 억지로 벗어났다. 그러고는 내 발 근처, 움푹한 곳에 물을 튕기며 철썩 내려앉았다. 그러더니 팔 여섯 개를 빙빙 돌리며, 강 아래로 재빨리 헤엄쳐갔다. 눈 깜짝할 사이, 밸리맥은 굽이를 돌아 사라져 버렸다.

할리아는 자신의 갸름한 턱을 쓰다듬으며 말했다.

"네가 밸리맥을 제대로 치유했어, 젊은 매."

나는 내 그림자를 흘끗 바라보았다. 그림자는 진흙 위, 내 옆에 구부정하게 있었다. 그 자세는 어쩐지 오만해 보이는 것 같았다.

"내가 제대로 해내는 게 있다니, 기분 좋은데!"

할리아는 나뭇가지 아래로 몸을 숙여 내 옆으로 옮겨왔다. 그 모습이 피어나는 꽃처럼 우아했다.

"내 생각에, 치유는 다른 마법과는 다른 것 같아."

"어떻게?"

할리아는 골똘히 생각에 잠겨, 손가락으로 잔가지를 만지작거리더니, 이윽고 잔가지를 흐르는 물속으로 던졌다.

"나도 정확히는 모르겠어. 하지만 치유의 마법이 네 안에서 나오는 것 같아. 어쩌면 네 심장 또는 그보다 더 깊숙한 어딘가에서 말이야."

"그렇다면 다른 마법은?"

"음, 네 밖에서, 저기 어디에서부터 나오는 것 같아. 그 힘이 네게 닿아. 그리고 때로는 우리 사이를 흘러. 하지만 그건 진정 우리 것이 아니야. 그 마법을 이용하는 건 마치 도구를 이용하는 것과 같아. 해머나 톱

같은 도구 말이야."

할리아가 감청색 하늘을 향해 손을 흔들었다.

나는 진흙이 묻은 잔가지를 머리카락에서 빼냈다.

"나도 알겠어. 그렇다면 우리 자신을 사슴으로 변신시키는데 사용한 마법은 어떤데? 그건 우리 안에서 나온 게 아니야?"

"아니, 정확히 그런 건 아니야."

할리아가 손을 곰곰 들여다보더니, 손을 발굽 형태로 만들었다.

"처음에, 내가 변신하고 싶을 때, 나는 내 안의 마법을 느낄 수 있어. 하지만 오직 하나의 불꽃으로서, 일종의 초대로서, 그것은 저기 저 밖의 더 큰 마법과 나를 이어줘. 그 모든 형태의 변화를 가져오는 건 바로 그 마법이야. 밤을 낮으로, 새끼 사슴을 암사슴으로, 씨앗을 꽃으로. 그 마법은 약속해……."

할리아는 잠시 말을 멈추더니, 강둑 옆에서 싹을 틔운 곱슬곱슬한 고사리 줄기를 어루만졌다.

"겨울 내내 눈 속에 파묻혀 있던 초원이 다시 싹트도록 해줄 것을……."

나는 고개를 끄덕이며, 물방울을 튕기며 흐르는 시냇물 소리에 귀 기울였다. 가느다란 초록색 뱀 한 마리가 내 발 근처 갈대 사이에 나타났다가 물속으로 미끄러져 들어갔다.

"나는 그 외부의 힘을, 우주의 힘을 가끔씩 느껴. 그 힘이 너무나도 세게 나를 이용하는 것 같아. 마치 나를 자그마한 도구처럼 휘두르는 것 같아. 아니, 나를 하나의 이야기처럼 쓰는 것 같아. 내가 그 결말을 바꿀 수 없는 이야기 말이야."

할리아가 몸을 움직여 내 어깨에 기댔다.

"그게 전부야, 안 그래? 아 그래, 젊은 매, 난 우리 종족의 누군가한테서 들었어. 마법사가 될 것이라는 네 미래, 네 운명에 대한 이야기 전부다."

"단순한 마법사가 아니지. 모든 시대를 통틀어 가장 위대한 마법사! 우리 할아버지, 투아하보다 훨씬 더 위대한 마법사. 사람들은 투아하가 가장 현명하고 강력한 마법사였다고 말해. 그건…… 글쎄, 내가 짊어지고 가기에는 너무 무거워. 너무 무거워서, 때로는 너무 부담스러워. 마치 내 자신의 선택, 내 자신의 결심이 결국은 내 것이 아닌 것 같아."

내가 덧붙였다.

"아, 하지만 그건 네 것이야! 정말이야. 그것이 너를…… 너로 만들어주는 거라고. 그래서 내가 너한테 말하고 싶었던 거야……. 내가 말하고 싶었던 거라고."

할리아의 목소리가 점점 잦아들었다.

"그렇다면 지금 말해줄래?"

"좋아."

할리아가 단호하게 말했다. 마침내 하려던 이야기를 꼭 하리라 다짐한 듯했다.

"잘 들어, 지금. 넌 정말 네 미래에 대해 그 이상 할 말이 없니? 참나무가 될 운명을 지닌 도토리 그 이상이 아니라고 말이야? 제아무리 열심히 노력하더라도 물푸레나무나 단풍나무가 될 가능성이 전혀 없단 말이야?"

침울하게, 나는 신발 뒷굽으로 질퍽거리는 강둑을 벅벅 문질렀다.

"그런 것 같아."

"하지만 넌 네 자신의 마법을 지니고 있어! 내가 외부의 힘에 대해

한 말은 사실이야. 하지만 만약 우리가 자신의 힘을, 자신의 마법을 우리 안에 지니고 있지 않다면, 우리는 그 힘을 절대 사용할 수 없어. 그리고 너는, 젊은 매, 위대한 마법을 이용할 수 있는 놀라운 능력을 지니고 있어. 그것을 받아들이고, 그것에 집중하고, 그것을 네 의지대로 주무를 수 있는 능력 말이야. 난 네 안의 그 힘을 항상 봐. 물웅덩이에 비치는 얼굴처럼 또렷하게 말이야."

"어쩌면 네가 본 그 얼굴은 내 것이 아니라 네 것일지도 몰라."

할리아는 고개를 가로저었다. 하도 고개를 세게 젓는 바람에 고동색 땋은 머리카락이 어깨까지 출렁이며 내 귀를 스쳤다.

"네 안에 마법이 없었다면, 넌 결코 밸리맥을 그렇게 치유할 수 없었을 거야."

"하지만 내가 밸리맥을 치유하는데 정말로 내 마법을, 내 자신의 선택을 사용했던 걸까? 아니면 내가 그저 내 자신의 운명을 따라가며, 아주 오래전에 누군가가 쓴 이야기의 한 장면을 해낸 건 아닐까?"

나는 손가락으로 내 옆의 은빛 칼자루를 톡톡 두드렸다.

"이 검도 내 운명의 일부야. 그건 내가 들은 이야기야. 위대한 정령 다그다한테서 직접 들었어. 다그다는 이 검을 안전하게 보관하라고 내게 명령했어. 언젠가 이 검을 위대한 왕에게 전달해줘야 하니까. 돌의 칼집에서 이 검을 빼낼 심오한 능력을 지닌 왕한테 말이야."

나는 잠시 말을 멈추고, 다그다가 그 왕을 어떻게 묘사했는지 떠올려보았다.

왕이 되기 위해 태어난 소년이지. 그 소년은 땅에서 사라지고 나서도 사람들의 마음속에 오래도록 남을 것이다.

할리아는 의심스러운 듯 눈썹을 치켜뜨며 말했다.

"예언이 반드시 운명이 되는 건 아니야."

"그 말은 너희 종족의 오래된 격언이야?"

"음, 그렇게 오래된 건 아니야. 이 말을 처음 한 건 우리 아버지야. 우리 아버지는 그런 것에 대해 상당히 많이 생각하셨지. 너처럼 말이야."

할리아는 내 옆구리를 쿡 찔렀다. 하도 세게 찔러서 내 어깨가 나뭇가지에 쿵 부딪히며 나뭇잎이 우수수 떨어졌다.

나는 활짝 웃으며, 시냇가의 둥근 돌에 기대어 놓은 내 지팡이를 흘끗 바라보았다. 물방울이 지팡이 자루에 튀며, 지팡이에 새겨진 일곱 상징을 적시고 있었다. 상징들이 희미하게 빛났다.

"사물에 대해 생각하면 할수록, 나는 점점 더 정말 모르겠어. 운명이든 또는 다른 것이든 말이야."

할리아가 갑자기 웃음을 터트렸다.

"우리 아버지도 같은 말을 했어! 셀 수 없을 정도로 여러 번 말이야."

나는 할리아의 어깨를 툭 치며 물었다.

"또 뭐라고 말씀하셨는데?"

"운명에 대해? 그렇게 많이는 아니었어. 약간 아리송한 말은 좀 했지만 말이야."

할리아가 잠시 생각에 잠겼다.

"그게 뭔데?"

"내가 제대로 기억하는 게 맞다면 말이야, 아버지는 자신의 운명을 찾는 건 거울을 보는 것과 같다고 했어. 우리는 이미지를 봐. 아무리 희미해도, 빛이 존재하는 한……. 하지만 빛이 변한다면, 이미지 그 자체도 변하게 될 거야. 그런데 만약 빛이 완전히 사라져 버리면, 거울은 텅 비게 될 거야. 그래서 아버지는 이렇게 결론지었어. 가장 진실한 거울은…… 아버지가 뭐라고 했더라? 아 그래. 가장 진실한 거울은 빛이 전혀 필요 없는 거울이라고 했어."

나는 어리둥절해 이마를 찌푸리며 물었다.

"빛이 전혀 필요 없다고? 그게 무슨 말이야?"

"우리 종족 그 누구도 그 말을 이해하지 못했어. 많은 사람들이 알아내보려고 했지만 말이야. 연장자 중 몇몇은, 나도 들은 이야기인데, 그걸 두고 끊임없이 논쟁을 벌였다는 거야. 하지만 아무런 결론도 내지 못했대. 그러니까 그걸 생각하느라고 너무 시간을 허비하지 않는 게 상책이야. 그건 그저 하나의 농담, 또는 말장난일 수도 있으니까. 우리 아버지는 많은 걸 아셨지만, 사람들을 놀리는 것도 엄청 좋아하셨거든."

나는 고개를 끄덕였다. 하지만, 궁금증을 일으키는 그 말에 여전히 호기심이 일었다. 그건 농담일 수도 있었다. 하지만 만약 정말로 뭔가 중요한 의미를 담고 있는 거라면? 분명 연장자들은 그렇다고 믿었거나, 아니면 그 말을 이해하기 위해 너무 많은 시간을 허비하지 않으려 했을지도 모른다. 어쩌면 누군가, 언젠가, 그 뜻을 제대로 이해할지도 모르겠다. 어쩌면…… 내가. 나는 그 생각을 잠시 음미했다. 정말 멋진 생각이다. 나, 멀린은, 오래된 미스터리에 빛을 비추는 사람이 될지도 모르겠다. 그리고 그 밖의 다른 수많은 미스터리에도…….

질퍽거리는 강둑 위에서 뭔가 갑자기 움직였다. 그 바람에 나는 정신이 번쩍 들었다. 내 그림자! 내가 꼼짝 않고 가만히 앉아 있는데, 내 그림자가 움직이는 것처럼 보였다. 정말로, 흔들리고 있었다. 그저 시냇물에서 나오는 빛의 장난에 불과한 것일까? 나는 시선을 집중했다. 아니다. 의심할 여지도 없이 분명했다.

내 그림자가 나를 향해 고개를 움직이고 있었다.

3

비밀

나는 강둑 위에서 여전히 나를 비웃고 있는 내 거만한 그림자를 향해 고함쳤다.

"왜 저기 둥근 바위에 그냥 잠자코 있지 않은 거야?"

할리아는 꼿꼿이 굳은 채, 진흙투성이 언덕 위에서 내 손을 툭 쳤다.

"젊은 매!"

"너한테 한 말이 아니야, 아, 미안해."

나는 손을 내밀었다. 하지만 할리아는 내 손을 밀쳤다. 나는 내 그림자를 노려보았다. 그림자는 몸을 흔들며 웃는 것처럼 보였다.

"할리아, 너한테 한 말이 아니라니까! 그냥 내 그림자한테 말했을 뿐이야."

할리아의 표정이 서서히 부드러워졌다.

"너 요즘 그림자 때문에 퍽 힘들어하는 것 같아. 귀니아 때문에 그러는 것처럼."

할리아는 나뭇가지를 밀쳐, 귀니아를 남겨 두었던 초원을 살펴보며 말했다.

"귀니아가 다시 사라졌네. 어디 있을까?"

"그냥 시냇가에서 먹이를 먹고 있을 거야. 멀리 가지 않았어, 분명해."

나는 그림자를 향해 조약돌을 툭 던졌다. 그림자가 나를 따라 뭔가를 되던질 거라 막연히 예감했다.

"그러니까 말해봐. 너희 아버지는 어떻게 그렇게 많은 걸 알게 된 거지? 학자셨어? 음유시인이셨어?"

"다 아니야. 오랜 동안 우리 종족의 치유자였어."

할리아는 땋은 머리를 잡아 만지작거리며, 갈래갈래 나누었다. 마치 뒤죽박죽 엉켜 있는 기억을 풀려고 하는 것처럼.

"우리가 조상 대대로 내려오던 바닷가 땅을 어쩔 수 없이 떠나게 된 뒤에도, 우리 아버지는 계속 그 일을 하셨어. 그런데 아버지는 치유의 기술 말고도 아는 게 많았어. 특정한 장소에 대해 다른 사람들은 모르는 것을 알고 계셨지. 그리고…… 특정한 사람들에 대해서도."

할리아가 침을 꼴깍 삼키며 말을 이었다.

"그래서, 내 생각에, 우리 아버지가 현명한 도구 일곱 개 중 하나를 돌보도록 위임을 받은 거 같아."

나는 깜짝 놀랐다.

"정말이야?"

할리아가 고개를 끄덕였다.

"어떤 도구?"

"더 이상 말하면 안 돼. 그건 우리 종족의 비밀이거든."

강물이 우리 발 옆을 지나 재빨리 흘러가는 모습을 내려다보는 사이, 내 기억도 강물처럼 흘러내렸다. 나는 그 전설적인 도구를 또렷하게 기억했다. 무너져 내리는 슈라우디드 성에서 그 도구 대부분을 구해냈다.

스스로 밭을 가는 쟁기, 필요한 만큼만 나무를 자르는 톱이 있었다. 또 뭐가 있었더라? 그래 맞다. 마법의 괭이, 해머, 그리고 삽. 거기에 양동이도 있었는데, 양동이는 쟁기만큼이나 무거웠다. 왜냐하면 항상 그 안에 물이 찰랑찰랑 차 있었으니까.

일곱 번째 도구만이 내 손을 벗어났다. 그렇다고 내 생각에서 벗어난 것은 아니었다. 그 도구가 지닌 힘은커녕 그 도구의 상세한 묘사를 알지 못했지만, 나는 가끔 그 도구를 찾는 꿈을 꾸곤 했으니. 그 도구는 뚫고 들어갈 수 없는 불꽃의 벽 뒤에 있곤 했다. 꿈속에서, 내가 그 도구를 구하려고 할 때마다, 이글거리는 불꽃이 내 손과 얼굴, 쓸모없는 두 눈을 핥아댔다. 내 비명만 들려올 뿐이었다. 불타는 내 고약한 살갗 냄새만 날 뿐이었다. 더 이상 견딜 수 없을 때, 나는 항상 땀에 흠뻑 젖은 채로 잠에서 깨어났다.

할리아가 내 손을 살며시 잡았다.

"난 네 얼굴에서 볼 수 있어, 젊은 매. 너한테 현명한 일곱 도구에 대한 비밀이 있다는 걸 말이야."

"그래. 내가 그 현명한 도구를 갖고 있었어. 심지어 그 모든 걸 사용했었지. 영원히 잃어버린 도구 딱 하나만 빼고."

나는 시냇물에서 눈길을 떼지 않고 대답했다.

할리아가 나를 멍하니 바라보며 생각에 잠겼다. 드디어, 할리아가 나지막이 말했다.

"영원히 잃어버린 게 아니야."

"영원히 잃어버린 게 아니라니, 그게 무슨 말이야? 모두 그렇게 말했단 말이야. 카이르프레도 그렇게 말했고."

"그건 모두가 그렇게 생각했기 때문이야. 우리 아버지하고, 아버지가 그 비밀을 알려준 우리 몇 명 빼고 말이야. 그 현명한 도구는 우리 아버지가 맡아서 관리했어. 사악한 왕, 스탕마르의 군대가 그걸 빼앗으려 왔을 때, 우리 아버지는 진짜가 아닌, 아버지가 만든 가짜를 건네줬어. 진짜는 아버지가 안전한 곳에 숨겨뒀지."

"그게 어딘데?"

"아버지는 누구한테도 말하지 않았어. 아버지가 바꿔치기하자마자, 사냥꾼들이…… 아버지를 찾아냈어."

할리아의 두 눈동자에 슬픔이 비쳤다. 나는 손을 내밀어 할리아의 두 손을 감싸 쥐었다. 우리는 한동안 그렇게 앉아서, 거침없이 흐르는 강물을 바라보았다. 나는 할리아의 비밀을 함께 하고 싶은 만큼, 할리아의 짐도 함께 하고 싶었다.

얼마나 지났을까, 할리아가 다시 말했다.

"그것은…… 열쇠였어, 젊은 매. 마법의 열쇠였지. 우아하게 빛나는 뿔을 쪼아 만들었는데, 열쇠 머리에는 사파이어 하나가 박혀 있었어. 그 열쇠의 힘은…… 아, 난 기억이 안 나. 우리 아버지가 나한테 말해준 수많은 이야기들처럼 기억이 희미해. 난 그때 너무 어렸어! 그 열쇠는 우리 아버지한테 엄청나게 중요했어. 그게 내 기억의 전부야."

할리아가 손으로 내 손을 감았다.

"아버지의 말이 생각난다 하더라도, 그 열쇠의 힘이 아무리 위대하더라도, 그것이 모든 걸 치유할 수는 없어."

그 순간, 애처롭게 흐느끼는 울음소리가 강 하류 쪽에서 들려왔다. 울음소리가 순식간에 커졌다. 귀에 익은 소리였다. 잠시 뒤, 밸리맥이 우리를 향해 곧장 헤엄쳐왔다. 팔 여섯 개가 요란스레 첨벙거렸다. 밸리맥은 물길 위쪽으로 헤엄쳐서, 강둑 위로 팔딱 올라섰다가, 내 팔 안으로 폴짝 뛰어들었다. 밸리맥은 온몸을 덜덜 떨며 헐떡거렸다.

두 눈에는 두려움이 타올랐다. 밸리맥이 불쑥 말을 내뱉었다.

"아, 끔찍한 공포! 무자비한 살인! 그것이 가까이 다가오고 있어."

무슨 일인지 미처 물어보기도 전에, 거대한 머리 하나가 강 하류의 산사나무 숲에서 불쑥 올라왔다. 귀니아! 빳빳한 귀가 나뭇가지 몇 개를 톡톡 부러트리자, 잎사귀가 구름처럼 사방으로 흩날렸다. 귀니아가 비늘 덮인 기다란 목을 곧게 펴고, 두 날개를 커다란 등에 딱 붙여 접은 채 숲에서 터벅터벅 걸어 나왔다. 그러고는 우리를 향해 몸을 숙였다. 오렌지색 두 눈동자가 물 위에서 반짝였다.

"아, 무시무시한 용! 우린 마침내 살해당할 운명이야, 우리 모두."

밸리맥이 비명을 지르며, 내 품 속으로 머리를 파고들었다.

"무슨 소리야? 저 용은 우리 친구야."

내가 대답했다.

"용은 널 해치지 않아."

할리아가 덧붙였다.

귀니아는 친구의 목소리를 듣자마자, 꼬리로 땅을 쿵 요란스레 내리쳤다. 그 바람에, 산사나무가 부러지며 뿌리째 뽑혀 나갔다. 나무가 요란한 소리를 내며 시냇물 속으로 쓰러지자, 강둑을 가로질러 진흙과 나뭇가지가 흩날렸다. 밸리맥은 그걸 보고는 비명을 자지러지게 질러댔다. 그러고는 정신을 잃고 내 무릎에서 뻗었다. 마치 물에 흠뻑 젖은 옷처럼 축 늘어졌다. 단단하게 감겨 있던 꼬리조차 내 등에 느슨하게 매달렸다. 귀니아는, 이제 거의 우리 위에 있었는데, 어리둥절하다는 듯이 머리를 갸우뚱거렸다.

나는 밸리맥의 부드러운 피부를 쓰다듬었다.

"이 귀찮은 녀석은 돌아다니면 안 되겠어. 내 생각에, 원래 있던 곳으로 되돌려 보내야 할 것 같아."

"유령의 늪으로? 거긴 절대 보내면 안 돼."

할리아가 말했다.

"이 녀석은 거기서 왔어."

"그렇다면 그곳을 탈출할 정도로 현명한 거야! 그곳은 사악한 곳이야, 끔찍한 장소라고. 사방에 위험이 도사리고 있단 말이야. 우리 종족은 가급적이면 그곳을 피해왔어. 다른 종족들도 마찬가지고. 늪지 유령(marsh ghouls)을 제외하곤 말이야."

"봐봐, 밸리맥은 꼭 물 근처에 있어야 해. 게다가 용에서 멀찍이 떨어진 곳에 있어야 한다고. 녀석이 이곳에 어떻게 왔는지, 난 모르겠어. 하지만 집으로 돌려보내는 게 분명 최선의 선택이야."

할리아는 고개를 가로저으며, 밸리맥의 젖은 등을 쓰다듬었다.

"바보 같은 소리 하지 마. 게다가, 그 비참한 늪은 이 섬의 정반대쪽에 있단 말이야."

할리아의 목소리에 섞인 의구심을 알아차린 나는 몸이 굳었다.

"내가 못 할 거라 생각하는 거야?"

"음…… 그래. 그렇게 생각해."

나는 할리아를 향해 얼굴을 찌푸렸다. 내 두 뺨이 붉게 타올랐다.

"도약은 마법사에게 아주 위험한 기술 중 하나야. 너도 나한테 그렇게 말했었지."

나는 주먹으로 강둑을 퍽 내리쳤다. 진흙이 옷에 튀었다.

"넌 내가 할 수 없다고 생각하지?"

"네가 실수로 잘못된 곳에 보내버리면 어떻게 할 건데?"

"난 절대 실수 같은 건 하지 않아!"

문득, 나는 내 그림자를 알아차렸다. 그림자가 다시 고개를 움직이는 것처럼 보였다. 나는 입술을 깨물었다.

"내가 만에 하나 실수한다 해도, 밸리맥은 적어도 자신을 노려보는 용이 없는 곳에서 깨어나겠지."

나는 정신을 잃은 밸리맥을 물가 갈대밭에 조심스럽게 내려놓았다. 그러고는, 내 지팡이를 꼭 움켜잡고 일어섰다. 나는 두 발을 단단하게 딛고, 할리아를 등지고 섰다. 그러고는 집중하기 시작했다. 그 즉시, 내 몸 안에서 힘이 솟구치며, 폭발하는 화산의 용암처럼 표면으로 밀고 나오는 게 느껴졌다. 마침내, 나는 알 수 없는 노래를 읊조리며, 도약의 고귀한 마법을 불러냈다.

가까이 여행하고, 멀리 모험을 떠나고…….
보라! 도약의 장소와 시간을.
별의 중심을 찾아라,
꿈속에서…….
메아리 같은 리듬이
벨처럼 정확하게 울리리.
영원히 고귀하고, 영원히 귀한…….
보라! 도약의 장소와 시간을.

한줄기 하얀 빛이 강둑 위로 흘러나왔다. 물길을 따라 흐르던 강물이 지글지글 소리를 내며 물안개로 변했다. 동시에, 밸리맥이 감쪽같이 사라졌다. 할리아와 나도 감쪽같이 사라졌다.

4
죽음과도 같은 고통

솔잎! 나는 몸을 돌려 구르며 입에서 솔잎을 뱉어냈다. 나뭇가지가 머리 위에서 지붕처럼 둥글게 이어졌다. 하늘을 떠받칠 만큼 튼튼해 보였다. 하늘을 가릴 정도로 우람했다. 빽빽하게 들어찬 큰 가지 사이로 몇 줄기 빛이 겨우 스며들어올 뿐이었다.

"아주 잘하셨네요, 젊은 매."

나는 몸을 움츠려 끈적거리는 송진 덩어리를 뱉어내고는, 할리아를 향해 고개를 돌렸다. 할리아도 나처럼 솔잎과 부러진 나뭇가지 위에 누워 있었다.

"그래, 그러니까 내 도약이 약간…… 빗나갔군."

나는 인정했다.

할리아가 일어나 앉아, 심각한 표정으로 나를 바라보았다.

"약간이라고? 우리가 아니라 밸리맥을 보내려고 했던 거 아니야? 그런데 우리가 이곳 숲속에 있잖아. 밸리맥은 코빼기도 보이지 않고 말이야! 그리고 네 목표는 유령의 늪 아니었어? 네 목표가 형편없었다는 걸 고맙게 여겨야겠구나!"

할리아는 코에 붙은 솔잎을 털어냈다.

"음, 네 도약의 목표와 비교하자면, 귀니아의 착지의 목표는 훌륭해. 그나저나, 귀니아는 어디 있는 거지?"

할리아의 낯빛이 어두워졌다.

할리아는 벌떡 일어났다. 그 바람에 잔가지가 내 쪽으로 흩날렸다.

"귀니아, 귀니아!"

할리아가 소리쳐 불렀다. 할리아의 목소리가 마치 새매처럼 숲속으로 흘러갔다.

아무런 대답이 없었다. 할리아가 내게 돌아서는데, 이마에 근심이 가득했다.

"귀니아가 무사하면 좋겠네. 내 목소리를 들었으면 대답했을 텐데. 너 혹시…… 아니지?"

"귀니아를 남겨두고 왔냐고?"

나는 자리에서 벌떡 일어나며 말을 끝마쳤다. 나는 옷에 묻은 나무 껍질과 솔잎을 쓱쓱 쓸어냈다.

"그럴 수도 있어. 물론 그럴 수도 있지. 난, 어쨌거나, 귀니아를 어디로 보낼 생각은 하지 않았으니까."

"넌 우리도 보낼 생각이 없었잖아! 아, 귀니아가 엄청 화가 났겠는걸. 어쩌면 이곳 어딘가에 있을지도 몰라. 우리 목소리가 안 들리는 곳에 있을지도 몰라."

할리아가 숲을 흘끗 둘러보았다.

"여기가 도대체 어디지?"

내가 중얼거렸다.

나는 고개를 뒤로 젖혀, 둥근 나뭇가지 지붕 틈을 뚫어지게 올려다보았다. 그러고는 숨을 크게 들이쉬었다. 감미로운 백향목과 소나무 향이 강하게 풍겼다. 그리고 다른 뭔가가 있다는 걸 나는 깨달았다. 뭔가 썩는 내가 풍겼다. 감미로운 향기 아래 악취가 숨어 있었다. 그럼에도 불구하고, 나는 향기를 들이켰다. 왜냐하면 나는 길을 잃는 건 싫었지만, 숲에 있는 건 항상 좋았으니까. 진할수록 더 좋다. 숲이 빽빽하면 빽빽할수록, 나무는 더 오래되었으니까. 나무가 더 오래될수록, 더 많은 신비로움, 더 많은 현명함이 배어 있다는 걸 나는 알았으니까.

산들바람에 솔잎이 달린 나뭇가지가 바스락거리며, 내 얼굴에 이슬을 흩뿌렸다. 갑작스레, 어떤 날이 떠올랐다. 귀네드의 숲. 누군가는 웨일스라고 부르던 땅. 나는 적에게 쫓겨, 나무 위로 기어올랐다. 커다란 소나무. 지금 우리 위에 우뚝 솟아 있는 그런 나무. 얼마 뒤, 나는 사나운 폭풍에 갇혀 있는 내 자신을 발견했다. 바람이 거세지고, 나는 나무에 힘껏 매달렸다. 마침내 폭풍이 휘몰아쳤을 때, 나는 이리저리 흔들리며 몸부림쳤다. 나뭇가지가 나를 지탱해줬다. 아니, 나를 감싸 안아주었다. 드디어 폭풍이 잦아들자, 나는 비에 흠뻑 두들겨 맞은 커다란 나뭇가지에 흠뻑 젖은 채 앉아 있었다. 기운이 되살아나고, 새로 태어난 느낌을 받았다.

할리아가 내 팔을 톡톡 건드렸다. 할리아를 향해 몸을 돌리자, 강력한 산들바람이 우리 위의 나뭇가지 사이로 세차게 불어왔다. 할리아가 말을 하려 했지만, 나는 손을 들어 말을 막았다. 삐걱거리는 나뭇가지에서 목소리가 들려왔기 때문이다. 깊고 낭랑한 목소리. 하지만…… 그 목소리는 나뭇가지가 이렇게 장엄하게 뻗어 있는 숲에서 나는 것 같지는 않았다. 그 목소리는 서서히 퍼져가는 절망과 고통으로 가득 차 있었다.

나는 온 신경을 집중해서 귀를 기울였다. 나무가 내게 소리쳤다. 나무의 커다란 팔이 도리깨질했다. 하지만 나무가 뭐라고 말하는지 이해할 수 없었다. 왜냐하면 나무가 한꺼번에 말을 했으니까. 내가 아직까지 완전히 익히지 못한 언어도 있었다. 하지만 내가 분명히 알고 있는 언어도 있었다.

위풍당당한 백향목이 말했다.

우리는 죽어가고 있어, 죽어가고 있다고.

보리수나무가 하트 모양의 잎을 땅으로 천천히 빙글빙글 떨어트리며 말했다.

놈이 나를 먹어치우고 있어. 내 뿌리를 삼키고 있어. 내 뿌리를 삼키고 있다고.

건장한 소나무가 구슬픈 목소리로 말했다.

내 아이! 내 아이를 빼앗아가지 마!

바람과 목소리가 잠잠해지자, 나는 할리아를 향해 돌아서며 말했다.

"이 숲이 무슨 문제에 빠진 것 같아. 커다란 문제."

"나도 느껴져."

"자연스러워 보이지 않아."

"그래, 자연스럽지 않아. 하지만 네가 좀 더 자세히 살펴본다면, 표시는 사방에 있어. 솔송나무 숲 벽 위, 저 죽음에 사로잡힌 생기 잃은 덩굴처럼 말이야."

"그리고 여기, 이걸 좀 봐."

나는 근처 소나무 둥치를 향해 손을 뻗어, 나무껍질에서 구깃구깃한 잿빛 이끼 조각을 긁어냈다.

"썩어가고 있어. 전에도 이런 걸 본 적이 있어. 하지만 홍수가 지나간 뒤에만 그랬어. 무성한 숲에서는 본 적이 없어."

할리아가 무겁게 고개를 끄덕였다.

"우리가 뭔가 도울 수 있으면 좋으련만. 하지만 어떻게 돕지? 게다가, 우리도 우리 문제가 있잖아. 어떻게 하면 '여름의 대지'로 되돌아갈 방법을 찾을 수 있을까? 그리고 귀니아, 불쌍한 것! 그리고 밸리맥은 또 어쩌고? 지금 어디에 있는지 어떻게 알 수 있지?"

나는 이를 부드득 갈며, 몸을 숙여 내 지팡이를 들어 올렸다.

"미안해. 내 도약이 이렇게나 영 어긋나리라고는 전혀 생각하지 못했는데 어쩌다⋯⋯."

나는 울퉁불퉁한 지팡이 끝을 꽉 잡으며 한탄했다.

"첫 번째 교훈을 내가 깜빡했어. 다그다가 '마법사의 영혼'이라고 불렀던 겸손함 말이야."

나는 화가 치밀어 올랐다. 지팡이를 허리춤에 꽂았다.

"다시 시도하기 전에 나는 100년 동안 연습을 해야 해! 아, 내가 우리를 다른 땅으로, 아니 다른 세상으로 보낸 건지도 몰라."

할리아가 고개를 저었다.

"아니, 아니. 내 다리와 코, 내 뼈가 모두 말해주고 있어. 우리가 여전히 핀카이라의 어딘가에 있다고 말이야."

할리아는 우리 주위의 그늘이 드리운 나무둥치를 훑어보았다.

"이 숲을 보고 있으려니, 내가 몇 년 전에 갔었던 아주 오래된 숲이 떠올라. 그때 나는 아직 어린 새끼 사슴이었어. 숲의 모양, 나무가 서 있는 모습. 이 모든 게 아주 익숙한 느낌이야. 하지만 그때 그 숲은 지금보다 훨씬 더 활기에 차 있었어! 도대체 무슨 병이기에 숲을 이렇게나 엉망으로 만들었을까?"

"아, 끔찍한 죽음과도 같은 고통."

백향목의 옹이투성이 뿌리 뒤에서 성난 목소리가 으르렁거리며 튀어나왔다.

우리는 소리 나는 곳으로 허겁지겁 달려갔다. 밸리맥이 나무뿌리 안에서 버둥거리고 있었다. 둥근 두 눈이 그 어느 때보다 더 비참해 보였다. 발톱에 나무껍질 부스러기와 솔잎 덩어리가 끼어 있었다. 빵빵한 뱃살이 자그마한 움직임에도 이리저리 출렁거렸다. 수염은 시무룩하게 축 처져 있었다. 어두운 숲에서 올빼미의 눈보다 더 예리한 내 투시력이 다른 상처는 찾아내지 못했다.

나는 밸리맥을 향해 몸을 숙여, 수액으로 끈적끈적한 잔가지를 꼬리에서 떼어주려고 했다. 하지만 밸리맥은 몸을 움츠리며 나를 피했다.

"지금 두려워할 이유가 없어. 용은 여기 없어."

나는 밸리맥을 달래주었다.

"하지만 인간괴물이 있잖아!"

밸리맥이 코를 들어 올려 킁킁 냄새를 맡았다. 눈은 여전히 더 커져 있었다.

"게다가 설상가상, 엎친 데 덮치게도, 여기는 끔찍해. 절대로 있고 싶지 않은 곳이야! 끔찍한 곳이라고!"

밸리맥은 몸서리치며 투덜거렸다.

할리아가 숨을 돌리며 물었다.

"그럼, 넌 이곳이 어딘지 아니?"

"당연하지. 저 고약한 웅덩이 거름 냄새 안 나?"

밸리맥이 신음 소리를 냈다.

"아니, 안 나! 엉덩이 고름 냄새가 뭔지는 모르겠지만 말이야."

"웅덩이 거름이라니까! 이 멍청한 인간괴물 같으니라고!"

밸리맥이 눈을 질끈 감으며 중얼거렸다.

나는 밸리맥을 마구 흔들었다. 마침내 밸리맥이 다시 눈을 떴다.

"우리가 어디에 있다고 생각하는데, 응?"

밸리맥은 비참한 표정으로 우리를 올려다보았다.

"어두운 숲, 유령의 늪 남쪽 끝자락."

나는 놀라 다시 물었다.

"늪이라고? 확실해?"

"그렇다마다! 내가 웅덩이 거름 냄새도 못 맡는다고 생각하는 거야?"

할리아가 고개를 가로저었다.

"그럴 리 없어. 내 기억으로는, 숲은 늪지대에서 한참 남쪽의 언덕에 있었어. 사실상 하루 온종일 달려야 하는 거리란 말이야."

"확실해?"

내가 물었다.

"그렇다마다! 나는 결코 숲을 잊은 적이 없어. 이처럼 오래된 숲이 아니더라도 말이야. 그리고 내가 기억하는 그 숲은 유령의 늪에 전혀 가까이 있지 않아."

"아, 슬프지만, 정말이라니까!"

밸리맥이 꽥 비명을 질렀다. 밸리맥의 온몸이 마구 떨리며 두툼한 뱃살이 출렁거렸다.

"아, 인간괴물, 제발…… 이 가엾은 나를 아프게 꼬집어줘. 만약 네가 그래야 한다면. 이 수염을 잡아당겨줘, 꽤액 꽤액……. 하지만 날 제발 이곳에서 벗어나게 해줘!"

나는 얼굴을 찡그리며, 벌벌 떠는 밸리맥을 찬찬히 뜯어보았다.

"말이 안 되는 소리잖아. 설령 네 말대로 우리가 늪지대 근처에 있다 해도, 왜 넌 되돌아가고 싶다는 거지? 여기는 네 고향이잖아?"

"그랬지, 분명히. 하지만 이제 더 이상은 아니야. 안전한 고향이 아니라고."

나는 눈썹을 치켜떴다.

"왜 아니라는 거지?"

밸리맥이 몸을 비틀며, 나무뿌리 아래로 머리를 쑤셔 넣으려 했다.

"말로 설명할 수 없어! 너무 끔찍하단 말이야."

나는 밸리맥을 내려다보며, 궁금증이 일었다. 내가 똑똑하게 기억하고 있는 유령의 늪보다 무엇이 더 끔찍할 수 있단 말인가? 악취를 풍기는 공기, 끈적끈적한 거름, 그리고, 그 모든 것보다 더 나쁘게도, 늪지 유령들. 나는 으스스하게 깜빡거리는 늪지 유령의 눈동자를 본 적이 있다. 그리고 그 이상을. 나는 늪지 유령들의 분노와 광기를 두 번 다시 절대로 느끼고 싶지 않았다. 할리아의 말이 옳다는 걸 알고 있었다. 늪지대는 핀카이라에서 가장 알려지지 않은 곳이다. 그리고 가장 두려운 곳이기도 했다. 그럴만한 이유가 충분했다.

밸리맥이 다시 고개를 들고, 벌벌 떨며 한숨을 내쉬었다.

"아, 내가 어떻게 고향을 잊겠어? 빛나는 경이로움을 지닌 곳! 달콤함이 마구마구 솟아나는 고향이었어. 아주 오랫동안 말이야."

나는 할리아와 의심스러운 시선을 주고받았다.

"아, 그 부패한 물웅덩이."

밸리맥은 말을 이었다. 눈동자가 반짝반짝 빛났다.

"그 수수께끼의 늪! 모두가 '겁나 러블리'하고 축축한 비밀이지."

밸리맥이 말을 이었다.

"하지만 마침내……"

"마침내 뭐?"

"기분 나쁜 막대기! 위험한 비명!"

밸리맥이 발톱으로 내 다리를 가리키면서 갑자기 소리쳤다.

나는 내 신발 옆에 있는 구불구불 흰 두꺼운 막대기를 흘끗 내려다보았다. 그러고는 다시 밸리맥을 쳐다보았다.

"난리법석 좀 그만 부려, 이제. 그만하면 됐어! 나는 막대기를 보고 달아나지 않아. …… 너도 그래서는 안 되고."

"하지만 너는 몰……"

"그만 해!"

나는 검을 뽑으며 명령하듯 말했다. 한 줄기 빛이, 머리 위 나뭇가지 사이를 가르며, 칼날에 닿아 쩡 빛났다.

"이 검이 치명적인 막대기한테서 우리를 지켜줄 거야. 아니면 흐느껴 우는 밸리맥한테서."

할리아가 이마를 찡그렸다.

"진정해. 돌아갈 길을 찾아보자. 아얏!"

할리아가 갑자기 두 손을 목으로 뻗어, 목을 감싼 채 몸부림치며 구불구불한 뱀을 떼어내려 했다. 할리아의 얼굴에 핏기가 가시고, 두려움에 눈이 튀어나올 듯했다. 나는 검을 들어 올려, 할리아를 구하러 달려갔다.

"죽음과도 같은 고통!"

밸리맥이 비명을 질렀다.

갑작스레, 뭔가 묵직한 것이 내 등 아래쪽으로 떨어졌다. 그러더니 내 등뼈를 타고 어깨까지, 엄청난 속도로 미끄러져갔다. 내가 비명을 지르기도 전에, 강력한 근육이 내 목을 꽉 짓눌렀다.

뱀이 또 있었다! 내 숨통을 조여왔다. 할리아가 무릎을 꿇고 무너져 내리는 모습이 어렴풋이 보였다. 할리아는 자신의 목을 조르고 있는 뱀과 씨름하고 있었다. 모든 게 빙글빙글 돌기 시작했다. 나는 뭔가에 걸렸다. 나는 넘어지지 않으려 바동거렸다. 그러다 검을 놓치고 말았다. 나는 할리아를 향해 비틀비틀 걸어갔다. 할리아에게 손을 내밀어야 했다. 그래야만 했다!

내 목을 꽉 감싸고 있는 서늘한 살덩이 안으로 나는 손가락을 깊이 눌렀다. 딱딱한 느낌이었다. 돌멩이로 만든 목걸이 같았다. 아무리 잡아당겨도 뱀은 꼼짝도 않고 나를 꽉 누르며, 점점 더 강하게 옥죄어왔다. 머리가 터질 것만 같았다. 시간이 갈수록 팔다리에서 힘이 스르르 빠져나갔다. 목과 머리, 가슴에서 고통이 밀려왔다. 일어설 수조차 없었다. 숨 쉴 수조차 없었다. 공기. 내게는 공기가 필요했다!

나는 비틀거리다 결국 땅에 쓰러지고 말았다. 솔잎 위로 뒹굴었다. 일어서려 버둥거렸지만 다시 고꾸라지고 말았다. 여전히 뱀을 떼어내려 버둥거렸다. 그러는 내내, 기이한 어둠이 내 위로, 내 몸 안으로 스멀스멀 기어왔다. 더 이상 빙글빙글 도는 느낌도 없었다. 더 이상 꼼짝하지 못했다.

마법. 나는 내 마법을 사용해야 한다! 하지만 내게는 힘이 부족했다.

뭔가 날카로운 게 내 어깨를 찔렀다. 무척 날카로웠다. 피가 보였다. 내 검. 내가 검 위로 뒹굴었던가? 막연하게, 어떤 생각이 내 머릿속에 가물거렸다. 나는 남은 힘을 모조리 쏟아 부어, 몸으로 칼날을 덮으려 버둥거렸다. 그러고는 아주 살짝 몸을 비틀었다. 세상이 점점 더 어두워졌다. 칼날이 내 살을 베는 게 느껴졌다. …… 그리고 어쩌면 다른 무언가도.

더 이상 싸울 힘이 없었다. 나는 꼼짝할 수 없었다. 마지막 소망이 내 머릿속을 스쳐 지나갔다.

날 용서해줘, 할리아. 제발.

갑작스레, 뱀이 스르르 힘을 풀었다. 나는 헉헉 숨을 몰아쉬었다. 두 팔이 다시 욱신거리기 시작했다. 이제 또렷하게 보였다. 분노에 이글거리며, 나는 잘려 나간 뱀 몸뚱이를 목에서 잡아 뜯었다. 할리아는 아주 가까운 곳에 누워 있었다. 할리아는 꼼짝도 하지 않았다.

나는 칼자루를 움켜쥔 채 할리아 옆으로 기어갔다. 할리아를 공격한 뱀은 똬리를 풀며, 할리아의 턱 밑에서 고개를 치켜들었다. 누런 눈동자를 이글거리며 사납게 식식거렸다. 그러더니 나를 향해 솟구쳤다.

나는 검을 휘둘렀다. 싹둑, 칼날이 닿았다. 뱀의 머리가 허공으로 날아, 나무 둥치에 쿵 부딪쳤다. 이윽고 대가리가 숲 바닥에 툭 떨어졌다.

나는 검을 내려놓고 할리아 옆으로 다가갔다.

제발, 할리아! 다시 숨을 쉬어.

나는 할리아의 상처 입은 목을 잡았다. 옷 빛깔만큼이나 검붉었다. 할리아의 머리를 흔들었다. 하지만 할리아는 꼼짝하지 않았다. 나는 할리아의 뺨을 쓰다듬었다. 차가운 손을 꽉 움켜쥐었다.

전혀. 전혀 움직이지 않았다.

"할리아! 돌아와! 돌아오라고!"

나는 울부짖었다. 눈물이 내 뺨을 적셨다.

하지만 할리아는 꼼짝하지 않았다. 살아 있는 생명의 기운이 조금도 보이지 않았다. 희미하게 숨조차 쉬지 않았다.

나는 절망에 빠져, 할리아 위로 쓰러졌다. 내 얼굴이 할리아의 얼굴에 닿았다.

"죽지 마. 여기서는 안 돼. 지금은 안 된다고!"

나는 속삭였다.

뭔가가 내 뺨을 가볍게 스쳤다. 또 다른 눈물? 아니 그건…… 눈꺼풀이었다!

나는 고개를 들어, 할리아의 얼굴을 내려다보았다. 할리아는 힘겹게 숨을 쉬었다. 한 번. 또 한 번.

곧, 할리아가 일어났다. 기침을 하며, 아픈 목을 쓰다듬었다. 무척이나 큰 갈색 눈동자가 나를 잠시 지그시 쳐다보았다. 이윽고 내 옆에 놓인 피 묻은 검으로, 그리고 솔잎 사이에 드러누워 있는 목 없는 뱀을 향해 시선을 옮겼다.

할리아의 입술이 살짝 미소 짓듯 파르르 떨렸다.

"어쩌면, 네 목표가 그리 서툴지 않았나봐."

할리아가 갈라진 목소리로 힘겹게 말했다.

5

이제 불꽃이 일어나라

우리가 다시 기운을 차리기까지, 그리고 할리아가 내 어깨 상처에 소독을 해주어서 내가 피부 조직을 치유할 수 있기까지 꼬박 한 시간이 걸렸다. 그리고 밸리맥이 다시 말하기까지 또 거의 한 시간이 걸렸다. 어쨌든 밸리맥의 목소리에는 놀란 기색이 역력했다. 마침내, 우리는 솔잎과 울퉁불퉁한 나무뿌리 사이에 앉아, 살아 있음에 감사했다. 그러면서도 뱀이 다시 나타나지 않을까 긴장을 늦추지 않았다.

"네가 용감하게 구했어. 나보다 훨씬 더 용감하게 구했어."

밸리맥이 툭 튀어나온 나무뿌리에 기댄 채 쉰 목소리로 말했다.

나는 어린 나뭇가지에 솔방울을 툭 던지며 물었다.

"뱀이 공격해오기 전에 넌 적어도 한 놈을 발견했어. 그게 막대기가 아니라는 걸 어떻게 알았어?"

"성난 눈동자. 거의 감고 있었지만, 누런빛이 보였어. 예전에도 수많은 끔찍한 시간 동안 그런 걸 본 적이 있었거든."

나는 가까이 몸을 기울여, 둥그런 얼굴을 쳐다보며 물었다.

"늪에서? 저 뱀들이 늪에서 왔다는 거야?"

"그렇고말고."

나는 얼굴을 찌푸리며 물었다.

"넌 그곳을 빛나는 경이로움을 지닌 곳이라고 말했잖아?"

할리아도 조심조심 자기 목을 어루만지며 말했다.

"*겁나 러블리*'한 곳이라고도 말했던 것 같은데."

밸리맥은 목을 가다듬으려 했다. 하지만 꼬리는 신경질적으로 경련을 일으켰다.

"음…… 내가 약간 과장했는지도 몰라."

나는 당혹스러워 고개를 가로저었다.

"약간 과장했다고? 늪에 무슨 일이 있었던 거야? 그곳이 네가 믿는 것처럼 여기서 그리 멀지 않다 할지라도, 왜 저 뱀들이 그곳을 떠나온 거지?"

밸리맥이 동그란 눈을 질끈 감았다. 그러더니 번쩍 떴다.

"분명 나와 똑같이 끔찍한 이유 때문이겠지."

"그게 뭔데?"

"너무 끔찍해서 말할 수 없어. 속삭일 수도 없어. 내 꿈속 최악의 두려움이 무엇이든, 이것이 가장 끔찍해. 너무나도 끔찍하다고."

밸리맥이 고개를 가로저었다. 팔 여섯 개와 꼬리도 전부 다 따라 움직였다.

"말해봐."

밸리맥은 나무뿌리 안으로 움츠러들었다.

"지금은 싫어."

할리아가 내 팔을 살며시 잡으며 내게 말했다.

"저 녀석은 지금 널 믿지 않아."

나는 화가 나 소리쳤다.

"내가 도대체 얼마나 더 녀석의 목숨을 구해주어야 녀석이 말을 하지? 음, 상관없어. 더 이상 저 녀석과 함께 있지 않을 테니까."

밸리맥이 깜짝 놀라 헐떡거렸다. 몸이 벌벌 떨리며, 발톱이 탁탁 소리를 내기 시작했다.

"인간괴물이 날…… 잡아먹으려는 거야?"

"그러고 싶지만, 아니. 우린 우리 갈 길을 찾아갈 거야. 어쨌든, 여름의 대지로 말이야. 하지만 내가 널 여기에 데려왔으니, 널 물이 있는 어디 안전한 곳으로 데려다주는 건 내 책임이지. 아니, 걱정 마. 너의 그 '겁나 러블리'한 늪은 아니니까! 하지만 우리는 머지않아 축축한 곳을 건너야 할 거야. 거기에 널 남겨둘게. 네가 좋아하든 싫어하든 상관없이 말이야. 거기가 시냇물이 됐든, 작은 호수가 됐든, 아니면 물웅덩이가 됐든 난 알 바 아니야."

나는 벌떡 일어나 녀석을 안쓰러운 표정으로 살펴보았다.

밸리맥이 눈살을 찌푸리더니 나를 향해 발톱 하나를 내밀었다.

나는 한숨을 푹 내쉬었다. 옷 끝단을 북 뜯어내어, 양쪽 끝을 묶어서, 그걸 내 목에 둘렀다. 축 처진 삼각건 같았다. 그러고는, 끊임없이 징징거리는 밸리맥을 들어 올려 그 안에 집어넣었다. 비록 꼬리 하나가 툭 튀어나와, 짜증스럽게 징징댈 때마다 접혔다가 펴졌지만, 밸리맥은 삼각건 안으로 사라져 버렸다.

할리아가 내 가슴 앞에서 낑낑대는 꾸러미를 살며시 만졌다. 그러자 밸리맥은 비명을 시끄럽게 지르며, 몸을 공처럼 꽁꽁 둥글게 말았다. 할리아는 툭 튀어나온 삼각건을 유심히 살펴보았다.

"저 녀석은 네가 목숨을 구해준 걸 고마워하지 않을지도 몰라, 젊은 매. 하지만 난 네가 내 목숨을 구해준 걸 감사해."

나는 칼자루를 톡톡 두드렸다.

"이게 우리를 구해준 거야."

할리아는 화난 암사슴처럼 땅바닥을 발로 쿵쿵 찼다.

"이봐. 넌 마치 네가 그 검으로 아무것도 안 한 것처럼 말하는구나."

나는 어두운 숲을 바라보았다.

"그런 뜻이 아니야. 하지만 우린 가까이 왔어. 너무 가까이 왔어. 바로 그곳에 말이야. 카이르프레를 비롯해 사람들이 생각하는 것처럼, 만약 내게 정말 위대한 힘이 있다면, 나는 그렇지 않다고 생각하지만 말이야, 그렇다면 내가 처음부터 그 뱀들 따위한테 놀림을 당하지 않았어야 해."

"흠. 왜 넌 가끔 실수를 저지르면 안 되는 거니, 다른 사람들처럼?"

"왜냐하면 나는 마법사여야 하니까!"

할리아는 두 손을 허리춤에 올려놓았다.

"그렇다면 좋아, 위대한 마법사, 왜 내게 중요한 걸 말해주지 않는 거니? 우리가 어떻게 귀니아를 되찾을 수 있는가 같은 것 말이야. 귀니아가 안달복달하다 죽기 전에, 또는 나를 찾느라 사방팔방 다 뒤지고 다니기 전에 말이야."

"음, 도약을 하면 모를까……."

"싫어!"

"안 그러면 우리는 걸어야 해. 여기 이 다정한 친구와 함께 말이야."

나는 삼각건을 톡톡 두드렸다. 그러고는 손을 얼른 치웠다. 발톱 하나가 거의 나를 찌를 뻔했으니까.

옆쪽의 오래된 백향목으로 돌아서며, 나는 깊숙하게 홈이 파인 나무둥치에 손을 올려놓았다. 달콤한 송진 냄새가 밀려왔다. 나무껍질 밑으로 송진이 흐르는 게 느껴졌다.

"너를, 그리고 이곳을 도와줄 방법을 찾을 수 있으면 좋으련만, 늙은 나무야. 하지만 시간이 없구나."

내 머리 위의 나뭇가지들이 살랑살랑 흔들리며, 말라빠진 솔잎이 우수수 떨어져 내렸다. 나는 할리아를 흘끗 바라보았다. 할리아는 벌써 숲속으로 성큼성큼 걸어 들어가고 있었다. 비스듬하게 비추는 오후의 햇살이 그 뒤를 따랐다. 나는 다시 한 번 나무껍질에 손바닥을 꾹 누르며 속삭였다.

"언젠가, 아마, 다시 돌아올 거야."

할리아를 따라잡기가 쉽지 않았다. 할리아가 숲속을 전속력으로 달리고 있었으니까. 할리아는 사슴으로 변신하자고 제안하려 했음에 틀림없었다. 하지만 할리아는 내가 밸리맥을 운반해야 한다는 걸 깨달았다. 그럼에도 할리아는 나무뿌리와 쓰러진 나무둥치 사이를 두 다리로 쉽사리 사뿐사뿐 뛰어갔다. 그러는 내내, 나는 나뭇가지를 지나칠 때마다 옷이 걸려 찢어졌다. 이따금 밖으로 뻗어 나와 나를 괴롭히는 발톱은 그렇다 쳐도, 묵직한 삼각건 또한 아무런 도움이 되지 않았다.

나는 마침내 할리아를 따라잡았다.

"어디로 가는지 알고는 있는 거야?"

내가 헉헉거리며 물었다.

할리아는 커다란 솔송나무의 향기로운 나뭇가지 아래로 고개를 숙였다.

"여기가 내가 기억하는 숲이 맞다면, 여름의 대지는 서쪽에 있을 거야. 머지않아 내가 알아볼 수 있는 이정표를 찾을 수 있을 거야."

"그리고 물을 좀 찾을 수 있으면 좋겠어. 이걸…… 이 짐을 떼어놓으려면 말이야."

나는 성가신 발톱을 툭 치우며 말했다.

우리는 한참 동안 숲속을 걸었다. 우리 발자국이 바드득거리는 소리, 또는 이따금 나뭇가지 위의 다람쥐가 후다닥 달아나는 소리 말고는 아무것도 들리지 않았다. 문득, 저 아래 산골짜기에서, 날카롭게 쿵 소리가 들려왔다. 소리는 몇 차례 이어졌다. 칼, 또는 도끼가 아무렇게나 쿵쿵 찍으며 나무를 잘라대는 소리였다. 갑작스레, 나뭇가지 사이로 으스스한 바람이 불어오며 거친 숨소리가 커져갔다.

우리 둘 다 순식간에 꽁꽁 얼어붙었다. 나는 할리아의 팔을 힘주어 붙잡았다.

"우리가 이 숲을 구하기 위해 할 수 있는 건 아무것도 없어. 그래도 나무 하나는 구할 수 있겠지."

할리아가 고개를 끄덕였다.

그 난도질하는 소리를 따라, 우리는 산골짜기 아래로 달려갔다. 언덕을 뒤덮고 있는 블랙베리 덤불 사이를 헤치고 나아갔다. 할리아를 따라잡기 위해 최선을 다했지만, 나는 곧 뒤처지고 말았다. 나는 쓰러진 나무에 걸려, 가슴을 땅바닥에 쿵 부딪치며 쓰러졌다. 밸리맥도 같이 쓰러졌다. 밸리맥의 귀를 찌를 듯한 비명 때문에 귀가 멍멍할 지경이었다. 나는 다리에 힘을 주고 다시 일어나 언덕 아래로 내달렸다.

잠시 뒤, 땅이 평편해졌다. 나는 풀이 무성한 좁다란 공터로 불쑥 뛰어들어 갔다. 거기 할리아가 팔짱을 낀 채 서서, 조잡한 도끼를 들고 있는 사내를 마주보고 있었다. 사내의 귀는, 대부분의 핀카이라 사람들과 마찬가지로, 끝이 약간 튀어나와 있었다. 하지만 나는 그 사내의 눈동자를 눈여겨보았다. 자신과 커다란 옹이투성이 소나무 사이에 당돌하게 버티고 서 있는 젊은 여자를 바라보는 사내의 눈동자가 이글이글 타올랐다. 소나무 나무둥치 옆구리에는 비뚤배뚤 상처가 나 있었다.

"저리 비켜, 이 계집애야!"

사내의 너덜너덜한 옷이 나풀거렸다. 사내는 할리아를 향해 도끼를 휘둘렀다. 사내 뒤로 부인이 서 있었는데, 그 표정이 헝클어진 머리만큼이나 어수선했다. 여자는 품에 갓난아이를 안고 있었다. 갓난아이는 가냘픈 두 다리를 허공에 버둥거리면서 애처롭게 울어댔다.

"비켜! 우리는 그저 땔감을 조금 구하려는 것뿐이야. 거의 다 됐어."

우락부락한 사내가 소리쳤다. 그러고 나서 사내는 도끼를 으스스하게 들어 올렸다.

"땔감을 구하겠다고 나무를 통째로 자를 필요는 없잖아요? 특히 이렇게 오래된 나무를 말이에요. 게다가, 저기 땅 위에 땔감이 많이 있잖아요. 여기, 내가 땔감 모으는 걸 도와드릴게요."

할리아가 꼼짝 않고 버티고 서서 이의를 제기했다.

"저건 바싹 마르지 않아서 불을 붙일 수 없단 말이야. 이제 썩 꺼져."

사내가 되받아쳤다.

"아니, 안 비켜요."

할리아가 단호하게 말했다.

달려오느라 숨을 헉헉거리며, 나는 할리아 옆으로 끼어들었다.

"나도 안 비켜요."

사내는 우리 둘을 노려보았다. 눈이 이글이글 타올랐다. 사내는 도끼를 더 높이 치켜들었다.

"우리 아기한테 온기가 필요해. 그리고 음식도 좀 필요하고. 어제 아침부터 아무것도 먹지 못했단 말이야."

여자가 훌쩍거리며 말했다.

할리아는, 표정이 부드러워지며, 당혹스러운 듯 고개를 갸우뚱했다.

"왜 못 먹었는데요? 집이 어디예요?"

여자는 주저하며, 남편과 눈빛을 주고받았다.

"마을. 늪 근처."

여자가 조심스럽게 말했다.

"유령의 늪이요? 유령의 늪은 여기서 멀지 않나요?"

내가 물었다. 그러면서 할리아를 재빨리 쳐다보았다.

여자는 나를 이상하다는 듯 바라보았지만, 아무 말도 하지 않았다.

"마을이 어디에 있든, 도대체 왜 지금 마을에 있지 않고 여기 있는 거냐고요?"

할리아가 다그쳐 물었다.

잠자코 있으라는 사내의 몸짓에도 불구하고, 여자는 흐느껴 울기 시작했다.

"왜냐하면…… 침략을 당했으니까. 놈들한테서."

"놈들이라니요?"

사내가 허공에 도끼를 휘둘렀다.

"늪지 유령들이지, 누구긴 누구야. 이제 저리들 비켜."

사내가 거칠게 말했다.

그 순간, 밸리맥이 수염 달린 머리를 삼각건 가장자리 위로 들어 올렸다. 도끼를 보고는, 크게 울음을 터트리며 다시 삼각건 속으로 후다닥 몸을 숨겼다.

"침략 당했다고요? 늪지 유령들이 침략했다는 소리는 지금껏 들어본 적이 없는데요?”

　나는 다시 물었다.

　여자는 아기한테 손가락을 물려 빨게 하려 했다. 하지만 아기는 손가락을 밀쳐버렸다.

　“우리 마을은 150년 동안 늪지대의 끝자락에 있었어. 우리도 늪지 유령이 침략했었다는 이야기를 들어본 적이 없어. 물론, 늪지 유령들의 비명과 흐느낌을 매일 밤마다 듣긴 했지. 싸우는 고양이보다 더 시끄러웠어! 하지만 우리가 늪지 유령들을 가만히 내버려두면, 늪지 유령들도 우리를 건드리지 않았어. 하지만…… 모든 게 변해 버렸어.”

　여자의 남편이 우리에게 한 발 가까이 다가왔다. 도끼를 휘두르며, 큰 소리로 고함쳤다.

　“자, 이야기는 실컷 했어.”

　“기다려봐요. 당신이 원하는 게 불이라면, 내가 다른 방법을 알고 있어요.”

　내가 자신 있게 말했다.

　사내가 뭐라고 토를 달기 전에, 나는 지팡이를 높이 들어 올렸다. 내 손가락 끝에, 지팡이에 새겨진 조각 하나가 느껴졌다. 조각된 나비의 모습. 나는 다른 손으로, 사내 발 옆에 있는 솔잎과 나뭇가지를 가리켰다. 조용히, 나는 변신의 힘을 소환했다. 그 힘을 어디에서 찾아냈든, 비록 바람 한 점 느끼지 못했지만, 내 옷이 갑자기 휘날리며 소맷자락이 나풀거렸다. 사내는 이 모습을 보고는 깜짝 놀랐다. 사내의 아내는 몇 걸음 뒤로 주춤주춤 물러섰다.

　느릿느릿, 리듬을 타고, 나는 불꽃 소환의 오래된 언어로 말했다.

이제 불꽃이 일어나라.
숲이나 늪지대에서
눈보다 더 밝고,
죽을 운명의 시야를 뛰어넘어.

온기의 아버지
모루와 장작더미를 위해
빛의 어머니,
아, 무한한 불꽃이여.

숲에서 지글거리는 소리가 솟구쳤다. 갈색 솔잎이 우수수 떨어져 내렸다. 나무껍질이 쩍쩍 갈라지며 툭툭 부서졌다. 연기의 흔적이 가느다랗게 위로 솟구치며, 끊임없이 피어올랐다. 마침내 섬광이 일었다! 나뭇가지, 나무껍질, 솔잎이 불꽃을 이루며 타올랐다.

사내가 옆으로 펄쩍 뛰며 소리쳤다. 사내의 헤진 옷단에 불꽃이 붙으며 타기 시작했다. 사내는 웃자란 풀 다발을 급히 뜯어내 불꽃을 털어냈다. 아내는 아이를 꽉 껴안은 채, 멀찌감치 뒤로 물러났다.

마침내 옷에 붙은 불꽃이 꺼지자, 사내는 몸을 돌려 나를 바라보았다. 아주 오랫동안, 아무 말 없이 바라만 보았다. 그러다가는 마침내 고함쳤다.

"마법이야. 저주받은 마법이야."

"아니, 아니요. 약간의 마법일 뿐이에요. 그저 당신을 도우려 했던 거라고요."

내가 대답했다. 나는 탁탁 타오르는 불꽃을 향해 손을 흔들었다.

"이제, 이리 오세요. 당신 식구들에게 몸 좀 덥게 하세요. 여기 불 주위에서 음식도 좀 먹고요."

사내는 아내를 바라다보았다. 사내의 눈에는 공포와 갈망이 뒤섞여 있었다. 이윽고 아내의 팔을 덥석 잡았다.

"절대. 우리에게 마법사의 불꽃은 안 돼!"

"하지만…… 당신은 불꽃을 원했잖아요?"

내 항의에는 아랑곳 않고, 부부는 초원을 가로질러 숲으로 되돌아갔다. 할리아와 나는 어안이 벙벙한 채 그 자리에 멍하니 서 있었다. 마침내 나뭇가지가 뚝뚝 부러지는 소리와 아기 우는 소리가 더 이상 들리지 않았다.

내 그림자를 흘끗 내려보니, 그림자가 자기 옆구리를 찰싹 때리는 게 아닌가. 그림자가 나를 비웃고 있었다. 나는 고함을 치며, 그림자 위로 펄쩍 뛰어올랐다. 할리아가 휙 돌아보았다. 하지만 할리아가 그림자를 알아차리기 바로 직전, 그림자는 다시 원래의 모습으로 돌아와 나를 따라 움직였다. 할리아는 의아한 표정으로 나를 바라보았다.

나는 화가 나 발로 불꽃을 쿵쿵 밟아 껐다. 내 그림자는, 나는 그림자를 보는 게 괴로웠는데, 나랑 똑같이 움직였지만 훨씬 더 화가 난 것 같았다. 나는 한숨을 내쉬며 말했다.

"난 그 사람들을 겁줄 생각이 아니었어. 도와주려고 했던 것뿐이야."

할리아는 슬픈 표정으로 나를 바라보았다.

"의도가 전부는 아니야, 젊은 매. 네 말 믿어, 나도 알아."

곧, 할리아는 뭔가 더 하고 싶은 말이 있는 것 같았지만, 말을 꾹 참았다. 할리아는 그 가족이 떠나간 방향을 가리켰다.

"어쨌거나, 저 사람들은 이 불쌍한 나무를 죽이려 한 게 아니었잖아.

그저 자기 아이를 위해 불을 피우고 싶어 했을 뿐이야."

"결국 그게 그거잖아!"

"밸리맥을 집으로 보내려고 했는데, 결국 우리가 이곳에 온 것 또한 같은 게 아닐까?"

내 두 뺨이 벌겋게 달아올랐다.

"그건 완전 다른 거야. 적어도 이번에는 마법이 먹혔잖아. 내가 기대했던 방식은 아니지만 말이야."

나는 뒤꿈치로 석탄을 비벼 껐다.

"잘 들어. 넌 네가 할 수 있는 일을 했어. 난 그저 슬플 뿐이야. …… 아, 난 아직 확신이 없어. 때때로, 옳은 일을 하는 게 정말 힘들어."

할리아는 꺼져가는 석탄을 보았다.

"그러니까 나보고 시도조차 하지 말라는 거야?"

"아니. 그저 좀 더 신중하게 시도하라는 거야."

여전히 혼란스러워, 나는 할리아를 물끄러미 쳐다보았다. 그러고는, 상처 난 소나무를 향해 돌아섰다. 상처가 제법 커서 나는 안쓰러웠다.

"어쩌면, 적어도, 오늘 한 가지는 제대로 할 수 있어."

나는 늙은 소나무 밑동에 무릎을 꿇고, 손가락을 뻗어 상처 난 곳으로 흘러나오는 달콤하고, 끈적끈적한 수액을 만졌다. 피보다 더 진하게 느껴졌다. 색깔은 피보다 훨씬 밝았다. 붉다기보다는 짙은 호박색에 가까웠다. 그렇다 할지라도, 그것은 얼마 전에 내 어깨에서 흘러나온 피와 아주 흡사해 보였다. 나는 떨리는 솔잎에서 흘러나오는, 가까스로 들을 수 있는 속삭임에 귀 기울였다. 그러고는, 아주 조심스럽게, 두 손을 상처 위에 올려놓았다. 수액이 다시 들어갔으면 하고 바랐다. 상처가 서로 묶이기를 바랐다.

곧, 수액이 내 손바닥 아래서 굳는 게 느껴졌다. 나는 두 손을 떼고, 떨어진 솔잎을 뭉쳐 상처 주위에 부드럽게 펴 발랐다. 나는 몸을 더 바짝 숙이며, 몇 차례 천천히, 끊임없이 숨을 불어넣었다. 그러는 내내 나무 섬유에 정신을 집중했다.

깊이 들이켜, 뿌리야, 그리고 꽉 머금어. 높이 솟아, 나뭇가지야, 공기와 태양으로 자라길. 나무껍질아, 든든하고 강인하게 자라라. 그리고 나무의 심장아, 튼튼하게 버텨, 유연하게.

마침내, 내가 할 일을 다 했다는 생각이 들어, 나무둥치에서 뒤로 물러섰다. 나는 몸을 돌려 할리아에게 말하려 했다. 하지만 입을 열기도 전에, 다른 목소리가 먼저 들려왔다. 전에 한 번도 들어본 적 없는 목소리였다. 숨소리가 거칠고, 기이하게 울려 퍼지는 목소리. 소리라기보다는 공기로 이루어진 무언가 같았다. 하지만 나는 곧장 알아차렸다. 그건 나무의 목소리였다.

6

서로 이어진 뿌리

놀랍게도, 나무는 내가 익힌, 휙휙 속삭이는 듯한 소나무의 언어로 말하지 않았다. 핀카이라에서 흔히 사용하는 언어로 말했다. 할리아와 내가 주고받는 것과 똑같은 언어! 하지만 목소리가 거칠고, 어린나무의 흔들리는 가락과는 달라도 많이 달랐다. 이렇게 말하는, 아니 사실 이렇게 노래하는 것을 지금껏 본 적이 없었다.

저 깊숙한 땅속에 내 나무뿌리가 힘겹게 뻗어간다.
따라가느라, 숨을 쉬느라
대단히 힘들구나.
수년 동안, 수 세기 동안,
나는 뿌리를 튼튼히 내렸다.
무럭무럭 자랐다!
그러는 사이 나뭇가지는 하늘을 향해 뻗으며
왕관을 만들었다,
나는 뿌리가 일어서게 했다.

슬기롭게 자란다.

슬기롭게 자란다.

믿을 수가 없어, 나는 주춤 물러섰다. 잠시 뒤, 내 어깨가 할리아와 쿵 부딪쳤다. 할리아의 눈은, 평소보다 더 휘둥그레져, 나무를 뚫어져라 바라보았다. 주름 잡힌 삼각건 안에서 둥그런 눈동자 두 개가, 파르르 떨리는 수염을 밖으로 내놓고 내다보고 있었다. 나무 전체가 갑작스레 흔들렸다. 분명, 고통스러운 것 같았다. 그 바람에 내 몸까지 떨리는 게 느껴질 정도였다. 수액으로 젖어 있는 나무껍질 조각이 나뭇가지에서 흩날려 떨어졌다. 초원 위로 마치 눈물방울처럼 흩어졌다.

곧 그날이 오리라. 아, 날 용서해, 나는 기도한다……
마구 난도질하며, 공격하며…….
인간이 죽이러 온다.
나는 그자의 길에 서서, 그자에게 엄청난 분노를 일으키리라.
하지만 나는 결코 그자를 해치지 못한다.
그자에게 경고한다!
내 삶, 내가 아는 것,
이 모든 게 오늘 끝날 것이다.
하지만 나는 그자에게 절대 대들지 못하리라.
또는 파괴하지 못하리라.
또는 파괴하지 못하리라.

거친 목소리가 더욱 높아졌다. 마치 휘파람 소리 같았다. 내 갈빗대까지 그 극심한 고통이 느껴졌다. 내 옆구리에 칼날이 박히기라도 한 것 같았다. 나무는 계속 말을 이었다.

생명이 다하기 전에, 친구들이 왔다!
용감하고, 그래 구해주고…….
도끼가 내 심장을 박살낸다.

그 말에, 할리아가 살며시 내 손을 잡았다. 할리아의 손 때문인지, 아니면 나무의 새로운 음조 때문인지, 아팠던 옆구리 통증이 점점 잦아들었다. 내 등이 점차 곧아지고, 나는 더 꼿꼿하게 섰다. 나무처럼 꼿꼿하게 섰다.

너는 그자의 의지에 도전해, 그자의 살육을 막았다.
그래서 나는 계속 살아갈 것이다.
그리고 줄 것이다!
내 팔다리가 기쁘게 올라간다,
내 나무둥치가 자유롭게 휜다.
그래서 나는 계속 자랄 것이다.
그리고 알고 있다.
그리고 알고 있다.

기쁨에 겨워, 으리으리한 그 소나무는 꼭대기 나뭇가지를 흔들어댔다. 이윽고, 삐거덕삐거덕 요란하게 소리 내며, 나무둥치를 한 바퀴 크게 비틀었다. 처음에는 한쪽으로, 다음에는 다른 쪽으로. 나는 깨달았다. 나무는 기지개를 켜고 있었다. 격렬한 재주를 부리기 위해 준비 동작을 하는 것 같았다.

저 위쪽 나무둥치 한가운데, 나무껍질 조각 사이에 한 쌍의 틈이 벌어지더니, 물결치는 것 같은 가느다란 눈 두 개가 나타났다. 비옥한 땅처럼 갈색이었다. 눈동자가 우리를 잠시 유심히 눈여겨보았다. 그러다가 마침내 아래를 향했다. 갑작스레, 뿌리가 모조리 흔들리기 시작하며 나무를 뒤흔들었다. 솔잎, 잔가지, 나무껍질이 우수수 떨어져 내렸다. 나무가 삐걱거리며 날카롭게 울어댔다. 나무뿌리에서 튀어나온 흙먼지가 허공으로 튀어 올랐다.

할리아가 내 손을 더 세게 꼭 잡았다. 밸리맥은 깜짝 놀라 꽥 비명을 내지르고는, 머리를 삼각건 깊숙이 처박았다.

그 순간, 커다란 뿌리가 비틀비틀 뒤틀렸다. 그러고는 땅에서 쑥 뽑혀 나왔다. 나무뿌리가 흙을 흩뿌리며, 풀을 내동댕이쳤다. 마치 털이 잔뜩 달린 울퉁불퉁한 채찍 같았다. 뿌리는 덩굴손 수백 개를 천천히 펼쳐 균형을 잡았다. 나무둥치는 옆으로 기울며, 뽑혀져 나온 뿌리에 힘의 상당 부분을 실었다. 반대쪽에서, 또 다른 뿌리가 뽑혀 나왔다. 그러고는 또 다른 뿌리, 또 다른 뿌리. 흙덩어리가 사방으로 날아다녔다.

마침내, 나무가 다시 똑바로 섰다. 하지만 이제 나무는 땅 밑이 아니라 땅 위에 서 있었다. 할리아와 내가 서로의 표정을 살피는 사이, 나무는 넓적한 뿌리를 들어 올려 우리를 향해 한 발 내디뎠다.

우리는 달아나지 않았다. 대신, 마치 우리가 땅에 뿌리박은 어린나무라도 되는 것처럼 꼼짝 않고 서서, 주위에 휘몰아치며 향기로운 망토처럼 감싸는 송진 향 가득한 촉촉한 공기를 깊이 들이마셨다. 핀카이라를 통틀어 변장을 가장 잘하는 존재를 만났다는 걸 우리는 잘 알고 있었기 때문이다. 그 존재는 너무나도 잘 숨어 있을 수 있어서, 수십 년이, 때로는 수 세기가 지날 동안 조금도 발견할 수 없었다. 그 이름은 고대 언어로 '항상 거기 있지만 절대 찾을 수 없다'는 뜻이다.

걸어 다니는 나무.

걸어 다니는 나무는 묵직한 발걸음으로 주춤주춤 가까이 다가왔다. 그 뒤로, 축축한 풀 자국이 햇빛을 받아 반짝였다. 드디어, 나무가 우리 바로 코앞에서 멈추었다. 이윽고, 여유 있게, 가장 끝 쪽 뿌리가 우리 발목을 가볍게 감싸 눌렀다. 할리아와 나는 미소 지었다. 왜냐하면 따뜻함이 밀려들며, 다리에서부터 몸으로 흘러드는 걸 똑같이 느꼈으니까.

나무는 묵직하고 거친 목소리로, 다시 노래했다.

우리의 나무 심장은 서로 묶여 있다, 우리는 나란히 서 있다…….
부는 바람을 믿고
어리석게도 숨는다.
나는 네 이름도, 네가 어디서 왔는지도 모른다,
하지만 이제 우리는 뿌리가 같다.
보라, 쌍둥이 뿌리를!
비록 내가 길을 잃은 것 같고,
조용히 울지만,
하지만 이제 우리는 뿌리를 찾는다.
보라, 서로 이어진 뿌리를.
보라, 서로 이어진 뿌리를.

마지막 문장이 산들바람에 일렁이며, 근처 우아한 백향목 나뭇가지를 흔드는 것 같았다. 축 처진 나뭇가지가 한 호흡처럼 부드럽게 살랑살랑 춤을 추었다. 다른 나무도 가락에 맞추어 바람을 타고 바스락거렸다. 다른 나무들이 뒤따랐다. 마침내 우리 근처의 나뭇가지들이 모두 휙휙 속삭이며, 다 함께 춤을 추듯 흔들렸다. 이윽고, 숲 전체가 모두 함께 축하의 노래를 부르는 것 같았다.

그러고는, 갑자기, 음악이 바뀌었다. 더 거칠고, 더 묵직한 목소리가 흘러나왔다. 나뭇가지들이 바스락거리며 신음을 토해내기 시작했다. 불협화음이 점점 더 높아지자, 나무한테서 들은 고통의 첫 번째 외침이 떠올랐다. 이번에는 흐느낌이 숲 전체에 울려 퍼졌다. 마치 땅 그 자체가 고통의 물결에 익사당하고 있기라도 한 것 같았다.

이런 배경 속에서, 걸어 다니는 나무는 목소리를 높였다. 나무가 슬픔이 묻어나는 묵직한 언어로 노래했다.

우리가 무럭무럭 자라는 땅 위에, 마름병이 퍼졌다.
베어 쓰러져, 죽어가며…….
마침내 아무것도 살아남지 못했다.
마름병은 남몰래 퍼져 나아가며, 건강한 우리를 갉아먹었다.
마름병은 우리의 자손들을 모두 죽인다.
우리의 어린나무들을!
어린나무의 잎사귀는 숨을 쉴 수 없다.
뿌리는 살아남지 못한다.
마름병이 우리 자손들을 독살한다.
우리 어린나무들을.
우리 어린나무들을.

나는 이 나무의 정령에게, 그리고 고통 속에서 살아남고자 갈구하는 수많은 어린나무들에게 그 어느 때보다 더 이끌렸다.

"도대체 이 마름병은 뭔가요? 막을 수 없어요?"

내가 소리쳤다.

갑작스레, 나무가 동작을 멈추었다. 숲 전체에서, 흐느끼던 나뭇가지들이 갑자기 잠잠해졌다. 하지만 새로운 소리가 저 멀리서 솟아났다. 무자비하게 쿵쾅거리는 소리. 그 소리는 점점 더 크게 울려 퍼졌다. 커다란 북소리처럼 리드미컬했다. 그 소리가 땅과 그 안에 뿌리내리고 있는 나무들을 뒤흔들었다. 그 소리가 숲속 어디에서 나오는 것인지, 아니면 그 너머 다른 곳에서 나오는 것인지는 모르겠지만, 엄청나게 빨리 가까이 다가오고 있는 것만은 분명했다.

걸어 다니는 나무가 다시 몸을 흔들었다. 우리 발을 감싸고 있던 나무뿌리가 펴지며, 아래쪽을 향해 갑자기 굽이치고는, 땅속으로 처박혔다. 뿌리가 스스로 땅속으로 들어가자, 나무가 부른 노래의 마지막 구절이 윙윙 구슬프게 울려 퍼졌다.

우리 어린나무들을.
우리 어린나무들을.

잠시 뒤, 나무의 가냘픈 눈동자가 나무껍질 뒤로 감겼다. 눈이 사라지자, 이 나무가 흔한 소나무와 다르다는, 수많은 나무 중에 하나가 아니라는 표시 또한 감쪽같이 사라져 버리고 말았다.

그러는 사이, 그 요란하게 울려 퍼지던 쿵쾅거림은 점점 더 커져갔다. 그 진동 때문에 바스러진 잔가지와 나무껍질 조각이 우리 머리 위로 비처럼 쏟아져 내렸다. 밸리맥이 삼각건 안에서 공처럼 단단하게 몸을 웅크리는 게 느껴졌다. 꼬리가 내 가슴을 짜증스레 잡아당겼다. 높은 나뭇가지가 뚝 부러져 쏟아져 내리며, 내 발 근처의 나무뿌리에 쿵 떨어졌다.

할리아는 내 팔을 미친 듯이 잡아당겼다.

"달아나야 해, 젊은 매. 여기서 벗어나야 한다고!"

"기다려봐. 난 저 소리가 뭔지 알아. 우리는……."

나는 저항했다.

하지만 할리아는 이미 내 옆에서 쏜살같이 달리기 시작했다. 할리아의 다리는 눈에 보이지도 않았다. 할리아의 등이 앞으로 쭉 펴졌다. 목이 높이 솟구쳤다. 보라색 옷이 초록색으로 변하더니, 이내 반짝이는 갈색이 되었다. 등과 다리에 근육이 잔물결처럼 일고, 동시에 다리와 손이 발굽으로 녹아들었다.

할리아는, 이제 한 마리 사슴이 되어, 숲속으로 달려갔다. 나는 할리아가 사라지는 모습을 바라보았다. 이윽고, 나 또한 달리기 시작했다. 쿵쾅거리는 소리에서 달아나는 게 아니라, 소리가 나는 곳을 향해서…….

7
이글거리는 눈동자

나는 어두운 숲속으로 달려가, 점점 커지는 굉음에 더 가까이 다가 갔다. 쿵쾅쿵쾅, 쿵쾅쿵쾅, 천둥처럼 땅이 울렸다. 그 굉음은 높이 솟은 나무들을 뿌리까지 송두리째 흔들어, 나무는 부르르 떨며 신음을 토해냈다. 내가 발걸음을 옮길 때마다, 나뭇가지가 후드득 떨어지는 소리, 마침내 뿌리째 뽑혀 쓰러지는 소리가 들렸다. 땅이 쩍쩍 갈라졌다. 뿌리가 뽑히고 잘려 나갔다. 잠자리 날개처럼 가녀린 고사리 줄기가 일제히 몸을 떨었다. 나는 지팡이에 기대어 간신히 균형을 잡고 섰다. 땅이 흔들릴 때마다 밸리맥이 요란하게 비명을 질렀지만, 나는 우르릉 쿵쾅 울리는 소리에 계속 귀를 기울였다.

그 소리가 어디에서 나오는지 알고 싶었으니까.

나무들이 줄어들자, 숲 바닥으로 햇빛이 더 많이 비추었다. 나는 얼기설기 엉킨 빨간색 꽃 덩굴을 밀치고 나아갔다. 이내, 숲이 대낮처럼 환해졌다.

나는 높은 언덕에 서서, 앞을 유심히 살펴보았다. 적갈색 풀이 불어대는 바람에 나풀거리며, 마침내 지평선 너머 저 멀리로 녹아들어 갔다. 피어오르는 물안개의 짙은 선으로……. 나는 몸서리쳤다. 그곳이 드넓은 '유령의 늪'이라는 걸 잘 알고 있었으니까.

이렇게 가까이 있다니! 결국 밸리맥의 말이 옳았다. 이 숲에 대한 할리아의 기억은, 이 숲이 늪지에서 멀리 떨어져 있다는 할리아의 생각은 의심의 여지없이 분명했다. 늪지가 앞으로 움직여 숲까지 전진해 올 수 있단 말인가? 그것도 이렇게나 빨리? 빠른 속도로 침식해 들어오는 늪지 때문에 숲에 마름병이 생긴 게 분명했다. 나를 질식시키려 했던 뱀처럼, 가족을 마을에서 쫓아낸 유령처럼, 밸리맥한테 집을 빼앗아간 미궁 속의 힘처럼. 하지만 이 모든 것 뒤에 뭔가가 있는 건 아닐까? 다른 무언가가, 늪지대 그 자체보다 더 사악한 뭔가가 혹시 작동하고 있는 건 아닐까?

언덕 저 아래 늪지 끝자락에, 우후죽순처럼 솟은 거대한 나무로 이루어진 숲이 우뚝 솟아 있었다. 아주 멀리 있기는 했지만, 그 너머에 소용돌이치듯 움직이는 안개를 배경으로 나무들이 삐쭉빼쭉 솟아 있었다. 높이 솟은 것만큼이나 넓은 숲이 기이하게 흔들렸다. 마치 끊임없이 빙빙 도는 돌풍에 사로잡히기라도 한 것 같았다. 그런데 그것이 나무가 아니라는 것을, 그리고 그곳에서 계속해서 쿵쾅거리는 소리가 나오고 있다는 것을 나는 불현듯 깨달았다.

왜냐하면 그 소리가 위압적인 것처럼, 그리고 무시무시한 것처럼, 나는 그 소리를 전에도 들었으며, 결코 잊지 못했으니까. 나는 그 소리의 천둥과도 같은 충격을, 무시무시한 리듬을 잘 알고 있었다. 그 어떤 것도 하늘과 땅, 그리고 그 사이에 존재하는 모든 것을 그런 식으로 마구 흔들 수는 없다. 아무것도. 오직 거인들의 발자국을 제외하고.

나는 버티고 서서, 언덕 위로 끊임없이 다가오는 거대한 모습을 바라보았다. 엄청나게 커다란 나무처럼 거대하고 묵직해 보이는데도, 엄청난 속도로 올라오고 있었다. 시간이 지나면서, 윤곽이 점점 분명해졌다. 거대한 나무둥치는 다리, 배, 가슴으로 바뀌었다. 크고 우람한 나뭇가지는 거친 털로 뒤덮인 팔로 바뀌었다. 목, 턱, 눈동자도 나타났다. 거기에 더해, 코도 나타났다. 어떤 코는 높은 산봉우리만큼이나 날카로웠고, 어떤 코는 큰 바위만큼이나 둥그스름했다.

어떤 거인은 옷을 거의 입지 않고, 거친 턱수염과 잎사귀가 붙은 나뭇가지와 잔디로 엮어 만든 털투성이 바지만 걸쳤다. 하지만 다른 거인들은 알록달록한 조끼와 망토를 입었다. 맷돌과 물레바퀴로 만든 귀걸이가 아무렇게나 마구 자란 머리털 사이로 삐쭉 튀어나왔다. 넓적한 허리띠에는 거대한 손도끼와 어른 크기만 한 단검이 매달려 있었다. 각기 각양각색으로 옷을 입었지만, 모두 똑같은 특징이 있었다. 그것은 바로 엄청나게 큰 덩치였다.

거인들이 가까이 다가올수록, 발자국이 땅을 짓누르는 충격이 점점 커져갔다. 나는 지팡이에 기댄 채, 내 친구 심의 발치에 서 있던 때를 떠올렸다. 내가 팔을 쭉 뻗어도 털로 뒤덮인 심의 발가락에 닿을까 말까였다. 나는 내 발을 흘끗 내려다보았다. 심의 발에 비하면 너무나도 보잘것없어 보였다. 문득, 축축한 모래 위에서 반짝반짝 빛나던 내 발자국이 떠올랐다. 급하게 되는대로 만든 내 뗏목이 어찌된 영문인지 나를 핀카이라의 해안가로 데려온 바로 그 날. 그 날은 아득히 먼 과거 같았다. …… 하지만 손에 닿을 듯 생생했다.

나는 내 그림자로 시선을 옮겼다. 나처럼, 그림자는 땅을 뒤흔드는 쿵 음의 물결이 일 때마다 흔들렸다. 그림자는 이리저리 흔들거리며 심하게 도리깨질했다. 바람이 불어대는 연못에 비친 모습 같았다.

내가 똑바로 서 있으려고 갖은 노력을 하는 사이, 밸리맥은 삼각건 밖으로 고개를 반쯤 내밀었다. 밸리맥은 다가오는 거인들을 바라보며, 겁을 집어먹고 바들바들 떨었다. 발톱 하나가 내 목덜미 옷깃을 꽉 붙잡았다. 그러고는 나를 똑바로 올려다보았다. 눈동자에는 두려움이 역력했다.

"정…… 정말로, 저기 나무만큼이나 큼지막한, 어마어마한 발자국의 거인들이 몰려오고 있어!"

나는 거인들이 언덕 위로 쿵쾅거리며 걸어오는 모습을 바라보며 고개를 끄덕였다.

"왜 인간괴물은 달아나 숨지 않는 거지? 빨리 달아나라고!"

밸리맥이 내 옷을 꽉 잡아당겼다.

"왜냐하면, 난 거인들과 대화를 하고 싶거든."

나는 쿵쾅거리는 소리 너머로 목소리를 높여 대답했다.

밸리맥의 수염이 마른 풀처럼 빳빳하게 뻗쳤다.

"아, 인간괴물! 넌 그러면…… 그러면 안 돼……."

밸리맥은 다가오는 거인들을 보지 않으려 몸을 돌렸다. 그러고는 날카로운 비명을 내지르며 기절해 버렸다. 그 바람에 삼각건 안으로 스르르 미끄러져 들어갔다.

나는 점점 더 큼지막하게 다가오는 거인들의 우락부락한 얼굴을 쭉 훑어봤다. 핀카이라에 거주한 최초의 종족, 이들은 이 땅과 이 땅의 미스터리에 대해 잘 알고 있었다. 거인들의 예리한 눈동자는 크기가 거대하지만, 때때로 작은 생명체가 보지 못하는 아주 사소한 것까지 볼 수 있다는 걸 나는 알았다. 때로는 그 커다란 키 때문에 다른 생명체가 이 땅에서 알아차릴 수 없는 패턴을 알아차리기도 한다. 어쩌면, 정말 어쩌면, 거인들은 늪지가 갑작스럽게 넓어진 이유를, 그리고 그로 인해 생겨난 그 모든 문제에 대해 설명해줄 수 있을지도 모른다.

확실히, 유령의 늪에서 뭔가 기이한 일이 벌어지고 있었다. 무슨 일인지는 모르겠지만, 난 점점 두려웠다. 그것이 늪지대에 인접한 곳을 넘어 위협하고 있다는 게 느껴졌다. 늪지대 끝자락의 시커먼 물안개를 떠올리며, 나는 따끔거리는 목을 쓰다듬었다. 저 늪지 아래 뭔가가 핀카이라의 미래를 질식시킬지도 몰랐다. 마치 뱀이 내 목을 질식시키려 했던 것처럼. 마법사는 있는 힘을 다해 그것을 막아야 한다. 적어도, 투아하와 같은 위대한 마법사라면 말이다.

그런데 거인들이 내게 뭔가를 말해줄지, 그건 또 다른 문제였다. 거인들은 부끄러움이 많고, 보통 비밀을 잘 알려주지 않는다. 그렇지만, 나는 심 덕분에 거인들과 함께 시간을 좀 보냈었다. 물론 나는 여전히 이방인이었다. 인간이었다. 설상가상, 거인들을 잔인하게 사냥했던 사악한 왕의 아들이었다.

땅이 마구 요동치자, 내 심장이 두방망이질 쳤다. 나는 냉정하려 최선을 다했다. 거인 중 누군가가 걸음을 멈추고 내 말을 들어줄까? 아니면 내가 묻기도 전에 나를 깔아뭉갤까? 문득, 기억 속의 아득한 바람에 실려, 내가 돌로 이루어진 거인들의 오랜 도시 바리갈에 처음 방문했을 때 바람 누이 아일라가 내게 속삭였던 말이 다시 들려왔다.

"어느 날, 넌 나비의 미세하게 떨리는 날갯짓조차도 산을 움직이는 지진만큼이나 강력할 수 있다는 걸 알게 될 거야."

하지만 나는 오늘이 그 날인지 아닌지 알지 못했다.

거인들의 거대한 그림자가 나를 덮쳤다. 두근거리는 마음으로, 나는 거인들이 원래 평화적이라는 걸 애써 떠올렸다. 많은 시간 동안, 적어도 그랬었다. 핀카이라의 거인은 팔을 한번 훅 휘둘러 나무 한 그루를 쓰러트릴 수 있다. 한순간에 호수 물을 다 마셔 바짝 말려버릴 수도 있다. 둥그런 바위를 쉽사리 와지끈 뭉갤 수도 있다. 나와 같은 인간이 적어도 50명은 달라붙어야 옮길 수 있을 정도로 커다란 바윗덩어리를 여자 거인 혼자서 들어 올리는 모습을 직접 본 적도 있다. 마치 그 바윗덩어리가 한 여름 바짝 마른 건초더미라도 되는 것처럼 말이다. 감사하게도, 거인들은 자신들의 힘을 누군가를 해치는 데는 거의 사용하지 않았다. 아니, 사용하지 않기를 나는 진심으로 바랐다.

거인은 모두 여섯 명이었다. 다들 숲의 우뚝 솟은 나무보다 컸다. 하지만 심의 모습은 보이지 않았다. 더욱이, 거인들의 얼굴은 매우 단호하고 화가 난 것처럼 보였다. 거인들이 가까이 다가올 때마다 땅이 쩌렁쩌렁 울렸다. 문득, 저들이 뒤에 뭔가를 끌고 오고 있다는 걸 나는 알아차렸다. 거대한 꾸러미에는 진흙과 이탄*과 관목이 잔뜩 묻어 있었다.

"넌 아주 용감하거나 아니면 정말 멍청해!"

귀에 익은 목소리가 힘주어 말했다.

할리아! 할리아가 숲에서 불쑥 나타났다. 다시 여자 사람의 모습으로 변해 있었다. 할리아는 풀밭을 지나 내 옆으로 걸어왔다. 나를 바라보던 암사슴의 눈동자가 언덕을 성큼성큼 올라오고 있는 거인들을 향해 휙 움직였다.

나는 할리아에게 손을 흔들어 보였다.

"숲에 잠자코 있어. 거기가 더 안전해."

"네가 여기 있는 한, 나도 여기 있을 거야."

---

*땅속에 묻힌 시간이 오래되지 않아 완전히 탄화되지 못한 석탄. 토탄이라고도 한다.

나는 입을 앙다물었다.

"즉시 달아난 건 잘한 거야."

"하지만 네가 따라오지 않는다는 걸 깨달았어. 그리고 늪지가 너무 넓어졌어. 내가 꿈에도 생각해본 적이 없을 정도로 말이야. 난 너랑 함께 있을 거야, 젊은 매."

할리아가 당돌하게 턱을 들어 올리며 말했다.

"하지만 나는……."

우리 머리 위 높은 곳에서, 요란한 소리가 내 말을 잘랐다.

"조심! 남자 인간과 여자 인간. 저들이 문제를 일으켜."

앞장서던 거인 하나가 말했다. 여자 거인이었다. 뱀처럼 구불구불 늘어진 녹색 머리카락이 무릎까지 내려왔다.

"아니, 음, 확 잡아먹으면 되잖아! 양은 적어도 맛없는 늪지 열매보다는 낫겠지."

또 다른 걸걸한 목소리가 되받아쳤다. 남자 거인은 넓적한 입술을 혀로 쓱 핥았다.

남자 거인은 우리를 향해 손을 뻗었다. 커다란 손이 허공을 움켜쥐었다. 우리가 뒤로 물러나자, 세 번째 거인이 팔을 옆으로 거칠게 움직였다. 빽빽한 턱수염에는 뒤에 끌고 오는 꾸러미를 뒤덮고 있는 것과 똑같은 진흙이 잔뜩 묻어 있었다.

"그냥 살려둬. 오늘은 살생을 충분히 봤잖아."

세 번째 거인이 쩌렁쩌렁 포효하듯 말했다.

그 거인의 동료는 주먹을 꽉 쥐었다.

"그 누구도, 특히 너, 나한테 이래라저래라 하지 마!"

"누가 네 말을 알아듣는다고? 이러쿵저러쿵이겠지, 안 그래? 하, 하."

그 거인은 자기 농담을 듣고 나머지 둘이 이죽거리자 헤벌쭉 웃었다.

놀림을 당한 거인이 성질을 내며 주먹을 휘둘렀다. 주먹이 빗나가는 바람에, 나뭇가지들이 바지직 부러지고 말았다. 그러자 솔잎과 부러진 나뭇가지들이 우리 위로 소나기처럼 와르르 쏟아졌다. 할리아는 펄쩍 뛰며 옆으로 피하려다, 갑자기 멈칫했다.

"거 봐! 넌 네가 원하는 걸 맞추지도 못했어, 히 히 히."

다른 거인이 그 거인의 옆구리를 쿡 찔렀다. 그런데 거인의 거대한 다리가 꾸러미 끝자락에 걸려, 균형을 잃고 말았다. 거인은 사납게 울부짖으며 풀이 무성한 언덕에 쿵 쓰러지고 말았다. 하도 심하게 넘어지는 바람에 나와 할리아도 모두 뒤로 넘어지고 말았다. 후다닥 몸을 일으켜 보니, 거인 둘이 씨름을 하고 있었다. 거대한 몸이 엎치락뒤치락 나뒹굴었다. 팔다리가 땅에 쿵쿵 부딪쳤다. 다른 거인들은 가까이 다가와 구경하며, 씨름하는 두 거인을 향해 큰 소리로 야유를 퍼부어댔다. 그러는 사이 진흙이 덮인 꾸러미는 아무도 신경을 쓰지 않았다.

그런데 그때 꾸러미에서 낑낑거리는 소리가 흘러나왔다.

잔뜩 묻은 진흙이 떨어져 나가며, 털북숭이 거대한 발가락 두 개가 모습을 드러냈다. 그러고는 또 한 차례 신음이 흘러나오고, 갑작스레 부르르 떨렸다. 그러자 풀 위에 썩은 내가 진동하는 파편이 마구 날렸다. 우리에게서 몇 빌자국 떨어지지 않은 곳에, 사나운 분홍색 눈동자가 활짝 열리더니, 눈꺼풀에 붙은 거름을 털어내며 눈이 깜빡였다. 눈 위로 큼지막한 배 모양의 코가 어렴풋이 드러났다. 동굴처럼 생긴 콧구멍에는 돌, 나뭇가지, 온갖 더러운 것들이 꽉 들어차 있었다.

커다란 거인의 머리 아래쪽에 켜켜이 덮인 진창이 흔들리기 시작했다. 턱과 목이 더 빨리 흔들리자, 몸에 묻은 늪지의 덩어리들이 허공으로 날아갔다. 할리아는 날아오는 나뭇가지를 재빨리 피했다. 나뭇가지는 할리아 옆, 풀밭에 떨어져 산산조각이 났다. 이윽고 산더미 같은 거름 덩어리가 쩍쩍 갈라지기 시작했다. 틈이 점점 넓어지더니 크레바스*를 닮은 입이 나타났다.

"아아, 정말 더럽게 아프군. 확실히, 분명히, 완전히."

거름에 묻혀 있던 거인이 끙끙 신음을 토해냈다.

"심!"

코를 막고 있는 엄청난 거름 때문에 목소리는 달랐지만, 나는 그 익숙한 심의 말버릇을 곧장 알아차리고는 큰 소리로 외쳤다. 나는 심의 옆으로 부리나케 달려가, 꽉 막힌 귀에 대고 소리쳤다.

"심, 나야. 멀린!"

불룩한 코가 실룩거리며, 파편 덩어리를 털어냈다. 파편 뭉치가 입 안으로 들어가자, 심은 그걸 퉤퉤 뱉어내며 엄청나게 기침을 해댔다. 이윽고 다시 더 많은 늪지 거름이 떨어져 나가고, 심이 그걸 다시 삼키고, 더 심하게 기침을 해댔다. 이런 난리법석은 몇 분간 이어졌다. 나는 마구 흔들어대는 머리와 팔에 부딪히지 않으려 숲 언저리까지 물러났다.

할리아가 내 옆으로 바짝 다가와, 걱정스러운 눈빛으로 나를 바라보았다.

"이 거인 알아?"

"알고말고! 이렇게 크기 훨씬 전부터 알았지. 스탕마르의 성이 무너질 때, 내가 현명한 도구들을 구하는 걸 도와줬어."

"조심하지 않으면, 저 거인이 널 벌레처럼 밟아 뭉갤 수도 있어."

---

*빙하가 갈라져서 표면에 생기는 틈.

나는 다른 거인들을 향해 지팡이를 흔들었다. 거인들은 언덕 아래 가까운 곳에 있었다. 거인들은 여전히 너무 분주했다. 씨름꾼들을 향해 소리치며, 서로를 거칠게 밀쳐댔다. 그래서 거인들은 심이 다시 살아난 걸 알아차리지 못했다.

"저 거인들 정말 엄청나게 골칫덩어리라니까! 심은 내 친구야. 심이 저 아래 늪지에서 무슨 일이 벌어지고 있는지 알지도 몰라."

심의 요란스러운 경련이 끝나가는 걸 바라보며, 나는 심을 향해 다시 걸어갔다. 하지만 창보다 더 날카로운 할리아의 눈빛이 잠시 나를 멈춰 세웠다.

"잠깐만, 젊은 매. 거인들은 정말 지긋지긋해. 그래도 네가 저들을 앞지를 수 있을지도 몰라. 유령의 늪에 이미 너무 가까이 와 있다는 것 말고 또 뭘 알아야 하는 건데? 바로 저 아래, 이 언덕 아래에 와 있잖아! 어서 달아나자, 최대한 빨리."

"내 말 믿어, 나도 이해해. 내가 전에 저기에 있었을 때…… 음, 나도 저기로 돌아가고 싶지 않아. 꼭 필요하지 않는 한 말이야."

내 가슴에 걸린 삼각건 깊숙한 곳에서, 짓눌린 신음 소리가 났다. 얼떨결에, 밸리맥도 거부감을 드러내고 있었다.

"어떻게 저기로 다시 간다는 말을 할 수 있어? 한 번으로 충분해."

할리아가 몰아붙였다.

"내가 아는 건 뭔가 아주 잘못되었다는 느낌이야. 저기에 어떤 존재가 있어. 내가 아주 오랫동안 느껴보지 못한 무언가가 있다고. 뭐라 꼭 집어 말할 수는 없지만, 난 그게 위험하다는 걸 알아."

나는 늪지에서 피어오르는 시커먼 물안개를 향해 몸짓했다.

할리아가 나를 의심의 눈초리로 바라보았다.

"조심해, 젊은 매. 지금은 네 의지를 확실히 해야 할 때야."

"나도 알아. 나는 이 땅을, 우리 땅을 돕고 싶어."

"위대한 마법사에 대한 누군가의 이미지가 아니라?"

"아니야! 네가 내 말을 믿거나 말거나, 나도 신중을 기할 생각이라고."

나는 지팡이를 잔디 깊이 박았다.

할리아는 거친 숨을 천천히 몰아쉬고는, 고개를 절레절레 저었다.

8
치명적인 죽음의 화살

심의 천둥과도 같은 기침소리가 캑캑 잦아들자, 나는 심에게 가까이 다가갔다.

"말 좀 해봐, 친구. 도대체 무슨 일이 있었던 거야?"

심은 풀밭에 똑바로 앉으려 버둥거렸다. 그러다가 뒤로 쿵 넘어지고 말았다. 하지만 언덕 아래 그리 멀지 않은 곳에서 계속해서 벌어지는 떠들썩한 씨름 소리 때문에 넘어지는 소리는 잘 들리지도 않았다. 씨름 꾼들의 함성과 굉음은, 언덕 전체를 뒤흔들 만큼 잔디밭을 쿵쿵 울리며, 구경꾼들의 함성과 더해졌다.

"내 불쌍한 코, 끈적끈적한 거름이 완전 꽉 들어찼어. 숨 쉬기도 완전 힘들어."

심이 끙끙거리며 말했다.

심의 커다란 머리가 우리를 향해 움직이자, 끈적끈적한 진흙과 비틀린 나무 속껍질이 쏟아져 내렸다.

"그런데, 멀린. 넌 여기서 뭐하는 거야?"

"실수야. 내 실수. 하지만 널 다시 만나게 돼서 정말 반갑다."

"그런데 너, 역겨운 거름이 완전 덕지덕지 묻었구나. 내가 기꺼이 널 집에 데려다줄게. 하지만 난 거의 움직일 수 없어. 난 기운이 다 빠진 것 같아! 확실히, 분명히, 완전히."

심이 으르렁거리며, 고개를 들어 올렸다. 그러고는 자기 코를 벌름거리며 킁킁거렸다.

"도대체 무슨 일이 있었던 거야?"

내가 재차 물었다.

심의 분홍색 눈동자가 대장장이의 집게처럼 붉게 빛났다.

"저들이 거인의 길을 막으려 했어. 늪지대를 지나는 오래된 길을 말이야. 세상에나, 그 길은 핀카이라가 태어날 때부터 거기에 있었단 말이야. 그 길은 동쪽 바닷가에 있는 여름 낚시터(summer fishing)로 가는 우리 지름길이라고."

나는 씨름에 열중한 거인들을 흘끗 바라보며, 고개를 가로저었다.

"누가 그렇게 멍청한 짓을 했어? 그렇게 무모한 짓을 감히 누가 했다는 거야?"

"늪지 유령."

"늪지 유령이라고?"

"그래! 우리가 그 길을 새로 열려고 했을 때, 늪지 유령들이 우리를 공격했어. 너무 강력해서 맞기만 하면 누구든 다 죽는 치명적인 죽음의 화살로!"

심의 큼지막한 손이 주먹을 꽉 쥐었다.

내 뒤에 있던 할리아가 깜짝 놀랐다. 동시에, 밸리맥이 내 가슴에 매달린 삼각건 안에서 벌벌 떠는 게 느껴졌다.

"그게 무슨 말이야, 심? 죽음의 화살이라니?"

"화가 나! 나는 화가 난다고! 나는 녀석들을 쫓아갔어. 아, 늪지 유령들이 나를 속였어. 나는 머리부터 빠져버렸어. 깊은 거름 웅덩이 속으로 말이야."

심이 내 질문에 대답도 하지 않고 고함을 쳤다.

나는 손을 뻗어 심의 귓불을 어루만졌다. 귓불은 진흙으로 뒤덮여 있어 살갗이 거의 보이지도 않았다.

"넌 정말 용감했구나."

"용감했지만 멍청했지."

"어쩌면 그럴 수도. 하지만 난 네가 그렇게 용감하지 않았던 때를 기억하고 있어. 네가 벌에 쏘이지 않으려고 해 질 무렵까지 도망갔을 때 말이야."

나는 방긋 웃었다.

심은 웃다가 캑캑 기침을 해댔다.

"난 벌한테 쏘이는 거 정말 싫어."

심의 입술이 아래로 축 처졌다.

"하지만, 이번에 나는 거의 익사할 뻔했어. 내 친구들의 튼튼한 팔이 나를 무사히 빼내주었어. 그렇지만, 진득진득한 거름 때문에 분명 죽었을지도 몰라."

나는 심의 말을 진지하게 곰곰 생각해봤다. 내 심장이 언덕 아래에서 터져 나오는 거인들의 함성만큼이나 요란하게 쿵쾅거렸다.

"하지만 왜, 심? 왜 늪지 유령들이 갑자기 그렇게 사악하게 변한 거지? 늪지 유령들은 분명 언제나 무시무시한 존재였어. 하지만 자신의 영토로 들어가려는 사람들한테만 그렇게 했잖아? 그런데 이제 거인들을 공격하고, 마을 사람들을 공포에 떨게 하고 있어. …… 마치 늪지에서 모두를 쫓아내려고 하는 것처럼 말이야. 심지어 뱀까지도."

심이 커다란 눈동자로 나를 꼼꼼하게 뚫어져라 들여다보았다.

"전에도 그 표정 본 적 있어, 멀린. 너 또 다시 미친 짓 하려는 거지?"

"심, 네 코 안에는 거름이 가득해. 여기, 내가 뭐 도와줄 게 있는지 한 번 보자."

나는 지팡이에 의지해 끈적끈적한 산을 오르기 시작했다. 그 산은 내 친구의 머리였다. 귓가에 엉킨 머리카락 위로 기어오르는 데만도 꽤 시간이 걸렸다. 그리고 나서, 그 꼭대기에 오르자마자, 새로운 진흙이 파도처럼 쏟아져 내려, 나를 땅바닥에 쓰러트렸다. 동시에, 코를 찌를 듯한 냄새가, 썩은 내를 풍기는 고약한 악취가 진동했다. 내 허파가 얼얼할 정도였다.

옷을 털어낼 생각도 하지 못한 채, 나는 다시 심의 머리 위로 올라갔다. 진흙이 잔뜩 묻은 돌 아래 지팡이를 단단히 박고, 마침내 심의 귀 꼭대기에 가까스로 오를 수 있었다. 몸을 더 높이 들어 올려, 심의 관자놀이에 올라가 뺨 위로 기어갔다. 덕지덕지 묻은 쓰레기 속에 빠지지 않으려 기를 썼다. 마침내 커다란 콧구멍 아래에 이르렀다. 거기, 온갖 쓰레기 조각으로 꽉 막힌 동굴 같은 콧구멍 두 개가 있었다.

발에 단단히 힘을 주고, 거름과 나뭇가지를 잡아당기려 낑낑거렸다. 하지만 아주 조금 밖에 뽑히지 않았다. 콧구멍은 단단히 막혀 있었다. 나는 지팡이로 장애물을 빼내려 했지만, 별 성과가 없었다.

"포기해, 멀린. 모두 너무 꽉 막혀 있어."

심이 끙끙거리며, 내가 입술 위에서 떨어지지 않게 살살 말했다.

"아니야, 조금만 더 해보면 빼낼 수 있을 것 같아."

내가 대답했다.

나는 지팡이를 허리춤에 밀어 넣고, 칼자루를 쥐었다. 검을 칼집에서 꺼내자, 칼날이 허공에 쨍 소리를 내며, 저 멀리서 들려오는 종소리처럼 울렸다. 나는 그 소리를 수도 없이 들었지만, 그 소리를 들을 때마다 검의 예고된 운명이 언제나 떠올랐다. 그리고 정말 신기하게도, 그 검과 내 자신과의 인연을 상기했다. 칼날을 돌리자, 칼날이 햇빛에 반짝였다. 한순간, 나는 내 자신의 얼굴이 비치는 걸 알아차렸다. 그 얼굴은 나를 자랑스럽게 바라보고 있었다. 그렇다, 확신에 차 있었다.

나는 심의 꽉 막힌 콧구멍 하나에 검을 조심스럽게 겨누었다.

"움직이지 마! 꼼짝 말고 있어."

내가 명령했다.

"너 정말 완전히 미쳤구나. 그 뾰족한 칼날로 나를 찌르지나 마."

심이 중얼거렸다.

나는 검을 뒤로 잡아당겨, 휙 밀어 넣었다. 내가 검을 힘껏 비틀었지만, 거름은 꼼짝도 하지 않았다. 나는 검을 휙 빼내, 반짝이는 칼날을 내 머리 위로 들어 올려, 다시 찔러 넣었다. 이번에는 팔 전체를 힘차게 비틀며 검을 휘둘렀다.

그 순간, 거인 하나가 휙 돌아보았다. 머리카락이 헝클어진 그 여자 거인이었다.

"잠깐만! 인간이 심을 죽이려고 해!"

여자 거인이 커다란 팔을 휘두르며 소리쳤다.

씨름을 하던 거인 둘을 제외하고, 모두 즉각 동작을 멈추었다. 거인들은 분노의 함성을 다 함께 내뱉었다. 동시에 몇몇 거인들이 언덕을 돌진해 올라왔다. 얼굴은 분노로 이글이글 타올랐다. 거대한 손이 나를 향해 다가왔다. 내 몸의 뼈란 뼈는 모조리 짓눌러버릴 기세였다.

나는 몸을 휙 돌려 거인들을 바라보며, 검을 힘껏 빼내려 했다. 꽉 막힌 콧구멍 속의 뭔가가 칼날을 꽉 붙들었다. 나는 낑낑거리며 검을 빼내려 했다. 하지만 아무 소용이 없었다. 할리아가 비명을 질렀다. 동시에, 내 위의 하늘이 칠흑처럼 어두워졌다. 땀이 흥건한 손의 냄새가 늪지의 악취를 대신했다. 즉각, 우락부락한 손가락이 내 위로 가까이 다가와, 내 폐에서 공기를 쥐어짰다. 내 몸에서 생명을 쥐어짰다.

갑작스럽게, 뭔가가 화산처럼 격렬하게 터져 나오며, 나를 허공 높이 내동댕이쳤다. 그와 동시에 터져 나온 굉음 때문에 내 두 귀는 거의 찢어질 지경이었다. 나는 두 팔과 두 다리를 허우적거리며, 무력하게 휙 날아갔다. 내가 날고 있다는 것만 알았다. 그리고 내 얼굴과 가슴을 뒤덮은 끈적끈적한 암녹색 분비물을 알아차렸다.

심이 재채기를 한 게 분명했다.

나는 땅에 곤두박질쳤다. 데굴데굴 구르다 튕겨나가, 마침내 멈추었다. 머리가 빙글빙글 돌았지만, 몸을 일으켜 앉아, 뺨과 이마를 닦아냈다. 저기 언덕 위에, 거인들이 심 주위에 모여, 심을 찰싹찰싹 때리며 흔드는 모습이 보였다. 나는 씩 미소가 나왔다. 그리고 심이 다시 기운을 차려 걷기를, 심의 코가 뻥 뚫리기를 기대했다.

아름다운 암사슴 한 마리가 풀밭을 뛰어 내게 달려왔다. 암사슴은 둥그런 바위에 다가오며, 하늘을 향해 펄쩍 뛰었다. 튼튼한 다리가 아래에 붙어 있었다. 장애물을 우아하게 뛰어넘으며, 조금도 흐트러지지 않았다. 마법처럼 단 한 번의 심장 박동으로……. 드디어 암사슴이 땅에 내려앉을 때, 마치 땅이 암사슴을 향해 다가가는 것처럼 보였다. 자신을 들어 올려 발굽을 맞이하는 듯했다. 암사슴이 나를 향해 마지막 몇 걸음을 뛰어왔을 때, 내 얼굴을 향해 바람이 밀려오는 듯 했다. 내 허벅지에 잔디밭의 쾅쾅거림이 느껴졌다. 왜냐하면 나는 사슴처럼 달리는 자유를 너무나도 또렷하게 기억하고 있었으니까.

나는 뻣뻣한 어깨를 쭉 펴며, 카이르프레가 내게 처음 말해준, 아주 오래전에 핀카이라 사람들은 모두 날 수 있었다는 전설을 떠올렸다. 카이르프레는 모두에게 날개가 있었다고 했다. 무슨 영문인지 영원히 잃어버리기 전까지, 소중하게 간직했던 날개⋯⋯. 나는 나도 날 수 있기를 여러 번 바랐었다. 하지만, 내게 점점 다가오고 있는 할리아의 움직임을 따라가며, 나는 날개 없이도 완전히 다른 방식으로 땅 위를 날 수 있다는 걸 깨달았다.

나는 암사슴이 서서히 속도를 줄이는 모습을 지켜보았다. 그러는 사이, 할리아는 몸을 꼿꼿이 펴고, 고개를 치켜들고, 젊은 여인으로 변신했다. 할리아는 성큼성큼 걸어 내게 왔다. 할리아는 내가 크게 다치지 않은 걸 보고는, 그리고 늪지의 거름을 뒤집어쓴 모습을 보고는, 환하게 웃었다.

"너 거인을 제법 다룰 줄 알던데, 젊은 매."

"코가 꽉 막힌 거인만."

나는 신발에 들러붙은 오물 때문에 힘겹게 자리에서 일어섰다. 가까스로 파편을 털어냈다. 몇몇 상처와 긁힌 엉덩이를 제외하고는, 괜찮았다. 여전히 내 허리춤에 매달려 있는 시팡이도 말짱했다. 벨리맥 또한 마찬가지였다. 삼각건 안에서의 숨 막힐 듯한 고함소리와 애처로운 울음소리는 벨리맥이 다시 깨어났다는 걸, 그리고 크게 다치지 않았다는 걸 알려주었다.

할리아의 웃음이 사라졌다.

"제발, 이제, 여름의 대지로 돌아가자. 우리 사슴 종족한테로, 귀니아한테로. 귀니아가 지금쯤 엄청 화가 나 있을 거야."

나는 대답 대신, 물안개가 피어오르는 늪지대로 시선을 돌렸다. 늪지는 지평선까지 쭉 펼쳐져 있었다.

내 생각을 읽고, 할리아가 고집을 부렸다.

"네가 도와줄 방법을 찾을 수 있을지도 모르지. 하지만 나중에, 더 많은 걸 알고 나서 해도 되잖아? 우리 종족의 어른들이 늪지에 관한 뭔가 유용한 이야기를 네게 해줄 수 있을지도 몰라. 그리고 카이르프레도 있잖아? 분명 카이르프레가 네게 조언을 해줄 수 있을 거야."

나는 늪지에서 눈을 떼지 않고, 고개를 살며시 끄덕거렸다.

"카이르프레는 그럴 수 있을 거야, 맞는 말이야."

"게다가, 젊은 매, 넌 저 늪지대에 들어갈 수 없어. 누구도 그 안으로 들어갈 수 없다고."

나는 할리아를 향해 느릿느릿 몸을 돌렸다.

"그런데 왜 내가 이렇게 저 늪지대에 끌리는 거지? 마치 내가 저기서 추방당한 것 같은 느낌이 들어. 도대체 저 늪지대에는 어떤 위험이 도사리고 있는 걸까?"

할리아가 한숨을 내쉬었다.

"나도 몰라. 하지만 들어가기 전에 네가 그 답을 찾아야 하는 게 아닐까?"

"난 계속 찾았어, 내 말 믿어. 그런데 정말이지 분명한 게 하나도 없어. 진정한 마법사라면 모든 것들을 좀 더 분명하게 볼 수 있을 거라고 생각해."

나는 입술을 깨물었다.

할리아가 가까이 다가오더니, 진흙이 덕지덕지 묻은 내 옷소매를 붙잡았다.

"진정한 마법사는 자신이 무엇을 할 수 있는지, 그리고 무엇을 할 수 없는지 알 거야."

"내 생각에…… 내 생각에, 저 안으로 달려가는 건 어리석은 짓이야. 저 숲은 수 세기 동안 살아남았어. 분명 훨씬 더 오랫동안 살아 있을 거야. 시간은 충분해. 적어도 내가 진짜 무슨 일이 벌어지고 있는지 배울 정도로."

나는 주저하며 입술을 깨물었다.

"맞아, 그러니 이제 어서 가자. 더 어두워지기 전에 말이야."

할리아가 부드럽게 말했다.

"네가 앞장서."

내가 제안했다. 그러다가, 내 텅 빈 칼집을 발견하고는 소스라치게 놀랐다.

"내 검! 내 검이 어디 있는 거지?"

할리아가 휙 몸을 돌렸다.

"저기, 저기 땅에 놓여 있는 거 보이지?"

할리아가 언덕 아래를 가리키며 말했다.

사실, 검은 안 보이려야 안 보일 수가 없었다. 그 빛나는 검은 아주 똑바로 서 있었으니까. 검은 땅에 단단히 박혀, 칼자루를 높이 세우고 있었다. 무기라기보다는, 어떤 표식처럼 보였다. 저 아래 축축한 저지대와 저 위의 우거진 숲을 나누고 있었다. 저 멀리서, 휘몰아치는 물안개가 우리를 향해 다가오는 것 같았다. 칼자루 주위를 휘감으며, 칼날을 붙잡으려 하는 것 같았다.

그 순간, 커다란 잿빛 날개 달린 새 한 마리가 하늘에서 휙 내려앉았다. 새는 속도를 늦추지도 않고, 발톱으로 칼자루를 붙잡고 검을 땅에서 획 뽑았다. 새는 꽥 울어대더니, 튼튼한 두 날개를 노를 젓듯 천천히 퍼덕이며 하늘로 다시 솟아올랐다.

"돌아와!"

나는 소리쳤다. 문득, 내가 그 어떤 마법도 쓸 수 없다는 사실에 깜짝 놀랐다. 어떤 마법을 써야 하는지 알고 있었다 할지라도 말이다.

그 커다란 새는 힘겹게 천천히 날개를 퍼덕거리며, 지는 해를 향해 날아올랐다. 그러고는 광활한 유령의 늪 안으로 날아갔다. 단 몇 초 같은 순간, 그러면서도 영원처럼 보이는 순간, 새는 유유히 물안개 기둥 속으로 들어가 버렸다. 그러고는, 한 번 더 꽥 울더니, 전리품을 풍덩 던져 버렸다. 내 검은 한 번 더 반짝 빛을 내고는, 아래로 곤두박질쳐, 안개 속으로 사라져 버렸다.

9

잃어버리다

나는 깜짝 놀라, 내 검을, 그리고 내 검을 훔쳐간 새를 집어삼킨 시커먼 물안개를 멍하니 바라보았다.

"사라졌어! 사라졌다고! 다시 찾아와야 해."

난 도무지 믿을 수가 없었다.

"기다려."

할리아의 동그란 눈동자가 저 멀리 늪지대를 꿰뚫어보았다. 일그러진 구름이 수평선에 나란히 걸쳐 있었다. 낮게 걸린 태양이 온 세상을 황금빛으로 물들이며 진홍색 노을을 드리웠다.

"모든 게 정말 이상해. 왜 새가 저런 짓을 한 거지? 어쩌면……."

할리아는 원치 않는 생각을 떨쳐내고 싶다는 듯, 고개를 저었다.

"뭔데?"

내가 재촉했다.

"널 늪지대로 유인하려는 것 같아."

나는 눈썹을 치켜떴다.

"함정이라고?"

"그래, 젊은 매."

"말도 안 돼. 어쨌든, 상관없어. 내겐 검이 꼭 필요해."

"다른 검도 많잖아. 늪지 유령들이 그걸 갖게 내버려둬."

"아니, 그럴 수는 없어. 그 검은 내 일부야. 그리고 내……."

"운명? 지금은 네가 네 길을 선택할 시간이야, 안 그래?"

할리아가 찡그린 얼굴로 나를 바라보았다.

"그래. 난 지금 확신해. 저기가 내가 가야 할 길이야."

나는 고개를 끄덕이며 완강하게 말했다.

할리아는 주춤거리며, 잠시 눈을 감았다.

"그래서 저기로 들어가겠다는 거야?"

"내가 가야 할 곳이라면 어디든. 할리아, 만약 검이 이 사악한 일과 엮여 있다면? 나는 뭐든 해야 해. 내가 할 수 있는 일이라면 뭐든 말이야. 너는 네 종족들한테로 돌아가. 귀니아한테로 돌아가라고. 나도 일을 마치고 나서 너한테 돌아갈 테니까."

나는 햇빛에 반짝이는 할리아의 고동색 머리카락을 유심히 보았다.

내가 말을 마치고 나니, 밸리맥이 갑작스레 내 갈빗대에서 벌벌 떠는 게 느껴졌다. 밸리맥의 발톱이 삼각건 안에서 달그락달그락 불안스레 소리를 냈다. 나는 할리아의 손을 잡고, 조용히 덧붙였다.

"난 언제나 너랑 함께 있을 거야, 너도 알잖아. 적어도, 그 한 가지 는……."

내 손에 닿은 할리아의 손이 떨렸다. 할리아가 힘주어 말했다.

"아니, 그거로는 충분하지 않아. 나도 너랑 함께 갈래."

할리아의 목소리가 속삭임으로 잦아들었다.

"안 돼, 넌 돌아가야 해……."

"아니, 나도 너랑 함께 갈 거야. 난 귀니아도 여기 같이 있었으면 하고 바랄 뿐이야."

할리아가 하늘을 올려다보았다.

"아, 난 아니야! 내가 그처럼 끔찍한 고통에 질식당해 달아났다는 걸 생각해봐. 경련이 일 듯한 혼란, 그냥 다시 돌아간다고? 끔찍하게 위험한 비명 속으로?"

밸리맥이 새된 소리를 내지르며, 물범을 닮은 얼굴을 삼각건 주름 사이로 쑥 내밀었다.

밸리맥은 큼지막하고 튼튼한 발톱 한 쌍을 내밀어 내 코를 꽉 움켜잡았다.

"너 끔찍한 인간괴물! 너는 나한테 종말을 가져오고 있어. 이 불쌍한 나를, 아직 갓난아기에 불과한 나를."

"미안해. 내가 일부러 그런 건 아니야, 나는 몰랐어······."

나는 발톱을 밀쳐내며 말했다.

"아, 그건 변명이야! 나는 아주 용감해지고 강해질 거야. 반드시 그래야 한다고. 나는 달콤한 물에서 기어 나왔어. 그리고 또 그럴 거야. 만약 슬프게······ 만약 슬프게도 내가 용의 공격이나 인간괴물한테 먹히지 않는다면."

밸리맥의 눈에 눈물이 고였다.

할리아는 밸리맥을 향해 손을 내밀었다. 그러더니 벌벌 떨고 있는 수염 하나를 살짝 쓰다듬었다.

"우린 널 이곳에 되돌리려는 게 아니야. 우린 그저 널 도와주려는 거라고."

밸리맥은 으르렁거리려 했지만, 마치 흐느끼는 소리처럼 들렸다.

"다음에는 다른 사람을 도와 구해주라고."

밸리맥은 떨리는 숨을 들이쉬었다.

"이제 나는 도망가야 해. 하지만 먼저, 넌 내 경고를 알아야 해. 죽음과도 같은 고통……, 끔찍한 늪지대에서 벗어나야 해."

밸리맥이 내 텅 빈 칼집을 흘끗 바라보며 덧붙였다.

나는 늪지에서 소용돌이치는 물안개를 흘끗 바라보며 물었다.

"저 아래에서 무슨 일이 일어나고 있는지 우리한테 말해줄 수 있어?"

"제발, 뭐라도 좀 말해봐."

할리아가 다그쳤다.

밸리맥은 삼각건 밖으로 기어 나오며, 몸서리를 쳤다. 그러더니 초조한 눈빛으로 늪지대를 바라보며 말했다.

"늪지 유령들이…… 무자비하게 공격하기 시작했어. 사방에 시체, 정말로 사방에 시체! 나도 그 이유를 몰라. 하지만 늪지 유령들의 끔찍한……."

언덕 위에서의 엄청난 굉음에 밸리맥이 이야기를 멈추었다. 뒤돌아보니 거인 하나가 언덕 꼭대기에 서 있었다. 뒤에 있는 나무들보다 더 커 보였다. 숲 끝자락에서 나를 먹어치우려 했던 바로 그 거인이었다. 거인은 그 어느 때보다 더 화를 버럭버럭 내며, 큼지막한 주먹을 불끈 쥐고 휘둘러댔다.

"거기 있었군! 음, 난 네 곰팡내 폴폴 나는 앙증맞은 뼈다귀를 벌써 먹어 치울 수 있었어."

거인이 쩌렁쩌렁 소리쳤다. 엎드려 있는 심 저편에 서 있던 다른 거인 하나가, 심에게 뭐라고 소리쳤다. 하지만 심은 그 말을 들은 체도 하지 않았다.

"어떤 인간도 나한테서 빠져나갈 수 없어, 내 말 알겠어? 내가 저 녀석을 뭉개버릴 거야. 그리고 그 친구들도 모조리."

거인은 이렇게 말하고는 우리를 향해 쿵쿵 걸어오기 시작했다. 밸리맥은 비명을 지르며, 삼각건 안으로 고개를 다시 밀어 넣었다. 할리아는 내 팔을 잡고, 나를 언덕 아래로 끌어당겼다. 우리는 함께 내달렸다. 우리 뒤에서는 땅이 마구 흔들렸다.

"이리 돌아와, 인간!"

우리는 바위와 가시금작화 덤불을 헤치며 전속력으로 달아났다. 쿵쿵거리는 발자국 소리가 점점 더 커져갔다. 거인의 거친 숨소리도 커져갔다. 풀밭은 더 격렬하게 흔들렸다. 그러는 사이, 언덕이 평평해지기 시작했다. 이제 웃자란 풀밭이 흙바닥으로 바뀌었다. 곧 우리의 발은 진흙 위를 철퍽철퍽 걷다가 물웅덩이 사이를 철퍽거렸다. 주위로 안개가 휘몰아치자, 썩은 내가 진동했다. 거인의 천둥 같은 발걸음 너머로, 기이한 외침과 울음소리가 들려왔다. 그리고 저 멀리서 요란한 웃음소리도 들려왔다.

할리아가 느닷없이 발걸음을 늦추었다.

"발자국 소리! 발자국 소리가 안 들려."

할리아 말이 맞다는 걸 깨닫고, 나는 발걸음을 늦추었다. 우리 둘은 함께, 축 늘어진 이탄 덩어리 위에 우뚝 멈추었다. 그곳은 누렇게 시는 늪지 풀로 둘러싸여 있었다. 허공에서는 썩은 내가 진동했지만, 우리는 헉헉거리며 서서, 숨을 골랐다. 짙은 물안개가 우리 뒤를 감싸고 있는 게 보였다. 물안개는 저무는 태양에 녹색으로 물들어 있었다. 물안개는 마치 장막처럼 세상과 우리를 갈라놓았다. 저 물안개는 이 순간 우리를 보호해주고 있었다. 하지만 나는 두려웠다. 저 물안개가 언젠가 우리를 가둘지도 모르니까.

나는 할리아의 팔을 잡았다.

"서둘러. 밤이 오기 전에 쉴 곳을 찾아야 해."

"아아, 아아. 끔찍한 운명이여, 끔찍한 종말이여."

밸리맥이 내 가슴 쪽, 숨어 있는 곳에서 흐느꼈다.

우리는 늪지 풀밭을 헤치고 터벅터벅 나아갔다. 혹시라도 뱀이, 또는 더 위험한 짐승이 있지는 않을까 경계를 늦추지 않았다. 머지않아, 계속해서 이어지는 소리가 사방에서 솟아났다. 한쪽에서는 뽀글뽀글 크게 거품이 일고, 다른 쪽에서는 째질 듯한 휘파람 소리가 났다. 우리는 물이 들어찬 평지를 헤치며 발걸음을 옮겼다. 가시투성이 덩굴이 우리 발목에 달라붙었다. 할리아는, 내 신발을 신으라는 말을 듣지 않았다. 걸을 때마다 땋은 머리가 아무렇게나 마구 흔들렸다.

안개가 짙어지자, 어둠 또한 깊어갔다. 시커먼 물웅덩이를 건너다가, 나는 뭔가 딱딱한 걸 밟았다. 그것이 갑자기 움직였다. 그 바람에 나는 악취 나는 진창에 얼굴부터 처박으며 풍덩 빠지고 말았다. 나는 할리아의 도움을 받아, 몸을 가까스로 일으켜 세웠다. 하지만 다시 미끄러지며 시끄럽게 첨벙 뒤로 나자빠지고 말았다. 다시 일어나려 버둥거리는데, 뭔가가 내 옷자락 속으로 주르르 미끄러져 들어왔다.

"뭐야!"

나는 옷소매를 마구 흔들어대며 소리쳤다. 나는 물웅덩이 안에서 몸을 뒹굴었다. 그게 무엇이든, 그 짐승이 내 팔 위로 기어올랐다.

마침내 나는 어깨에 올라온 그 짐승을 꽉 붙잡았다. 나는 있는 힘껏, 옷자락으로 그것을 짓눌렀다. 뭔가가 터졌다. 그러자 그 짐승이 펑하며 쪼그라들었다. 끈적끈적한 오물이 내 팔을 타고 줄줄 흘러내렸다. 내가 팔을 흔들자, 시커먼 물체가 물웅덩이 속으로 풍덩 떨어졌다. 나는 몸을 휙 돌렸다. 더 이상 가까이서 보고 싶지 않았으니까.

"인간괴물, 넌 정말 발재주가 없구나."

진흙이 튄 삼각건 안에서 밸리맥이 투덜거렸다.

"밸리맥, 넌 정말 엄청나게 투덜대는구나."

내가 받아쳤다.

할리아가 고개를 가로저었다.

"조용히 해, 둘 다."

할리아는 내 머리카락에 붙은 풀 뭉치를 뜯어주었다.

"점점 어두워지고 있단 말이야. 그리고 잘 들어봐."

저 멀리서 흐느끼는 소리가 가냘프게 솟아났다. 동시에, 살이 썩는 냄새만큼 고약한 냄새가 밀려왔다. 흐느끼는 목소리는 끊이지 않고 계속되었는데, 분노로 고동쳤다. 그리고 절망으로 가득 찼다. 나와 할리아는 움츠러들었다. 그때, 또 다른 목소리가 섞이어 들려왔다. 울며불며 끙끙거리는 소리였다. 목소리들이 점점 커지더니, 한데 어울려 등골이 오싹한 소리를 냈다.

밸리맥이 삼각건 밖으로 고개를 비쭉 내밀었다.

"저건…… 저건…… 늪지 유령들이야. 저 녀석들이 우리를 죽이러 올 거야."

밸리맥이 내뱉었다. 목덜미 살덩이가 출렁거렸다.

이제 무릎 위까지 그 탁한 물이 차올랐다. 분노한 장송곡은 점점 커져갔다. 동시에, 마지막 남은 한낮의 흔적은 점점 희미해져 갔다. 그때, 멀지 않은 곳에서, 불빛 하나가 나타나 늪지 위로 섬뜩하게 떠다녔다. 불빛은 희미하게 빛나며, 상처 입은 눈처럼 껌벅였다. 이윽고 또 다른 불빛이 나타났다. 또 다른 불빛이. 또 다른 불빛이. 천천히, 천천히, 불빛은 우리를 향해 다가왔다.

"아아, 아아, 어서 빨리! 빨리 따라와!"

밸리맥이 낑낑거렸다.

밸리맥은 삼각건 밖으로 뛰어나와 늪지 속으로 풍덩 들어가 버렸다. 즉각, 밸리맥은 헤엄쳐 나갔다. 넙적한 꼬리로 철퍽거리며, 팔을 모조리 휘둘렀다. 할리아와 나는 밸리맥 뒤를 쫓아 달려갔다. 하지만 으스스한 불빛은 우리를 점점 압박해 들어왔다.

우리는 끈적끈적한 물웅덩이를 헤치고 나아갔다. 말라비틀어진 나뭇가지가 옷에 달라붙었다. 빽빽한 진흙이 발에 척척 달라붙었다. 고약한 냄새가 목과 눈을 파고들었다. 하지만 우리는 밸리맥에게 뒤처지지 않으려 최선을 다했다. 늪지 유령들한테서 벗어나려 바동거렸다.

문득, 늪지가 마른 땅으로 바뀌었다. 아직은 살짝 질퍽거렸지만 말이다. 작은 호수에 놓인 양탄자처럼, 아니 땅처럼, 물처럼도 보였다. 우리가 걸음을 옮길 때마다 땅바닥이 이리저리 굽이치며 흔들렸다. 나는 발이 걸려서 넘어질 뻔했다. 하지만 계속 달렸다. 우리 다리는, 밸리맥의 발톱처럼, 물결치는 잔디밭에 걸렸다. 밸리맥이 헉헉거리는 소리는 우리가 헐떡거리는 소리와 박자를 맞추었다.

한순간, 밸리맥이 조용해졌다. 밸리맥은 어디에도 보이지 않았다! 우리는 숨을 헐떡이며 멈추어 섰다. 무슨 일이 벌어졌는지 궁금했다. 밸리맥이 기절해 버린 걸까? 붙잡힌 걸까?

"어디 있는 거야?"

내가 소리쳤다.

아무 대답이 없었다.

나는 둥둥 떠 다가오는 불빛을 향해 몸을 돌렸다. 불빛이 사방에서 불안하게 춤을 추었다. 이제 불빛은 거의 우리 위에 있었다. 슬픔에 겨운 흐느낌이 이제 굉음으로 울려 퍼졌다. 거칠고, 귀에 거슬리는 웃음. 목소리가 점점 더 높아갔다. 마치 사악한 물결처럼, 우리를 익사시키려고 했다.

할리아와 나는 앞으로 튀어 나갔다. 울퉁불퉁한 땅 위에서 비틀거렸다. 불빛은 이제 너무 가까이 있어서, 내 그림자도 보이지 않을 정도였다. 그림자는 내 앞, 흔들리는 잔디밭 위에서, 달아나고 있었다. 늪지 유령이 우리를 붙잡으려 할 찰나, 우리는 어두컴컴한 물웅덩이에 닿았다. 우리는 물웅덩이를 쏜살같이 건넜다. 그리고 즉각 끈적끈적한 거름 깊숙이 빨려 들어갔다. 우리에게는 소리칠 기회도 없었다. 헤엄칠 기회도 없었다. 내가 마지막 숨을 채 쉬기도 전에 오물이 우리 머리 위를 닫아 버렸다. 나는 헐떡이며, 콜록콜록 기침을 내뱉었다. 진흙이 내 코와 입에 꽉 차 있었으니까.

마지막으로 분노와 후회가 불타올랐다. 할리아도 물에 빠졌다. 내 검은 자신의 운명을 결코 수행하지 못할 거다. 나는 많은 걸 추구하려 이렇게 멀리까지 와서, 결국 버림받은 늪지의 아무도 기억하지 못하는 물웅덩이 속에서 모든 걸 잃을 거다.

10

'겁나 러블리'한 곳

사방이 진흙이었다. 버둥거리면 버둥거릴수록, 진흙이 더욱 세차게 나를 짓눌렀다. 나를 완전히 집어삼키려 했다. 난 진흙만 느낄 뿐이었다. 진흙은 내 피부를 타고 흘러내리며, 내 귓구멍을 꽉 채우고, 내 콧구멍으로 밀고 들어왔다. 그 어떤 이불보다 더 두툼한 진흙이 내 숨을 막고 있었다.

점점 어두워지는 내 마음 속으로, 나는 할리아를 향해 소리쳤다. 할리아가 듣지 못할 수도 있다는 걸 알았다.

넌 오지 말았어야 해! 미안해…… 정말 미안해.

그리고 우주의 힘에게, 다그다에게도.

제발, 그래야 한다면 저를 무시하세요. 하지만 할리아만큼은 살려주세요. 꼭 살려주세요.

덜커덕덜커덕, 빨아들이는 소리. 그러고는 침묵. 나는 더 깊숙이 빠져들었다. 뭔가에 쿵 부딪혔다. 머리는 여전히 빙글빙글 돌았지만, 내 몸은 어딘가에 착륙한 것 같았다. 산더미처럼 쌓인 쓰레기 밑바닥에 있는 게 틀림없었다. 꼼짝달싹할 수 없었다. 팔은 내 몸 아래 뒤틀린 채, 내 손을 짓누르고 있었다. 팔을 똑바로 펼 힘조차 없었다. 나는 잠자코 누워 있었다. 죽어서 묻힌 자처럼 가만히 진흙에 묻혔다.

호흡. 나는 숨을 쉬어야 했다. 나는 입을 벌렸다. 희망을 바란 게 아니라 그냥 습관처럼. 다시 마지막으로 진흙을 맛보게 되리라는 걸 알았다. 나는 내 자신을…… 공기로 채우기로 했다! 나는 진흙을 좀 뱉어냈다. 억지로 숨을 쉬려 했다. 기침이 나왔다. 그리고 다시 숨을 쉬었다. 천천히, 천천히, 기운을 차리기 시작했다.

어둠 속에서 몸을 움직여 팔을 빼냈다. 손가락으로 주위를 조심조심 더듬어봤다. 뭔가 부드럽고 유연한 게 내 밑에 있었다. 탄력이 느껴졌다. 손으로 누르자, 쑥 들어갔다가 다시 튀어 올랐다. 코를 가져다 대보니 냄새가 강하게 밀려왔다. 촉촉하고, 푸릇푸릇하고, 살아 있는 향이 느껴졌다.

투시력으로 훑어보며, 내 주변의 부드럽게 굴곡진 언덕을 더듬었다. 동굴일지도 몰랐다. 일종의 수정 동굴. 하지만 이 동굴의 벽은 너무 촉촉하고 유연했다. 내가 알고 있는 수정 동굴과는 달랐다. 자세히 살펴보고 나서, 나는 표면을 가득 뒤덮고 있는 얇고 정교한 털을 알아차렸다. 털끝에 자두 모양의 과일이 달려 있었다. 수백 수천 개의 털이 벽을 따라 늘어서 있었다. 나를 둘러싸고, 나를 떠받치고 있었다.

나는 털이 움직이고 있다는 걸 알고 깜짝 놀랐다. 부수한 봉보를 따라 이리저리 흔들리며, 털은 자신만의 은밀한 리듬에 맞추어 천천히 춤을 추었다. 강물 속에 있는 느낌이 들었다. 그 표면 위로 수많은 작은 강이 흘렀다. 잔물결을 일으키는 모습이 진기했다. 그 움직임과 함께 포근함이 밀려왔다. 빛 없이도 반짝이는, 그러면서 어둠을 환영하는 깊고 감미로운 포근함.

다시 완전함을 느끼며, 나는 팔꿈치를 받치고 몸을 일으켰다. 갑작스레, 동굴이 심하게 떨렸다. 나를 떠받치던 바닥이 둥그스름하게 기울어지더니, 나를 아래쪽으로 미끄러트렸다.

나는 어두운 통로의 미로로 굴러 떨어졌다. 셀 수 없이 빙글빙글 돌며 미끄러져 내려갔다. 끈적끈적한 평지 위를 구르고, 삐뚤빼뚤한 운하 사이를 날았다. 표면에 늘어선 매끄러운 털 때문에 멈출 수가 없었다. 속도가 빨라지자, 내 두려움도 커져갔다. 나는 이끼 긴 언덕 아래로 굴러가는 조약돌처럼 부드럽게 벽에 튕겼다. 이 끝에는 무엇이 있을까? 나는 두 팔과 두 다리를 펼쳐, 속도를 줄이려 해봤지만 속도는 점점 빨라질 뿐이었다.

한순간, 나는 뻥 뚫린 공간으로 나왔다. 은은하게 변하는 빛 속에 있었다. 나는 통통 튀는 용수철 쿠션 위에 내려앉았다. 그 끝에 과일이 달린 털이 뒤덮여 있었다. 높은 천장까지 튀어 올랐다. 착륙하자 다시 튕겨 올랐다. 그러기를 몇 차례, 속도가 점점 줄어들다가 드디어 멈추었다. 나는 가까스로 자리에 앉을 수 있었다.

팔 길이만큼 떨어진 곳에, 둥그스름한 얼굴이 나를 노려보고 있었다. 반은 그림자에 가려 있고, 반은 흔들리는 초록빛을 받아 빛났는데, 그 초록빛은 방 전체에 잔물결을 일으키고 있었다. 나는 그 수염을 알아차렸다. 밸리맥이다! 그리고 그 뒤에, 또 다른 얼굴이 보였다. 다시 볼 수 있으리라 기대하지 않았던 얼굴⋯⋯.

"할리아! 살아 있었구나."

"응, 너도 살아 있었구나."

할리아가 안도의 한숨을 쉬며 말했다.

밸리맥이 콧방귀를 뀌었다.

"인간괴물이 그러면 그렇지. 고맙다는 말은 일언반구도 안 하는군."

나는 할리아에게서 시선을 거두었다.

"고마워, 물론. 만약 네가 이곳을 몰랐다면……. 그런데 우리 지금 어디에 있는 거지?"

나는 밑에 놓인 축축한 양탄자를 어루만지며 물었다.

"질문, 질문. 내가 대답하는 동안, 알게 될지도 모르지. 하지만 지금은, 거름을 긁어 없애야 해."

밸리맥이 투덜거리며, 쭉 편 꼬리 두 개로 쿠션이 깔린 바닥을 톡톡 두드렸다.

나는 이마를 찌푸렸다.

"거름을 긁어 없앤다고?"

할리아의 부드러운 미소가 빛나는 초록색 벽에 울려 퍼졌다.

"무슨 말인지 알 것 같아. 나도 그러고 싶어."

나는 당혹스러운 표정으로 할리아를 바라보았지만, 할리아는 그냥 미소만 지을 뿐이었다.

밸리맥은 팔 여섯 개로 자신을 감싼 채, 두 눈을 감고 집중했다. 심호흡을 하더니, 높고 경쾌한 멜로디를 흥얼거렸다. 그 멜로디는 높이 떠올라, 이리저리 춤을 추며 한데 어우러졌다. 밸리맥의 꼬리 몇 개도 따라서 함께 움직였다. 노래가 커지자, 방 안의 불빛도 같이 밝아졌다. 이제 불빛이 점점 더 강하고 밝게 빛났다. 하지만 그 불빛이 어디서 나오는 건지 도통 알 수 없었다.

도대체 저런 빛은 어디서 나오는 걸까? 공기에서? 노래에서? 문득, 나는 깨달았다. 자그마한 털에서 나왔다! 털은 시간이 지날수록 더 밝게 빛나고, 빛과 함께 털에 달린 과일 모자도 커졌다. 그러는 사이, 셀 수 없이 많은 털이 계속 움직였다. 벽도 환하게 빛나며 물결쳤다. 사방의 벽이 흐르듯 빛나고, 고동치며 춤을 추었다.

이곳은, 사실, 수정 동굴이었다. 내가 언젠가 찾고 싶어 했던, 살고 싶어 했던 모습과는 아주 달랐지만, 이 동굴은 그 자체의 엄청난 마법을 지녔다. 그리고 너무나도 완벽하게 숨겨져 있었다. 이곳은 놀라운 늪지의 비밀이었다. 나는 다른 동굴도 있지 않을까 궁금했다.

밸리맥이 두 눈을 떴다. 노래가 서서히 잦아들었지만, 메아리가 한동안 우리 주위를 맴돌았다. 진흙이 잔뜩 묻은 우리 얼굴을 가로지르며 빛이 너울거리는 모습을 바라보며, 밸리맥은 투덜거렸다. 만족스러운 구석은 하나도 없는 듯했다. 빛의 속임수 때문인지는 몰라도, 밸리맥의 수염이 약간 위로 올라간 것 같았다. 어쩌면 일종의 미소인지도 몰랐다.

이윽고, 밸리맥이 뭔가에 착수했다. 한쪽 벽 가까이 미끄러지며, 꼬리를 모두 쭉 펼쳐서 마치 기다랗고 가는 손가락처럼 쫙 열었다. 그러고는 벽에 가까이 다가갔다. 하지만 벽을 만질 정도로 바짝은 아니었다. 밸리맥은 꼬리를 그렇게 유지한 채, 움직이지 않고, 아주 오랫동안 있었다. 뭔가를 기다리는 것 같았다. 마치 매가 깃털에 와 닿는 미세한 바람을 느끼는 것처럼…….

불쑥, 꼬리 끝이 떨렸다. 천천히, 아주 천천히, 그 움직임이 꼬리 전체로 퍼져갔다. 다른 꼬리가 갑자기 휘더니, 한가운데가 흔들렸다. 다른 꼬리도 마찬가지로 곧 살아났다. 잠시 뒤, 방 안의 춤추는 불빛 속에서 꼬리가 모두 떨리며 흔들렸다.

밸리맥은 꼬리를 몽땅 허공에 휙 휘둘렀다. 그러고는 꼬리를 빙글빙글 돌리기 시작했다. 점점 더 빨라져, 마침내 꼬리가 움직이는 모습이 보이지 않을 정도였다. 한가운데, 빛나는 초록색 그릇이 생겨났다. 밸리

맥 몸집보다도 더 컸다. 꼬리가 더 빨리 돌면 돌수록, 그릇은 더욱 견고
하게 나타났다.

잠시 뒤, 밸리맥은 꼬리를 잡아당겼다. 그러더니 능숙하게 옆으로 굴
렀다. 반짝반짝 빛나는 그릇은 부드러운 바닥에 스르르 내려왔다. 할리
아와 나는 그 그릇 너머로 몸을 기울였다. 우리는 함께 깜짝 놀랐다. 그
깊은 그릇에는 벽만큼이나 눈부시게 빛나는 초록색 액체가 담겨 있었
으니까.

"빛나는 액체야. 빛나는 액체가 든 그릇이야."

밸리맥이 얼굴을 찡그리며 말했다.

"이거 아니면 뭐로 거름을 긁어내겠어? 아, 고통스러운 슬픔이여…….
이것은 내 저주받은 운명이야. 언제나 멍청한 침략자들을 맞이해야 하
다니."

밸리맥은 한숨을 푹 내쉬었다.

그러고는 등을 구부려 허공으로 날아올랐다. 이윽고 그릇 안에 철퍼
덕 내려앉았다. 밸리맥은 우리는 신경 쓰지도 않고, 철퍼덕철퍼덕 몸을
북북 긁어댔다. 그러면서 노래를 흥얼거렸다. 드디어, 밸리맥이 투덜거리
며 고개를 들어 올렸다. 그러고는 그릇 밖으로 나왔다. 밸리맥은 바닥에
드러누웠는데, 반짝반짝 광채가 날만큼 말끔했다.

다음은 할리아 차례였다. 나는 고개를 돌렸다. 그래서 할리아는 옷을
벗고 맘껏 목욕을 할 수 있었다. 나는 밸리맥의 고개도 옆으로 돌려주
었다. 밸리맥도 나랑 똑같이 했다. 몇 분 동안, 할리아는 사방에 첨벙첨
벙 물을 뿌려댔다. 마침내 할리아가 그릇에서 나온 뒤, 할리아는 보라
색 옷을 빨고 손목에 차고 있던 히스*로 만든 팔찌를 씻었다. 할리아가

---

* 진달랫과에 속하는 관목.

우리 앞에 다시 섰을 때, 할리아는 정말로 반짝반짝 빛났다.

그렇지만, 내 차례가 되었을 때 난 주저했다. 무엇을 기대했는지 확신 없이, 나는 조심스럽게 신발을 벗고 초록색 액체에 발을 집어넣었다. 내 그림자는, 훨씬 더 머뭇거리며, 그릇 가장자리에서 꾸물거렸다. 갑자기, 나는 뭔가 모를 전율을 느꼈다. 내 발 안으로 따뜻한 비가 내리는 것 같았다. 옷과 각반을 벗고 그릇 안으로 몸을 담그자, 내 입에서 기쁨의 탄성이 절로 나왔다. 그제야 내 그림자도 마침내 나를 따라 그릇 안으로 미끄러져 들어왔다. 이제, 내 온몸이 근질근질했다. 내 피부뿐만 아니라, 몸속의 모든 입자까지도. 뼈는 더 단단해진 느낌이 들었다. 근육은 더욱 예민해지고, 혈관은 더욱 맑아졌다. 내가 그릇 안에 머무르면 머무를수록, 더욱 더 깨끗해졌다. 머지않아, 내 존재의 모든 원소가 어느 정도 새로 태어난 느낌이 들었다.

이윽고, 나는 그릇에서 나와서 재빨리 옷을 헹궜다. 지팡이, 가죽 가방, 그리고 자주색 보석이 박힌 칼집을 씻었다. 칼집이 텅 빈 걸 보니 마음이 아렸다. 우리가 씻어낸 그 모든 냄새 고약한 거름에도 불구하고, 어떻게 그릇에 담긴 액체가 이처럼 변함없이 깨끗하게 빛나는지 감탄하지 않을 수 없었다.

나는 옷을 입고 나서 밸리맥에게 살짝 고개 숙여 인사했다.

"저 그릇을, 그리고 우리한테, 액체의 빛으로 채우는데 네가 어떤 마법을 사용했는지는 모르지만, 정말 대단했어. 내가 미처 고맙다는 말을 제대로 하지 못했다면, 지금 할게."

밸리맥의 꼬리가 한꺼번에 도르르 말렸다가 펴졌다.

"나를 너무 치켜세우지 마, 인간괴물."

"사실이야. 넌 정말 대단한 마법을 지녔어. 이곳과 마찬가지로 말이야.

난 지금껏 이런 곳을 본 적도, 들은 적도 없어. 이곳은 늪지 바로 아래인 것 같아! 저 위의 그 무시무시한 공포와는 완전 정반대야. 하지만 그럼에도 저 위와 어떻게든 연결되어 있기도 하고."

할리아가 반짝반짝 빛나는 부드러운 벽에 등을 기대면서 덧붙였다.

나는 바닥을 따라 움직이는 빛 그림자를 어루만졌다.

"이곳은 너무 푸릇푸릇하고, 너무 비옥하고, 너무 풍부해. 마치 정원 같아. 아니, 아니, 그거로는 부족해. 마치…… 자궁 같아."

할리아의 눈동자가 빛을 받아 너울거렸다.

"그래. 자궁 안에 있는 것 같아."

나는 할리아 옆으로 다가갔다.

"그거로도 이곳을 정확히 묘사할 수는 없어. 어쩌면 한 단어로는 단순하게 표현할 수 없는 것 같아."

"멍청하게도 틀렸어. 정말로, 완벽한 단어가 존재한다고."

밸리맥이 투덜거렸다.

나는 불쾌한 표정으로 밸리맥을 노려보았다.

"좋아, 그렇다면. 만약 단어가 존재한다면, 그게 뭐야?"

밸리맥의 수염이 살짝 치켜 올라갔다.

"'*겁나 러블리(Mooshlovely)*'한 곳이지."

2부

11

마음에 새겨진 흔적

우리는 밸리맥의 지하 동굴 속, 부드러운 벽에 기대 앉아 잠을 잤다. 푹 자고 깨어났을 때, 나는 뱃가죽이 등짝에 달라붙을 지경이었다. 게다가 어깻죽지가 아파서 뻐근했다. 기지개를 켜자, 이미 잠에서 깨어 밸리맥 옆에 앉아 있던 할리아가 내게 두툼한 갈색 롤빵을 하나 건넸다. 나뭇잎 안에 말랑말랑하고 묵직한 뭔가가 채워져 있었는데, 꿀과 견과류, 그리고 흙이 뒤섞인 냄새가 났다.

나는 배가 고팠기에 재빨리 몇 모금 베어 물었다. 밸리맥은, 꼬리를 경쾌하게 감았다 풀었다 하며, 기대에 찬 눈빛으로 나를 지켜보았다.

"이건 정말…… 꼭 차 있네."

나는 주인을 화나게 하지 않으려 조심스레 말했다.

"넌 고맙게도 환영의 말을 하는군. 겨울 창고에서 꺼내온 거야. 우리는 그걸 '먹는 즐거움'이라고 부르지."

밸리맥이 수염을 자랑스럽게 만지작거리며 대답했다.

"먹는 즐거움."

나는 입 안 가득 든 음식을 겨우 삼켰다.

"여기 마실 걸 맛 좀 봐. 꿀꺽 씹어 먹기 위한 편한 시간을 가져봐."

밸리맥은 발톱 세 개를 사용해, 나무로 만든 그릇 하나를 들어 올렸다. 그러고는 그 그릇을 툭 튀어나온 자기 배 위에 올려놓았는데, 배가 선반처럼 불룩 튀어나와 있었다.

"음,"

나는 여전히 첫 번째 식사를 삼키려 애쓰며 대답했다.

할리아는 나무 그릇을 들어 한 모금 마셨다.

"향신료 수프 같아. 하지만 시원해. 마셔봐."

나는 그릇을 받아들고, 그 안을 조심스럽게 살펴보았다. 깨끗한 수프 표면에, 내 얼굴이 비쳤다. 내 얼굴은 물론이고 머리카락까지 벽처럼 초록색으로 물들어 있었다. 나는 그릇을 입술에 가져다 대고 한 모금 마셨다. 정향나무*, 아니 어쩌면 아니스** 향이 내 혀를 톡 쏘았다. 그리고 축축한 잔디밭 안에 무성하게 자라는 금잔화와 강한 버섯 향도 났다. 그리고 골풀과 생강 뿌리 맛도 났다. 나는 그릇을 내려놓으며 기분 좋게 밸리맥을 바라보았다.

"이 모든 걸 네가 직접 모았어? 저 위, 늪지대에서?"

아주 갑작스럽게, 밸리맥의 예의 그 겁먹은 표정이 돌아왔다. 초록색으로 반짝반짝 빛나는 밸리맥이 눈을 가늘게 떴다.

"이따금 놈들이 찾아올 때가 있어. 게나나 끔찍하게 비명을 질러대."

척추를 따라 도르르 말린 꼬리가 단단하게 감겼다.

나는 고개를 저었다.

"난 정말 이해가 안 돼. 왜 놈들이 우리를 죽이려 하는 거지?"

---

* 물푸레나무과에 속하는 관목.
** 미나리과의 한해살이풀로서 단맛을 내는 향신료의 재료로 쓰인다.

나는 천장을 향해 고개를 들어, 폭포처럼 출렁이는 파도 같은 빛을 올려다보았다.

할리아는 여전히 수프를 홀짝이며, 퉁명스럽게 대답했다.

"늪지 유령들이니까 그렇지."

"아니, 아니, 뭔가가 더 있어. 너도 숲에서 그 아줌마가 하는 말 들었잖아? 늪지 유령들이 전에는 이렇게나 사악하게 군 적이 한 번도 없었다고 했잖아."

"아, 맞는 말이야, 하지만 지금은 엄청 사악해."

밸리맥이 수염을 쓰다듬으며 무심하게 내뱉었다.

할리아가 그릇을 내려놓으며, 시무룩하게 바라보았다.

"유령들이 지금 무슨 이유로 사악해졌을지는 모르겠어. 하지만 예전에도 항상 늪지에 사는 사나운 존재였어. 아주 옛날, 우리 종족이 '불꽃이 이는 나무'(Flaming Tree)를 향해 갈 때, 그때에도 늪지 유령들 때문에 돌아오지 못한 사람들이 많아."

"불꽃이 이는 나무라고? 그게 뭔데?"

내가 물었다.

"경이로움이지. 늪지대 깊숙한 곳에서 항상 불꽃을 내며 타오르는 나무가 있어. 첫 번째 새끼 사슴이 이 땅에 오기 전부터 말이야."

할리아가 나를 곧장 쳐다보며 말했다.

"아주 오래전, 핀카이라 사람들에게 날개가 있었을 때, 사슴 종족은 엄청 많이 있었어. 너무 많아서 우리는 도처에 있었지. 풀이 나는 곳이라면 어디든 말이야. 심지어 저기 서쪽 끝에 있는 '잊힌 섬'의 해안가에도 살았다고 해. 딱 한 군데만 제외하고. 바로 이 늪 말이야. 하지만 어른이 되어 용기를 증명하기 위해, 사슴은 모두 암컷 수컷 가리지 않고 혼자서 이 땅에 왔어. 그리고 불꽃이 이는 나무 옆에서 3일을 꼬박 보냈다고 해. 늪지 유령들은 밤에만 몰래 다가오기는 했지만, 어쨌든 습격을 많이 했어."

할리아가 이마를 찌푸렸다.

"그래서 그 의식을 그만두게 된 거야?"

내가 조심스럽게 물었다.

할리아가 부드러운 머리카락을 찰랑거리며, 시선을 떨구며 대답했다.

"아버지가 내게 말해줬는데, 그것이 우리가 날개를 모두 잃게 된 바로 그 사악함과 관련이 있대. 그리고 너희 종족이 날개가 돋아났던 등의 고통으로 추락을 기억할 운명이 된 것처럼, 우리 종족도 다른 벌을 받았어. 우리한테는, 우리의 잃어버린 용기와 자유를 상징하는 '불꽃이 이는 나무'가 꿈속에 항상 나타나. 사슴 종족이 불꽃이 이는 나무가 있는 곳으로 가던 때로부터 수많은 세대가 지나왔지만, 우리 중 누군가가 여전히 그 길을 찾아낼 수 있다는 말이 전해지고 있어. 왜냐하면 그 길은 우리의 마음속에 영원히 새겨 있으니까."

할리아의 말을 곰곰 생각하며, 나는 뻣뻣하게 군은 내 어깨를 움직여봤다. 놀랍게도, 내 그림자는 내게서 펄쩍 뛰쳐나가 불빛이 비치는 벽을 따라 춤을 추기 시작했다. 재주넘기를 하고 공중제비를 하며, 나부끼는 씨앗처럼 빙글빙글 가볍게 놀기도 했다. 누구도 그림자가 그렇게 돌아다니는 걸 눈치채지 못한 것 같지만, 나는 내 투시력이 나를 속이는 게 아니라는 걸 알고 있었다. 그림자는, 다시 한번, 나를 조롱하고 있었다! 나는 그림자를 완전히 떼어내고 싶었다. 맞다! 그림자를 늪지대 가장 먼 곳에 집어던질 수만 있다면…….

할리아가 고개를 들었다. 그 순간, 그림자가 내 옆으로 다시 막 돌아왔다.

"이제 넌 알 수 있을 거야. 내가 늪지 유령의 최근 행동에 그다지 놀라지 않은 이유를 말이야. 늪지 유령들은 정말 끔직해. 쓸모없는 존재들이라고."

"쓸모없다고? 정말 그렇게 생각해?"

나는 그 말이 거슬렸다.

"넌 늪지 유령을 몰라."

"나도 알 만큼은 알아. 아주 오래전, 네가 상상할 수 있는 가장 황폐한 땅에서, 나는 모두가 쓸모없다고 생각하던 존재 때문에 거의 초주검이 되었어. 하지만 나중에, 내가 그 존재를 무찌를 기회가 생겼을 때, 나는 죽이지 않았어. 왜냐하면 그것이 가치 있다는 것을, 진정으로 소중하다는 것을 내가 깨달았으니까."

나는 입술을 앙다물었다.

할리아가 의심스러운 눈빛으로 나를 노려보았다.

"도대체 그게 어떤 존재였는데?"

"용. 귀니아의 아빠 같은 용."

할리아의 표정이 서서히 달라졌다.

할리아는 침을 꼴깍 삼켰다. 그러더니, 경이로움이 가득한 얼굴 표정으로, 나를 한참 동안 바라보았다.

"젊은 매, 너는 언젠가 정말 훌륭한 마법사가 될 거야."

"그런 말은 벌써 들었어."

할리아는 여전히 나를 관찰하며, 머리카락을 땋기 시작했다.

"널 화나게 할 생각은 아니었어. 하지만 마법사가 되는 게 여전히 네 꿈이지 않니?"

"그래, 그래. 요즘은, 다른 사람들이 나보다 더 내 꿈을 분명하게 보는 것 같아서 그런 것뿐이야."

할리아는 머리를 땋다 말고 말했다.

"그것은 여전히 네 꿈이야, 너도 알잖아. 네 미래에 대한 비전. 넌 그걸 바꿀 수 있어. 네가 원한다면."

"난 원하지 않아! 모르겠어? 하지만 미래 그 자체가, 그것이 바꿀 수 있지. 지금까지 수년 동안, 내가 미래를 볼 때마다, 내게 보이는 건 마법사뿐이야. 그래, 위대한 마법사. 그게 내가 보는 거야. 아니면, 적어도, 내가 보고 싶은 것이지."

나는 잠시 입술을 깨물었다.

"하지만…… 그게 사실로 드러나지 않으면 어쩌지? 어쩌면 그건 처음부터 잘못된 비전이었을지도 몰라."

"그럴 수도, 안 그럴 수도."

할리아가 대답했다.

나는 한숨을 내쉬며 말했다.

"우린 이제 가야 해."

할리아가 땋은 머리를 풀며, 동의의 뜻으로 고개를 끄덕였다.

갑자기 밸리맥이 할리아의 무릎으로 뛰어 들어갔다. 밸리맥이 눈을 동그랗게 뜨고 툴툴거렸다.

"지금은 아니야, 제발! 이 불쌍한 나를 위험에 빠트리지 말라고. 아, 지금은 아니야."

"우린 그럴 수 없어."

할리아가 밸리맥의 굽은 등을 쓰다듬으며 대답했다. 할리아가 손가락으로 밸리맥의 꼬리 하나를 부드럽게 휘감았다.

"넌 우리를 위해 이미 할 만큼 했어. 게다가 넌 우리가 절대 잊지 못할 선물을 우리한테 줬어."

밸리맥은 할리아에게 더 가까이 꿈틀거리며, 꽥 비명을 질러댔다. 그 소리가 빛나는 방 안에 울려 퍼졌다.

"음…… 진실로 말하면, 너는 내 생명을 구하기 위해 좋은 일을 많이 했어."

그러더니, 나를 흘끗 바라보고는, 발톱 두 개를 달가닥거렸다.

"그러고 나서 너 인간괴물이 이 불쌍한 나를 죽이려 했지만 말이야."

"내가 사과할게. 만약 우리가 헤어져야 한다면, 그렇다면, 친구로서 헤어지자."

나는 손을 내밀었다.

밸리맥은 나를 경계하듯 쳐다보았다. 갑작스레, 꼬리를 단 한 번 움직여 순식간에 내 뺨을 찰싹 때렸다. 너무 세게 때리는 바람에, 나는 뒤로 밀려 벽에 쿵 부딪치고 말았다. 균형을 잡기도 전에, 밸리맥이 할리아의 무릎에서 펄쩍 뛰어나와 바닥의 갈라진 틈 안으로 사라져 버렸다. 잠시 뒤, 밸리맥의 몸이 안개 낀 터널을 미끄러지듯 나아가는 소리가 들렸다. 이윽고 아무 소리도 들리지 않았다.

할리아는 웃는 눈빛으로 내 뺨을 어루만져주었다.

"밸리맥이 평상시에 하는 작별 인사는 아닌 것 같은데."

나는 얼굴을 찌푸렸다.

"녀석은 분명 그 작별 인사는 자신의 가장 소중한 친구들을 위해 남겨두었겠지."

잠시 동안, 우리는 빛나는 표면을 훑어보았다. 표면은 초록색 그림자로 주위에 온통 잔물결을 일으키고 있었다. 언제 다시 이렇게 푸릇푸릇한 곳, 이렇게 생동감 넘치는 곳을 보게 될까? 죽음과 부패의 악취를 풍기는 곳에 이렇게 가까이 있으면서도 말이다. 이윽고, 우리는 방 한쪽 구석으로 함께 몸을 돌렸다. 그곳에는 큼지막한 통로가 열려 있었다. 출렁이는 빛 속에서, 그 통로가 위를 향해 구불구불 이어져 있다는 걸 알 수 있었다.

"저기가 우리의 길인 것 같아. 준비 됐지?"

"아니. 하지만 어쨌든 나도 따라갈게."

할리아가 가라앉은 목소리로 대답했다.

우리는 함께 통로로 들어섰다. 곧 벽이 좁아지고, 천장이 아래쪽으로 휘었다. 우리는 어쩔 수 없이 몸을 쭈그렸다. 그리고 머지않아 엉금엉금 기었다. 이윽고, 벽의 초록색 빛이 흐릿해지며, 시커먼 촉수가 되었다. 그 촉수가 점점 더 가까이 다가왔다. 공기 중에 고약한 냄새가 점점 진동하더니, 이내 썩은 냄새로 가득 찼다.

한순간, 할리아가 머뭇거리며, 소맷자락으로 흐르는 눈물을 닦았다. 나는 말을 꺼내려 했지만, 할리아의 결연한 눈빛에 입을 다물 수밖에 없었다. 그리고 잠시 뒤, 우리는 다시 엉금엉금 기었다. 어둠을 향해 위로 나아갔다. 즉각, 우리 머리가 뭔가에 쿵 부딪혔다. 단단했지만 부드러웠다. 손을 대 보니, 그것의 끈적끈적한 표면이 굽어 있었다. 마치 나무의 껍질이 벗겨진 것 같았다. 그것은 이탄 덩어리였다. 통로의 벽에 몸을 기댄 채, 나는 꽤나 묵직하면서 끈적끈적한 장애물을 옆으로 밀어 치우려 했다.

할리아는, 내 옆에 몸을 웅크린 채, 내 손을 꼭 움켜잡았다.

"기다려. 조금만 더. 우리가 저기로 나가기 전에."

내 입에서 자그맣게 욕이 튀어나왔다.

"절대, 나는 이곳을 나가고 싶지 않아."

"나도 알아. 저 아래, 깊은 곳은 너무나도 안전하고 조용하고, 음, 완벽해. 난 아주 오래전 말고는 이런 느낌을 느껴본 적이 없어. …… 우리가 해안에 함께 앉아 있었을 때 말이야. 우리 조상들의 그 해안에서. 기억 나?"

나는 생각에 잠겨 천천히 숨을 내쉬었다.

"안개의 장막에 가려 있던 해안."

"가장 위대한 정령 옆에. 우리 아버지가 말해줬어. 다그다는 별똥별의 흔적을 바늘로 삼아 이야기의 실을 모조리 풀어 버렸다고. 그러고 나서 그걸 자신의 실과 함께 짰어. 다그다는 공기와 물로 실을 만들었어. 마침내 다 짜고 났을 때, 새롭게 탄생한 천은 단어의 그 모든 마법 그리고 그 이상의 마법을 품었지. 그것은 공기도 아니고, 물도 아니었어. 그 둘을 모두 지닌 것이었다지."

할리아가 속삭였다.

할리아의 말을 들으며, 나는 내 자신의 이야기가 궁금했다. 나는 내 위치가 궁금했다. 내가 천을 짜는 자였을까? 아니면 그저 실에 불과했을까? 아니, 어쩌면 실 안에 있는 일종의 빛, 그것을 빛나게 만들어줄 수 있는 그런 빛이었을까?

"언젠가, 할리아, 우리는 그 해안으로 돌아갈 거야. 그리고 다른 사람들에게로. 하지만 지금은 아니야."

나는 할리아한테서 손을 빼냈다.

내 어깨를 짓누르는 축축한 이탄 덩어리를 밀어 올렸다. 뭔가를 빨아들이는, 와지끈 일그러지는 소리가 불쑥 튀어나왔다. 동시에, 진흙투성이 물이 우리 위로 흘러들어 왔다. 거기에 악취가 새롭게 물결처럼 일었다. 그 어느 때보다 더 고약했다. 할리아는 입에서 뱉으며, 늪지대로 기어 나갔다. 나도 뒤따라갔다. 우리 뒤로 이탄 조각이 철퍼덕 떨어져 나갔다.

12

너무 고요하다

늪지대에 침묵이 내려앉았다. 기이할 정도로 고요했다. 더 이상 뛰지 않는 심장 같았다. 울부짖으며 신음하던 소리는 모두 사라졌다. 전에 우리가 들었던, 배경처럼 흐르던 울음소리와 삐걱대는 소리 또한 사라졌다. 할리아와 나는 불안한 눈빛을 주고받으며 늪으로 발걸음을 옮겼다. 옮길 때마다 발에서 철퍽철퍽 발소리가 크게 울려 퍼졌다.

물안개가 피어올랐다. 물안개가 얼키설키 휘몰아치며, 끊임없이 움직였다. 구름 사이로 희미하게 비치는 빛을 가늠해보니, 확실하지는 않지만, 늦은 오후인 듯했다. 적어도 햇빛이 늪지를 밝히고 있다는 사실이 고맙긴 했지만, 그것이 오래 지속되지 않으리라는 걸 나는 잘 알고 있었다. 곧 어둠이, 내 신발에 달라붙은 진흙보다 더 짙은 어둠이 다시 찾아올 거다. 그러면 유령도 다시 돌아올 것이다.

우리는 썩은 물웅덩이 안에 서서, 으스스한 이 고요함에 귀 기울였다. 늪은 텅 빈 것 같았다. 썩은 풀과 죽은 쓰레기 조각들의 저장소 같았다. 우리가 뒤에 남겨두고 온 생동감 넘치는 지하 세계와는 완전 딴판이었다. 즉각, 팔뚝, 등 아래쪽, 발바닥에 닿았던 그 빛나는 액체의 따

135

끔거리는 촉감이 떠올랐다. 하지만 이내 그 기억이 사라지고, 대신 신발 안에서 삐걱삐걱 새어 나오는 거름이 우리의 현실이 되었다.

할리아가 가까이 다가왔다. 물웅덩이 너머 잔물결처럼 진흙이 흔들리며 움직였다.

"너무 고요한데."

"응, 너무 고요해."

집중하며, 나는 휘몰아치는 물안개 속으로 투시력을 최대한 멀리 뻗어보았다. 거름 물웅덩이를 지나, 이탄이 쌓인 강둑이 있었다. 이끼로 뒤덮인 둥근 바위에는 외로운 두루미 한 마리가 앉아 있었다. 두루미는 눈 하나 깜빡하지 않고, 무슨 문제라도 생길라치면 후다닥 날아오를 태세를 하고 있었다. 저 멀리 울퉁불퉁한 나무는 늪지 초원을 향해 기울어져 있었는데, 거의 쓰러지기 일보 직전이었다. 나무는 해골처럼 허옇게 빛났다. 나무둥치에는 나무껍질이 거의 떨어져 나가고, 나뭇가지에는 말라비틀어진 잎사귀들이 덕지덕지 붙어 있었다.

순간, 뭔가 새로운 냄새가 났다. 우리를 괴롭히는 악취와는 달리, 이 냄새는 사실상 반가웠다. 달콤했다. 냄새는 이내 사라졌지만, 내가 상상한 게 아니라는 걸 확신했다. 이윽고, 활짝 핀 꽃이 떠올랐다. 그렇다, 그거다. 활짝 핀 장미꽃.

할리아가 가까이 몸을 기대었다.

"우리 이제 어디로 가야하지?"

다시, 나는 빛을 가늠해보았다. 점점 어두워지는 것 같았다. 나는 씩 웃었다. 적어도 당분간은 내가 내 그림자 때문에 더 이상 문제에 빠지지는 않을 거라는 생각이 들었다. 하지만 우리가 어떤 문제에 직면하게 될지, 나는 생각하고 싶지 않았다.

"밤을 보낼 장소를 찾는 게 급선무야. 저 위쪽, 저 말라죽은 나무 너머에, 언덕 같은 게 있어."

나는 기울어진 나무를 가리켰다.

"뱀이 나오지 않을 정도로 뽀송뽀송한 곳이겠지?"

"그런 것 같아. 저기서 자라는 것은 무슨 관목 같아. 빨간색 열매가 달린 관목."

할리아가 내 시선을 따라갔다.

"이 안개 속에서도 네가 나보다 훨씬 잘 보는구나. 나는 나무도 안 보이는데. 나무 너머에 뭐가 있는지는 두말할 것도 없고 말이야."

할리아가 한탄하듯 말했다.

나는 한숨을 쉬고, 축축한 거름을 발로 휘저었다.

"저 너머에 놓여 있는 가장 중요한 것은, 나도 안 보여."

우리는 거름 사이를 철퍽거리며 걷기 시작했다. 우리 발자국 소리가 질퍽질퍽한 땅 너머로 울려 퍼졌다. 우리의 동작은 침묵을 깨기보다는, 그 침묵을 도드라지게 하고, 그 침묵을 더욱 깊게 만드는 것 같았다. 걸음을 옮기고 나면, 침묵은 다시 찾아들어 왔다. 마치 그것 자체의 무자비한 발자국이 우리를 뒤쫓아 오기라도 하듯……

물안개가 피어오르는 물웅덩이 사이로 터벅터벅 걸어가면서, 그곳을 둥둥 떠다니는 썩은 나뭇가지들을 피하려 최선을 다했다. 한순간, 나뭇가지에 매달린 잎사귀 하나가 눈에 띄었다. 그 잎사귀는 어슴푸레한 빛 속에서 빛났다. 나는 잠시 멈추어 나뭇잎이 천천히 흔들리는 모습을 지켜보았다. 마치 오랫동안 잊어버린 깃발 같았다. 나뭇잎의 두껍고 부드러운 내부는 맥박의 미묘한 흔적만을 남겨놓고, 거의 완벽하게 허물어져 있었다. 나는 나뭇잎 뒤에 손을 대고, 뻥 뚫린 공간 사이로 얼마나 잘 보이는지를 깨닫고는 감탄했다. 그럼에도 원래 잎사귀의 형태는 여전히 남아 있었다. 어떻게 이렇게나 많이 보이지 않으면서도 동시에 많이 보일 수 있을까?

할리아가 갑자기 놀라 소리쳤다. 휙 돌아보니, 할리아가 거름 물웅덩이 끝자락의 뭔가를 노려보면서 굳은 표정으로 서 있었다. 할리아 옆으로 철퍽철퍽 다가가며, 이탄 덩어리 위에서 썩어가는 시체에 내 시선이 닿았다. 자그마한 것이 갈색과 회색을 띠었다. 뒤틀린 다리 하나가 우리를 향해 뻗어 있었다. 그 발은 피로 얼룩져 있었다.

할리아가 얼굴을 내 어깨에 기댔다.

"사슴이야, 불쌍한 것. 도대체 누가 이런 짓을 했을까?"

나는 할리아를 가까스로 붙잡아주었다. 빛나는 잎사귀의 이미지가 이제는 우리 앞에 놓인 오싹한 장면으로 대체되었다. 이내, 우리는 뒤돌아보지도 않고, 다시 터벅터벅 걸어가기 시작했다. 또다시, 우리가 움직이며 내는 소리 말고는 아무 소리도 들리지 않았다. 하지만 이제 그것은 분명 죽음의 침묵이었다.

우리는 이탄 둔덕을 건넜다. 둔덕은 우리가 발걸음을 디딜 때마다 살짝살짝 흔들렸다. 그러고 나서 늪지 풀이 빽빽하게 자라는 들판에 들어섰다. 그곳은 기울어진 나무를 둘러싸고 있었다. 우리가 나무에 다가가자, 뻣뻣한 줄기가 우리 다리를 마구 할퀴었다. 할리아는 나무둥치에 기대고, 나는 비틀어진 큰 나뭇가지 뒤에 서서, 언덕으로 갈 수 있는 길을 찾아봤다. 나는 상대적으로 안전한 길이 있기를 바랐다. 즉각, 적당한 길을 골랐다. 내 가슴 높이까지 자란 바스락거리는 풀을 밀치며, 나는 할리아에게 돌아섰다.

갑자기 두루미의 날카로운 비명이 늪지를 가로질러 울려 퍼졌다. 두루미는 근처 둥그런 바위 위, 횃대에서 날아올라, 은빛 넓적한 날개로 안개 사이를 퍼덕거렸다. 두루미가 무엇 때문에 그렇게 놀랐는지 의아해서 풀밭을 훑어보았지만, 나는 아무것도 볼 수가 없었다. 할리아의 눈을 보니, 깜짝 놀란 채, 궁금해하는 눈치였다.

우리는 긴장을 늦추지 않고 귀를 기울이고 서 있었다. 두루미 날갯짓 소리가 서서히 사라져가며, 다시 침묵이 우리를 집어삼켰다. 그러고는…… 뭔가 다른 소리가 들린 것 같았다. 그저 새의 날갯짓 소리가 울리는 걸까? 아니, 이것은 좀 더 가까운 곳에서 들려오는 소리였다. 훨씬 가까웠다. 경쾌하면서도, 그림자처럼, 들쭉날쭉한 호흡이었다.

그 순간, 뭔가가 나무에서 떨어지며 내 등에 쿵 부딪쳤다. 나는 풀밭에 얼굴이 처박혔다. 진흙이 사방으로 튀었다. 내가 정신을 차리기도 전에, 찢어진 옷을 얼키설키 두른 힘센 뭔가가 나를 때려눕혔다. 우리는 거름 더미 사이를 연신 구르고 또 굴렀다. 우리는 힘껏 겨루었다. 겹겹이 찢어진 옷 때문에, 나를 공격한 녀석을 제대로 볼 수 없었다. 게다가 붙잡기도 힘들었다. 마침내, 내 팔이 내 등 뒤에서 꼼짝없이 비틀리는 느낌을 받았다. 힘센 손 하나가 내 목을 꽉 눌렀다.

"목숨을 구하고 싶거든 얼른 항복해."

목소리가 요란스럽게 터져 나왔다.

늪지 물이 목에 가득 차, 나는 대답할 수 없었다. 나를 공격한 녀석은 내 팔을 더 세게 비틀었다. 내 어깨를 둘로 쪼개려는 듯했다. 마침내, 내가 쉰 목소리로 대답했다.

"내가…… 아! 항복할게."

"네 친구한테도 똑같이 하라고 말해."

녀석이 명령했다.

할리아는 사슴처럼 재빠르게, 나무둥치에서 뛰어왔다. 할리아는 적을 향해 곧장 밀고 나가, 녀석을 늪지 풀밭 속으로 내동댕이쳤다. 나는 벌떡 일어나 녀석에게 달려갔다. 본능적으로, 나는 검에 손을 뻗으며, 칼날이 쨍하고 울려 퍼지리라 기대했다. 하지만 나는 검이 사라진 걸 알아차리고 움츠러들었다. 그래서 대신 지팡이를 꺼냈다.

나는 울퉁불퉁한 지팡이 손잡이를 꾸부정한 적을 향해 휘두르며, 큰 소리로 단호하게 명령했다.

"이제, 우리한테 네 이름을 말해."

할리아는 녀석의 다리 위에 맨발을 올려놓고, 녀석이 몸을 비틀어 벗어나지 못하게 했다.

"그리고 왜 우리를 공격했는지도 말해."

얼굴 하나가 걸레처럼 찢어진 옷자락에서 천천히 모습을 드러냈다. 내 예상과는 달리, 고블린 전사의 얼굴은 아니었다. 작정하고 덤벼드는 반백의 무법자도 아니었다. 아니, 이 얼굴은 완전히 달랐다. 나는 깜짝 놀랐다.

그것은 소년의 얼굴이었다.

13

엑터

소년은 우리를 뚫어져라 바라보았다. 얼굴은 분노로 가득 찼다. 두 뺨은, 비록 진흙 범벅이었지만, 건강한 혈색을 자연스레 드러냈다. 고집스러운 푸른 눈 위로, 황금빛 곱슬머리가 출렁였다. 머리에 잔뜩 붙어 있는 잔가지, 고사리, 진흙 덩어리 때문에 머리카락은 거의 보이지 않았지만, 갈가리 찢긴 옷을 시들어 버린 꽃잎처럼 몸에 걸치고 있었다. 그래서 소년은 늙은 거지처럼 보였다. 하지만 많아봐야 열두 살은 넘지 않은 것 같았다.

여전히 내 어깨의 아픔을 느끼며, 나는 지팡이를 험악하게 휘둘렀다.

"이름을 말해."

"저기, 그러니까…… 엑터라고 해요."

소년이 잠시 멈칫하더니, 입술을 달싹였다. 그러고는 할리아의 몸 아래에서 다리를 허우적거리며 말했다.

"당신들을 공격할 생각은 아니었어요."

나는 짜증스레 말했다.

"거짓말하지 마."

"저는, 음…… 공격하려고 했어요. 하지만 형을 공격하려던 건 절대 아니야."

엑터는 머리를 긁적이며, 잔가지를 툭툭 털어냈다. 그러고는 나를 애처로운 표정으로 바라보았다.

"나는 당신이 인간이라는 걸 몰랐어요, 정말이에요. 나는 당신이 고블린이나 뭐 더 나쁜 놈이라고 생각했어요. 그런데, 설마 *그걸*로 날 내리칠 생각은 아니지요, 안 그래요?"

엑터가 내 지팡이를, 그리고 그 위에 새겨진 기이한 상징을 바라보며 얼굴을 찡그렸다.

나는 몸을 똑바로 세우고 나서, 내 어깨를 문질렀다.

"아니, 하지만 네가 나한테 보여준 그런 친절함을 너한테 보여주어야겠다."

"죄송해요. 정말 죄송해요. 그건, 그러니까, 제가 좀 무례했어요."

엑터가 분명하게 밝혔다.

할리아가 엑터의 허벅지에서 발을 떼며 말했다.

"좀 낫군."

나는 엑터를 골똘히 바라보았다. 내 몸은 욱신거렸지만, 엑터에게는 용서해주고 싶은 뭔가가 있었다. 다시 한번 기회를 주고 싶은 뭔가가 있었다. 그럴 가치가 없는 놈일지 몰라도 어쨌거나 그러고 싶었다. 나는 지팡이를 허리춤에 다시 찔러 넣었다.

"네가 헷갈려 한 건 이해할 수 있어. 네 무례함은 이해 못하지만 말이야. 이 늪지대는 어쨌든 오싹하거든."

엑터는 시선을 아래로 떨어트렸다.

"네, 맞아요."

나는 손을 내밀어 엑터를 일으켜 세워주었다.

"안달할 필요 없어, 꼬맹이. 누구나 건강한 실수를 이따금 할 수도 있는 거야. 나라도 그랬을 거야."

엑터가 입술을 일그러트리며 활짝 웃었다.

"마치…… 내가 아는 누군가처럼 말하네……."

엑터가 말끝을 흐렸다.

"음, 나무에서 갑자기 뛰어내려 그 누군가를 맞이하지 않기를 바랄 뿐이네."

엑터의 환한 미소가 더 커졌다.

"화요일에만 그럴게요."

"좋아. 오늘을 화요일이라고 치지. 그러니 내 불쌍한 몸이 호전되기까지 적어도 일주일은 여유가 있는 거로군."

엑터가 고맙다는 눈빛으로 나를 바라보았다.

"그렇다면, 화요일이죠."

"인간의 방식은 정말 이상해."

할리아가 말했다. 할리아는 맨발로 늪지의 풀포기를 터벅터벅 밟으며 앞으로 걸어 나왔다.

"하지만 난 내 이름을 걸고 널 신뢰할 거야. 네가 우리한테 네 이름을 말해줬으니까. 친구들은 나를 할리아라고 부르지."

할리아가 고개를 내 쪽으로 기울이며 덧붙였다.

"그리고 이쪽은 젊은 매."

나는 할리아를 제지하려 했다. 하지만, 할리아는 나를 보고 미소 짓더니 계속 말을 이어갔다.

"이 아이한테는 다른 이름도 있지. 하지만 내 생각에 이 아이가 가장 좋아하는 이름은 젊은 매야."

나는 부드럽게 대답했다.

"맞는 말이야."

엑터는 고개를 끄덕였다.

"만나서 반가워요, 할리아. 그리고 형, 젊은 매."

나는 소년의 얼굴을 유심히 관찰했다. 우울한 표정에도 불구하고 희망에 차 있었다. 왜 이 아이를 도와주고 싶은 이런 기이한 충동이 드는 걸까? 왜 이 아이를 보호하고 싶어 할까? 어쨌거나, 이 아이는 방금 전에 무지막지하게 죽기 살기로 나를 공격하려 하지 않았던가? 엑터가 숨어 있던 나무를 흘끗 올려다보며, 나는 궁금했다. 어릴 때 나뭇가지 위로 달아나려는 내 기억에서부터 나오는 감정이었을까? 아니면, 사실, 그것은 내가 제대로 간파할 수 없는 다른 무언가로부터 나오는 감정일지도 몰랐다.

나는 엑터를 똑바로 쳐다보며 물었다.

"도대체 왜 이곳에 있는 거지? 길을 잃었니?"

엑터는 흠뻑 젖은 고사리 조각을 목에서 떼어냈다.

"아니, 아, 맞다. 난 이곳에 찾으러 왔어요……."

그러더니 몸을 옆으로 돌렸다.

"뭘 찾으러 왔는지는 밝힐 수 없어요. 제가 할 수 있다면 말할 거예요, 정말이에요. 하지만 그분이 나한테 약속하라고 했어요."

"누가 그랬다는 거야?"

"우리 스승님."

나는 목소리를 살짝 낮추었다.

"그럼, 네 스승님은 누군데?"

갑자기 바람이 일더니, 엑터의 찢어진 옷을 뒤흔들고 풀밭 사이로 휘리릭 지나갔다. 아슬아슬하게 기울어져 있던 죽은 나무가 와지끈 뚝 부러졌다.

"도대체 누군데?"

내가 한 번 더 물었다.

"나는, 그러니까……. 그것도 절대 말할 수 없어."

엑터가 입을 다물었다.

할리아가 의심스럽다는 듯이 고개를 갸우뚱했다.

"그렇다면 아무 말도 안 하겠다는 거니?"

엑터가 초조하게 몸을 움직이는 바람에, 거름 물이 마구 튀겼다.

"음…… 내가 길을 잃었다는 건 말할 수 있어."

"대단한 비밀이네."

내가 비아냥거리는 투로 말했다.

엑터가 온순하게 덧붙였다.

"나도 더 말할 수 있으면 좋겠어요. 내 말 믿어줘. 난 이 비참한 늪에서 또 하루를, 아니 단 일 분도 더 보내고 싶지 않다고. 어쨌거나 이제 내 임무는 망한 것 같네. 나는 그냥…… 음, 나는 약속을 지키고 싶을 뿐이에요."

엑터의 푸른 눈동자가 빛나기 시작했다.

나는 엑터의 투철한 약속 정신이 놀라워 다시 동정심이 일었다.

"그럼, 네 비밀을 지키도록 해. 하지만 어디로 가는지 또는 뭘 찾고 있는지 우리한테 말해주지 않으면, 우리는 너한테 아무런 도움도 될 수 없을 거야."

엑터는 마치 뭔가를 말하려는 것처럼 혓바닥을 달싹였다. 그러더니,

꾹 참으며 침을 꼴깍 삼키고는 말했다.

"그렇다면 형 도움 없이 해내야겠지. 하지만 나한테 한 가지만 말해 줄 수 있어?"

엑터는 어깨를 쫙 펴려 했다.

"그게 뭐냐에 따라 다르지."

엑터는 솟아오르는 물안개를 걱정스러운 표정으로 흘끗 바라보았다. 어두운 안개가 소용돌이치며, 우리 발에 달라붙고, 팔에 엉겨 붙었다. 엑터가 속삭이는 목소리로 말했다.

"형이 도착하기 몇 분 전에, 늪지 전체가 갑자기 조용해졌어. 지금 이 소리 들려요? 다른 것들은 말할 것도 없고, 심지어 개굴개굴 울어대는 개구리 한 마리조차 없어. 그때 나는 나무에 올라갔어. 왜 그런 일이 생겼는지 형은 알아요? 그게 무슨 뜻인지 아냐고요?"

엑터의 도톰한 이마에 주름이 잡혔다.

"아니. 하지만 그게 문제를 의미한다는 건 틀림없어."

할리아가 고개를 숙이며, 침묵에 귀를 기울였다.

"나는 마법 때문인 것 같아. 사악한 마법."

엑터는 조바심 내며 숨을 들이켰다.

"저기, 잠깐 같이 가도 돼요?"

엑터가 희망에 부푼 목소리로 물었다.

나는 고개를 가로저었다.

"우리 일은 너무 위험해. 네가 우리와 함께 있으면, 넌 위험해져."

"게다가 우리는 너에 대해 더 알아야 해. 훨씬 더 많이."

할리아가 날카롭게 덧붙였다.

할리아가 엑터를 믿지 못한다는 걸 눈치채고 나는 마음이 아팠다.

하지만 내가 이 소년에게 끌린 만큼, 나는 할리아가 옳다는 걸 알았다. 내가 이 소년에 대해 정확히 뭘 안다고? 나뭇가지에서 나를 덮친 것 말고는 내가 뭘 안다고? 나는 엑터를 향해 묵묵히 손을 내밀었다.

"행운을 빌게, 엑터."

엑터는 시무룩하게 고개를 끄덕였다. 이윽고 천천히 손을 들어 올려 내 손을 맞잡았다. 엑터는 작은 손을 단단하게 쥐며, 자신의 두려움을 드러내지 않으려 했다. 마침내 당돌하게 말했다.

"그렇다면, 좋아요. 나는 이곳에서 벌써 며칠을 보냈어. 그러니까 며칠 더 보낼 수 있어."

엑터의 목소리에 과장이 묻어났지만, 나는 아무 말도 하지 않았다. 엑터는 몸을 돌려 뚜벅뚜벅 걸어갔다. 찢어진 옷이 풀밭에 닿아 사각사각 소리를 냈다. 엑터는 내가 관심을 갖는 언덕과는 반대 방향으로 움직였다.

"조심해. 곧 밤이 될 거야."

내가 뒤에서 소리쳤다.

엑터는 뒤돌아보지 않고 손을 흔들었다.

"저 아이 용감하네."

뚜벅뚜벅 걸어 사라지는 엑터를 바라보며, 내가 중얼거렸다.

"내가 볼 땐, 여간내기가 아닌 것 같아. 엑터를 따라오지 못하게 한 건 잘한 일이야."

엑터가 안개 속으로 사라지는 동안, 할리아는 눈으로 그 뒷모습을 쫓았다.

"뭔가 비밀이 있는 것 같아, 그래. 하지만 여간내기가 아니라고? 잘은 모르겠지만, 믿을 수 없는 아이라는 건 확실해. 아니, 어쩌면……."

"어쩌면 뭐?"

"자신의 스승을 깊이 사랑하는 아이일지도……. 그 사랑이 너무 깊어서, 스승을 위해서라면 무엇이든 할 수 있는 아이. 그 일이 혼자서 이 늪지대를 방황하는 일이라 할지라도 말이야."

"음, 진정한 동기를 함께 나누지 못하는 사슴은 함께 달릴 수 없는 법이지."

할리아가 콧방귀를 뀌었다.

이제 엑터의 자취는 완전히 사라져 버렸다. 나는 엑터가 걸어간 쪽을 뚫어져라 바라보았지만, 소용돌이치는 안개의 장막 말고는 아무것도 보이지 않았다. 문득, 나는 뭔가 서서히 변하는 걸 알아차렸다. 늪지가 변하는 건 아니었다. 늪지는 전과 마찬가지로 고요하고 잠잠했다. 안개가 달라졌다. 내가 지켜보는 사이, 한때 나긋나긋 움직이던 안개가 점점 안절부절못했다. 구름이 더 커진 것 같았다. 아무런 움직임도, 아무런 소리도 없었다.

다음 순간, 윙윙 소리가 거칠게 불쑥 터져 나왔다. 정적이 산산조각 나며, 물안개가 다시 소용돌이치기 시작했다. 할리아와 나는 기울어진 나무 쪽으로 허겁지겁 피했다. 소리는 사방에서 한꺼번에 터져 나오는 것 같았다. 땅은 물론이고 물안개에서도 나오는 것 같았다. 천천히, 소리는 더욱 격렬하게, 더욱 시끄럽게 울려 퍼졌다. 그와 동시에, 나의 착각일지는 몰라도, 뭔가 달콤한 향기가 났다. 장미꽃처럼 달콤한 향기.

갑작스레, 시커멓게 변한 구름 사이로 내 머리만큼이나 큼지막한 딱정벌레 떼가 불쑥 튀어나왔다. 지팡이를 휘두를 시간도 없이 딱정벌레 떼가 내려앉았다. 들쭉날쭉하고, 투명한 날개가 허공을 가르고, 그러는 사이 날카로운 발톱이 내 살갗을 긁어댔다. 딱정벌레가 사방에서 우리를 공격하며 시끄럽게 윙윙거리는 바람에, 나는 정신이 하나도 없었다.

나는 지팡이를 마구 휘두르며, 얼굴로 달려드는 딱정벌레 하나를 가까스로 박살냈다. 딱정벌레가 거름 속으로 곤두박질칠 때, 희미하게 빛나던 자주색 갑옷이 떨어져 나갔다. 하지만 내가 지팡이를 다시 들어올리기도 전에, 딱정벌레 세 마리가 나를 향해 윙윙거리며, 내 손과 눈을 잡아 뜯었다.

할리아는 비명을 지르며, 뒤에 있던 나무 쪽으로 넘어졌다. 딱정벌레 한 쌍이 할리아가 휘둘러대는 팔 주변으로 달려들어 얼굴을 공격하려 했다. 나는 나를 공격하는 녀석들한테 몸을 돌려 지팡이를 휘둘렀다. 탁 부딪치는 느낌이 났다. 딱정벌레 한 마리가 늪지 속으로 나뒹굴다 떨어졌다. 하지만 통쾌함을 누릴 여유가 없었다. 이내, 다른 딱정벌레들이 또 공격해올 것이다. 그리고 또 다시 지팡이를 휘두를 시간이 내게는 부족했다!

딱정벌레는 할리아를 공격했다. 딱정벌레가 할리아의 팔뚝을 공격하며 살갗을 찢었다. 피가 솟구쳤다. 할리아가 팔을 뒤로 휙 빼는 바람에, 얼굴 반쪽이 그대로 드러나고 말았다. 딱정벌레는 순식간에 방향을 바꾸어, 할리아의 눈을 향해 곧장 날아갔다.

불현듯, 윙윙 소리가 커졌다. 이윽고 철썩 소리. 또다시 딱정벌레가 할리아의 머리 가까이, 허공에서 폭발했다. 자주색 파편이 늪지 풀밭 속으로 떨어져 내렸다. 몸을 돌려보니, 엑터가 거기 있었다. 엉성하게 만든 고무줄 새총을 든 엑터의 눈이 활활 타올랐다.

"조심해!"

엑터가 소리쳤다.

딱정벌레가 날카로운 발톱으로 내 귀를 긁었다. 나는 소리치며 손을 마구 휘둘렀다. 휘두르는 손에 딱정벌레가 맞아서 내 가슴 위로 굴러 떨어졌다. 딱정벌레는 미친 듯이 윙윙 날갯짓하며, 등을 활처럼 구부렸다. 그러자 거대하고 날카로운 침이 드러났다. 내 주먹 정도 크기였다. 딱정벌레는 침을 치켜들고 쏠 준비를 했다.

동시에, 다른 딱정벌레 몇 마리가 나를 향해 떼 지어 몰려와 내 얼굴을 콕콕 쏘아댔다. 나는 절망에 빠져, 내 가장 깊은 곳을 향해 외쳤다. 이런 무자비한 공격에서도 가장 차분한 장소. 가장 원초적이며, 신비롭고, 내 존재의 원소에 가장 가까운 곳. 나는 소리치며, 내 모든 의지를 소환했다.

나를 둘러싸고 있는 공기여! 저들을 쫓아줘. 저들을 멀리 쫓아줘. 여기서 먼 곳으로!

갑작스러운 돌풍이 허공에서 불어왔다. 딱정벌레들은 미친 듯이 윙윙거리며, 소용돌이치는 바람과 맞서 싸웠다. 딱정벌레의 날개가 비명을 지르고, 발톱으로 긁어댔지만, 아무 소용이 없었다. 바람은 너무 강해서, 우리의 움츠린 몸에서 딱정벌레들을 떼어낼 수 있었다.

내 가슴에 떨어진 딱정벌레는 옷에 딱 달라붙어 있었는데, 다른 녀석보다 조금 더 오래 버티고 있었다. 그리고 그 순간, 딱정벌레가 내 갈빗대를 향해 침을 찔러 넣었다. 나는 움찔했다. 침이 내 피부를 꿰뚫을 거라 예상했다. 하지만 놀랍게도, 그리고 천만다행히도, 침은 내 옷 바로 위에서 멈추었다. 날카로운 침 끝에서 황금빛 가느다란 실이 흘러나왔다. 거미의 실처럼 가늘었다. 실이 늘어나며, 허공에서 빛났다. 실이 돌돌 말리더니 고리가 되었다. 그러더니, 그 고리는 나타났던 것처럼 재빠르게, 내 옷 주름 사이로 스며들었다. 나는 아무런 느낌도 없었다. 너무 순식간에 벌어진 일이라, 제대로 본 것인지 확신이 들지 않았다.

바람이 사납게 으르렁거리며, 내 나부끼는 옷자락에서 딱정벌레를 떼어냈다. 소용돌이치는 공기 속에서 딱정벌레들은 거꾸로 날며, 날개가 뜯겨 나가고 또 서로 뒤엉킨 채, 안개 속으로 사라졌다. 윙윙거리는 소리도 곧 완전히 사라졌다.

나는 갑자기 온몸에 힘이 쭉 빠졌다. 다리가 휘청거려, 얕은 물웅덩이에 털썩 주저앉고 말았다. 늪지 풀이 내 얼굴을 찔러댔지만, 나는 그걸 옆으로 밀칠 힘조차 없었다. 그저 가만히 주저앉아 있는 것 말고는 할 수 있는 게 아무것도 없었다.

할리아가 내 옆으로 허겁지겁 달려와 내 이마에 손을 짚었다.

"다치지 않았어?"

"그렇게…… 심하지는 않아. 난, 난 그저…… 힘이 빠졌어."

"저 바람을 만드느라 네 힘을 모조리 사용한 게 분명해. 넌 잠시 쉬어야 해."

할리아의 목소리는 부드러웠지만, 또한 걱정스럽게 들리기도 했다.

"그거 정말 대단한 재주였어. 이따금 마법을 쓰는 우리 스승님도 그렇게는 할 수 없을걸."

엑터가 무거운 발걸음으로 다가왔다. 중간에 반쯤 가라앉은 나뭇가지를 발로 툭 찼다.

할리아는 계속 시선을 내게 두며 엑터에게 말했다.

"그리고 네 고무줄 새총. 그것 또한 대단한 재주였어. 네가 돌아올 필요까지는 없었는데."

할리아는 엑터가 걸어오는 모습을 바라보며, 눈빛으로 고맙다는 말을 전했다.

엑터는 무기를 찢어진 옷 안으로 쑤셔 넣으며, 어깨를 으쓱해 보였다.

"난 항상 이걸로 연습을 조금씩 해요."

나는 엑터를 향해 살며시 웃어 보였다.

할리아가 내 이마에 손을 가져다 댔다.

"난 걱정돼, 젊은 매. 넌 어쨌든…… 안 좋아 보여."

"난 괜찮아. 그저 기진맥진했을 뿐이야. 별 일은 없었어. 그저 딱정벌레 한 마리가……."

갈비뼈가 살짝 따끔거렸다. 나는 딱정벌레의 기이한 행동을 떠올려보았다.

"널 쏘았어?"

"아니, 꼭 그런 건 아니야."

나는 옷을 벗어 보였다. 그곳, 내 갈빗대 위에, 황금빛 실로 짠 고리가 놓여 있었다. 평평하게 뻗어 있었는데, 내 손 정도의 크기였다. 고리가 내 피부 위에서 파르르 떨었다. 마치 살아 있기라도 한 것처럼. 뭔가 이상한 생각이 불현듯 들었다. 그것이 내 옷을 뚫고 지나간 곳에 어떤 구멍도 눈치채지 못했었으니까.

할리아는 깜짝 놀랐다. 얼굴에 핏기가 가셨다. 긴장한 채, 할리아는 고리를 향해 손을 뻗었다. 할리아의 기다란 손가락이 실을 짜듯 움직이며 다가왔다. 할리아가 그 고리를 움켜쥐려는 순간, 황금빛 가는 실이 흔들흔들 비비 꼬이며, 아래쪽으로 꿈틀거렸다. 그러더니 내 피부 안으로 파고들어가 아무런 표시도 남기지 않았다.

엄청난 고통이 내 몸을 타고 흘렀다. 나는 소리치며 가슴을 움켜잡았다. 할리아가 손가락으로 내 살갗을 움켜잡았다. 하지만 너무 늦었다. 고리는 내 가슴 깊숙한 곳으로 사라져 버렸다.

14

피의 올가미

고리는 내 몸 더 깊숙이 파고들었다. 고리가 녹아들며 살갗을 통과해 갈비뼈 사이로 스며드는 게 느껴졌다. 왜 그런지 이유는 모르겠지만, 고리가 내 심장을 향하고 있다는 걸 확실히 알 수 있었다.

나는 온 정신을 집중해, 힘을 끌어 모아 그것을 막으려고 했다. 하지만 이미 기진맥진했기에, 더 이상 힘을 모을 수 없었다. 내가 느낀 마법이 무엇이든, 내가 주문으로 불러낸 바람보다 더 빨리 나에게서 즉각 빠져나갔다. 나는 움직이는 고리를 멈출 수 없었다. 그 속도를 줄일 수도 없었다. 나는 두려웠다. 그러는 내내, 나는 그것이 내 몸 안으로 점점 더 깊숙이 들어오는 걸 느낄 수 있었다.

나는 할리아를 바라보았다. 할리아의 놀란 눈동자에 내 모습이 그대로 비쳤다.

"이게 뭔지 알아?"

"내 생각에…… 그건 우리 아버지가 '피의 올가미'라고 부르던 그것 같아."

엑터는 내 가슴 위로 몸을 숙인 채, 숨죽였다. 진흙이 잔뜩 묻은 곱슬머리를 쓸어 넘기며, 이마를 잔뜩 찌푸렸다.

피의 올가미.

그 단어만 듣고도 나는 공포가 밀려왔다. 나는 엉덩이 쪽으로 돌아간 가죽 주머니로 손을 뻗어 그걸 두드리며 말했다.

"내 치유의 약초가…… 도움이 될까?"

할리아가 고개를 기울였다.

"아니. 피의 올가미는, 일단 네 몸 안으로 들어가면 재빨리 움직여. 멈출 방법은 없어. 그것이 마침내 네 가슴 안쪽까지 들어가면, 네 심장을 감싸 단단히 조일 거야. 결국은……."

할리아는 숨을 거칠게 몰아쉬고는 나를 바라보았다.

"내 심장이…… 둘로 쪼개진다고?"

할리아가 고개를 끄덕였다. 눈동자에 눈물이 그렁그렁 맺혔다.

"희생자의 고통에 대해 우리 아버지가 했던 말을 너한테 말하고 싶지 않아. 그건…… 아, 젊은 매! 차라리 죽는 게 더 나아."

늪에서 구불구불 피어오른 물안개가 더 짙어졌다. 죽은 나무는, 우리 머리에 아주 가까이 기울어져 있었는데, 안개 속으로 점점 더 멀리 물러나는 것처럼 보였다. 곧 밤이 찾아올 거다.

엑터가 내 갈빗대를 부드럽게 쓰다듬으며 조심스럽게 말했다.

"형은 정말 용감해. 정말 끔찍한 느낌일 거야. 내가 뭣 솜 할 수 있으면 좋겠다."

"네 고무줄 새총도 지금은 날 위해 아무것도 해줄 수 없구나."

나는 기운 하나 없는 목소리로 말했다.

다시 한번, 엑터가 뭔가를 말하려고 했다. 그러다가 이내 입을 닫았다. 그러는 내내, 엑터는 내 갈빗대 위에 손을 얹고, 살갗을 초조하게 어루만졌다. 마침내, 엑터의 고통스러운 표정이 사라지며, 뭔가 결심한 듯했다.

"잠깐만, 이게 도움이 될지도 몰라."

엑터가 옷을 뒤적이며 말했다.

엑터는 적갈색 자그마한 약병 하나를 꺼냈다. 마개를 뽑고는, 그 약병을 내게 가까이 가져다 댔다. 코를 찌를 듯한, 살짝 탄내가 피어오르며 허공을 가득 메웠다. 할리아는 깜짝 놀라 팔을 내밀어 엑터를 막았다. 눈 깜짝할 사이에, 할리아는 눈빛으로 엑터를 저지했다.

"이건 우리 스승님이 나한테 준 묘약이야. 내가 이, 아, 심부름을 하다가 혹시라도 다치면 쓰라고요. 스승님은 아주 심각하게 위급한 상황에서만 사용하라고 하셨어요. 고약한 상처를 완전히 치유해주지는 못하지만, 시간을 좀 벌 수는 있다고 하셨어. 충분한 시간, 어쩌면, 적절한 치료법을 찾을 때까지."

엑터가 설명했다.

할리아는 이를 뽀드득 갈며 물었다.

"그런데 만약 제대로 되지 않는다면?"

"이보다 더 나빠질 게 뭐가 있겠어요?"

또 한 차례 고통이 밀려들어 왔다. 나는 끙끙 앓으며, 가슴을 꽉 부여잡았다.

"제발, 좀 마셔봐요. 도움이 될지도 몰라!"

엑터가 재촉했다.

나는 엑터의 진지한 얼굴을 뚫어져라 쳐다보았다. 깊어가는 어둠 속에서도, 엑터의 눈동자는 소년의 열정으로 빛났다.

"아니, 아니. 그러면 안 돼. 나중에…… 너한테 이게 필요하면 어쩌려고 그래?"

하지만 엑터는 고집을 부렸다.

"지금이 바로 이 약이 가장 필요할 때예요."

마침내, 할리아가 팔을 내려놓았다. 엑터는 야트막한 물웅덩이에 무릎을 꿇고 앉아, 내 입술에 묘약을 가져다 댔다. 이번에, 나는 저항하지 않았다. 아주 천천히, 엑터는 적갈색 액체를 내 입 안에 넣었다. 나무 탄 맛이 났다. 내 얼굴이 일그러지기는 했지만, 나는 계속 마셨다. 잠시 뒤, 약병은 완전히 비었다.

엑터가 옆으로 물러났다. 상쾌한 아침 공기를 들이켠 것처럼, 내 가슴에 은밀한 전율이 쫙 퍼졌다. 그 위로, 새롭게 맥박치는 따뜻함이 내 몸 안에 가득 찼다. 그 느낌은 몸 전체에 재빨리 퍼져갔다. 이제 한결 가벼워진 느낌이었다. 한결 강해진 느낌이었다. 신선한 강물 같은 피가 팔과 다리로 내달렸다. 주먹을 쥐어보니, 힘이 돌아온 게 느껴졌다.

할리아가 미소 지으며, 눈물을 훔쳐냈다. 그러고는 내 머리를 꽉 감싸 안았다. 이내, 할리아는 뒤로 물러나 엑터를 돌아봤다.

"정말 고마워."

이것이 할리아가 말할 수 있는 전부였다.

"정말, 정말 고마워."

내가 덧붙였다.

엑터는 부끄러운 듯 환하게 웃었다.

"전에 내가 형한테 했던 짓에 대한 사과라고 말해두지요, 뭐."

나는 거름에 반쯤 묻혀 있는 지팡이에 손을 뻗었다. 나는 지팡이를 휙 잡아 빼냈다. 지팡이 끝에는 포동포동한 지렁이 한 마리가 붙어 있었다. 나는 지팡이를 흔들어 손님을 내려놓고, 울퉁불퉁한 지팡이 끝을 움켜잡은 채 다리에 힘을 꽉 주고 일어섰다. 그러고는 엑터를 향해 바라보았다.

"사과 받아들일게."

"네 묘약의 약효가 얼마나 지속될까?"

할리아가 물었다.

엑터의 표정이 어두워졌다.

"나도 몰라요. 하지만 그리 길지는 않을 것 같아요."

할리아가 내 손을 잡으며, 나를 유심히 살펴보았다.

"이것은 네게 주어진 기회야, 젊은 매, 네 목숨을 구할 기회라고. 검은 나중에 찾자. 운이 좋으면, 우리는 이 늪에서 빠져나갈 길을 찾을 수 있을지도 몰라. 기회가 날아가 버리기 전에 빨리 서두르자."

나는 텅 빈 칼집을 내려다보았다. 희미한 빛 속에서도, 보라색 보석이 빛났다. 그것은 마법 검의 칼집이었다. 마법사의 검. 그리고 왕의 검.

그 왕은 땅에서 사라지고 나서도 사람들의 마음속에 오래도록 남을 것이다.

"아니, 그럴 수는 없어. 특히 지금은 아니야, 할리아. 이 늪에서는 지금 뭔가 사악한 일이, 아주 사악한 일이 벌어지고 있어. 전에 없던 일이야. 그리고 내 검도 마찬가지야. 나는 이제 알아. 내가 네 얼굴을 아는 것처럼 확실하게 안다고. 그게 정말 무엇인지, 그 이름을 정확하게 말할 수는 없지만, 전에 그걸 만난 적이 있다는 기이한 느낌이 들어."

나는 할리아의 손을 꼭 감싸 쥐고 말했다.

할리아가 손을 잡아 빼냈다.

"네가 살아 있지 않으면, 넌 좋은 일을 할 수 없어! 네가 카이르프레에게 가면, 또는 치유자인 네 엄마한테로 가면, 그분들이 널 구해줄 수 있을 거야. 그러고 나서 이곳으로 다시 돌아오면 되잖아. 네가 원한다면 말이야."

"그때는 너무 늦을 거야."

할리아가 걱정스러운 표정을 지어보였다.

"도대체 네가 원하는 게 뭐야, 젊은 매?"

나는 숨을 들이켰다.

"내 자신."

할리아가 이마를 찌푸렸다. 눈동자에는 의심이 가득 찼다.

나는 지팡이에 기댄 채, 물안개가 피어오르는 썩어가는 늪 주위를 훑어보았다. 문득, 늪지의 소리가 다시 돌아왔다는 걸 처음으로 알아차렸다. 저 너머, 앵앵 우는 듯한 기이한 소리가 들렸다. 그리고 저기, 묵직하게 부글부글 끓는 소리가 들렸다. 늪을 가로질러 나지막하게 신음하는 울음소리가 울려 퍼졌다. 곧, 그 소리가 다른 소리와 뒤섞이는 것을, 그리고 다른 것들과 뒤섞이는 것을 나는 알아차렸다.

"서두르자! 밤이 오기 전에 피난처를 찾아야만 해."

내가 힘주어 말했다. 그러고는 엑터에게 고갯짓을 했다.

"너도 우리와 함께 갈래?"

엑터가 생각에 잠겨, 턱을 문질렀다.

"잠시 동안만."

할리아는 손등으로 내 가슴을 가볍게 쓸었다.

"우리에는 나도 역시 포함되는 거지?"

"물론이지. 그러니까, 네가 그러고 싶다면 말이야."

할리아가 사슴 같은 동그란 눈을 깜빡였다.

"응, 그러고 싶어."

"그럼, 어서 서두르자. 저 관목이 우리를 숨겨줄 정도로 **빽빽**하기만을 바랄 수밖에."

나는 덤불로 뒤덮인 언덕을 손으로 가리켰다. 언덕은 이제 시커먼 바탕에 어두운 혹 덩어리 하나에 불과했다.

나는 출발했다. 둘은 내 뒤를 바짝 따라왔다. 나는 투시력을 최대한 발휘해, 일행을 이끌고 늪지 풀밭을 지나 좁은 이탄 둔덕으로 나아갔다. 점점 짙어지는 안개 사이로 길이 구불구불 나 있었다. 한순간, 고르지 못한 돌무더기를 지나가는데, 갈라진 틈 사이로 가느다란 누런색 눈 한 쌍이 드러났다. 그 눈이 우리를 면밀하게 지켜보고 있었다. 우리는 그 곁을 조심조심 지나갔다. 주변의 좀 더 부드러운 진흙과는 달리, 발걸음을 옮길 때마다 이탄은 우리를 빨아들이지는 않았지만 더욱 축축해졌다. 그래서 우리가 지나간 발자국 안에 자그마한 물웅덩이가 생겼다. 한 번은, 내가 일행이 뒤쫓아 오기를 기다리느라 발걸음을 멈추었을 때, 뒤에 길게 늘어선 축축한 발자국이 점점 희미해져 가는 게 눈에 들어왔다. 순식간에 발자국은 땅으로 완벽하게 스며들었다. 빙글빙글 돌던 안개가 다른 안개 사이로 녹아드는 것처럼 말이다.

이탄 둔덕 끝자락에 구불구불한 잎사귀가 달린 뒤틀린 덩굴 하나가 있었다. 그 덩굴은 진흙에 거의 파묻혀 있었는데, 그 아래 네모난 모양의 열매 하나가 널브러져 있었다. 붉은색과 보라색이 섞여 있었는데, 꽤 낯익어 보였다. 불현듯, 그것과 똑같이 생긴 열매를 먹었던 때가 떠올랐다. 입에 침이 고였다. 정말 기막힌 맛이었다! 하지만, 나는 주저했다. 그것이 내가 먹어봤던 것과 똑같은 열매가 아니면 어쩌지? 결국, 내 허기진 배가 이겼다. 나는 손을 내밀어, 그 열매를 잡아당겨 내 작은 가방 안에 넣었다.

앞으로 나아갈수록, 언덕은 점점 또렷하게 모습을 드러냈다. 나는 처음에 그 언덕을 덮고 있는 게 관목이라고 생각했는데, 가까이 다가가보니 사실은 나지막하고 빽빽하게 가지를 내밀고 있는 나무였다. 나뭇가지 때문에 전혀 보이지 않던 나무둥치는 거인의 발가락처럼 튼튼해 보였다. 나무껍질은, 내 가죽 신발만큼이나 주름이 깊었다. 멀리서 빨간 열매처럼 보이던 것은, 사실 나뭇잎의 빨간색 아래 부분이었다.

구불구불한 이탄 둔덕의 끝자락, 질척거리는 물웅덩이 가에 이르렀다. 짙어지는 그림자 속에서도, 나는 그곳이 부글부글 끓으며 마구 돌아가고 있다는 걸 알아차릴 수 있었다. 물웅덩이의 진녹색 넓은 공간을 건너는 게 분명 언덕으로 가는 지름길이었지만, 나는 그 생김새와 악취가 정말 싫었다. 그럼에도, 밤이 빠르게 다가왔기에, 그곳을 곧장 가로질러 가야 소중한 시간을 아낄 수 있었다.

나는 지팡이로 물웅덩이 깊이를 조심스럽게 가늠해봤다. 건널 수 있을 만큼 얕아 보였다. 나는 앞으로 발걸음을 옮겼다. 신발 안으로 흙탕물이 스며들고 미끄럽기는 했지만, 바닥이 단단해서 건널 수 있을 것 같았다. 나는 일행과 눈빛을 주고받았다. 그러고는 다시 한 발을 조심스레 내디뎠다.

뭔가 움직이는 게 발에 닿았다. 그것은 물웅덩이 끝자락, 갈대 속으로 미끄러져 들어갔다. 나는 펄쩍 뒤로 물러섰지만, 발 디딜 곳이 없었다. 그래서 철퍼덕, 질척한 물속으로 나뒹굴고 말았다. 그런데, 놀랍게도, 뭔가가 내 다리를 감싸는 게 느껴졌다. 마치 팔처럼 힘을 주더니, 부드럽게 나를 물웅덩이 깊숙이 아래로 잡아당겼다.

"뭐가 날 잡아당겨!"

할리아와 엑터가 나를 도와주러 달려왔다. 둘은 내 팔을 잡고 힘껏 잡아당겼다. 하지만 날 붙잡고 있는 그 뭔가도 나를 잡아당겼다. 엑터의 신발이 이탄 바닥 위로 미끄러지며, 엑터는 무릎을 꿇고 털썩 주저앉고 말았다. 그래도 친구들은 계속 나를 잡아당겼다. 할리아가 이리저리 움직일 때마다 땋은 머리가 어깨와 등에 마구 부딪쳤다.

마침내 나는 빠져나왔다. 우리 모두 함께 뒤로 나자빠지며, 축축한 땅 위에 쓰러졌다. 잠시 그냥 그대로 땅바닥에 누워 헉헉거렸다. 그러는 동안, 짙은 물안개가 우리 몸 위를 휘감았다. 마침내 나는 고개를 흔들어 머리카락에서 진흙을 털어내고 일어나 앉았다. 종아리를 뒤덮은 미끌미끌한 검은 분비물을 알아차리고, 지팡이 끝으로 최대한 긁어냈다.

아무 말 없이, 우리는 서로 도와 일으켜주었다. 다시 길을 나서, 물웅덩이 주변으로 나아갔다. 마지막 남은 빛이 순식간에 옅어지자, 늪지의 소음이 우리 주변으로 점점 더 커져갔다. 안개가 소용돌이치며, 시커먼 입을 벌려 이빨과 어마어마한 혀를 드러냈다. 말라죽은 나뭇가지가 옷에 달라붙으며 우리 살갗을 찔러댔다. 하지만 그런 장애물 따위는 내 관심을 끌지 못했다. 왜냐하면 내 투시력 한편으로 으스스한 빛이 깜빡거리는 걸 알아차렸으니까. 시간이 지날수록 깜빡거리는 빛이 점점 더 강해지는 것을…….

드디어 우리는 언덕에 이르렀다. 언덕은 내 예상보다 그리 높지는 않았지만, 주변의 늪지보다는 보송보송한 편이었다. 하지만 내 심장이 쿵 내려앉았다. 더 높은 곳으로 올라가는 길이 제대로 보이지 않았다! 빽빽한 숲 벽이 마치 촘촘한 나뭇가지 그물 같았다. 너무 빽빽하게 엮여 있어서 내 투시력으로도 그 너머가 보이지 않았다. 식물의 틈만 살짝 보였다. 나무 사이의 터널, 터널……. 나는 터널이라는 생각에 깜짝 놀랐다. 어쩌면 우리는 이곳에서 보금자리를 발견할 수 있을지도 몰랐다.

할리아가 내 어깨를 잡았다.

"저 불빛 좀 봐! 이쪽으로 오고 있어. 저건 늪지 유령이 분명해!"

분노로 가득 찬 으스스한 비명이 늪지에서 솟아올랐다. 그 뒤로 또 다른 비명이 연달아 흘러나왔다.

"빨리 서둘러."

나는 재빨리 나무를 향해 달렸다. 우람한 나무뿌리 위로 발걸음을 옮기며, 나뭇가지 사이의 좁은 틈으로 일행을 이끌었다.

"조심해. 저 가시는 굉장히 뾰족해 보여!"

무시무시한 비명이 계속해서 뒤에서 솟아났다. 우리는 좁다란 터널 속으로 몸을 숙이고 들어갔다. 즉각, 어둠이 우리를 집어삼켰다. 고소한 전나무 솔방울 향이 강하게 풍겼다. 터널은 숲 벽의 중심을 향해 왼쪽으로, 그러고는 오른쪽으로, 다시 왼쪽으로 꺾였다. 갈림길이 나올 때마다, 나는 더 힘든 길을 선택했다. 그곳이 우리를 더 잘 보호해주기를 바라면서 말이다. 더 깊숙한 곳으로 기어갈수록, 가시가 옷을 잡아 뜯고, 무릎과 목, 어깨를 찔러댔다. 뒤에서, 엑터가 힘이 드는지 끙끙거렸다. 두어 번, 할리아가 주먹으로 땅을 쿵 내리쳤다. 마치 암사슴이 발굽으로 사납게 쿵쾅거리는 것 같았다.

우리는 드디어 터널 안, 넓은 곳에 이르렀다. 주위에는 네다섯 그루의 나무둥치가 둘러싸고 있었다. 울퉁불퉁하고 여기저기 홈이 파였는데, 가시투성이 지붕은 너무 낮아서 우리는 똑바로 설 수 없었다. 하지만 무릎을 접어 앉기에는 충분했다. 우리가 어떤 나무 무리 가운데에 온 것 같았다.

나는 나무둥치에 등을 기대고, 손목의 상처를 핥았다.

"음, 여기에서 밤을 보내야겠는걸."

"이보다 더한 데서도 자봤어요."

엑터가 여기저기 부딪친 정강이 쪽으로 옷을 잡아당기면서 말했다.

할리아는 나무뿌리 사이의 움푹한 곳에서 새끼 사슴 마냥 몸을 웅크렸다.

"그래, 여기 괜찮아. 넌 어때?"

할리아가 내 허벅지를 만졌다.

"괜찮아."

"우리 뭣 좀 먹어야 해요."

엑터가 어둠 속에서 말했다.

문득, 가죽 가방에 넣어둔 열매가 떠올랐다. 꺼내보니, 열매는 약간 뭉개졌지만, 그런대로 괜찮아 보였다. 나는 그 열매를 잘라 코에 대고 냄새를 맡았다. 즉각, 나는 그 맛깔스러운 향을 알아차렸다. 불에 구운 고기처럼 향이 먹음직스러웠다.

"이게 무슨 냄새예요?"

엑터가 물었다.

"우리 저녁거리. 저기 북쪽 슬란토스에서 빵 굽는 사람들이 자신들만의 특별한 빵을 만들 때 쓰던 열매야. 내가 늪지에서 이걸 찾아냈지."

내가 대답했다.

할리아가 스르르 가까이 다가와 물었다.

"이거 괜찮을까?"

나는 싱싱한 열매를 쪼개고 나서, 손가락을 핥았다.

"뱃가죽이 달라붙어서 의심이고 뭐고 할 수가 없네. 게다가, 난 이 냄새를 절대 잊을 수 없어."

둘에게 나누어주고 나서, 나는 한가운데 있는 넓적하고 납작한 씨를 빼냈다. 어둠 속에서도, 내 투시력은 그 진한 붉은 광채를 알아차릴 수 있었다. 씨를 땅바닥에 놓고 나서, 지팡이 끝으로 탁 내리쳐 산산조각 냈다. 그러고는 몇 개를 내 입으로 톡 던져 넣고 나서, 나머지는 둘에게 나눠줬다. 씨앗을 깨물자, 씨앗 조각이 사방으로 탁 터지며 맛있는 냄새를 내뿜었다. 더불어, 내가 검을 되찾을 수 있다는 느낌, 그리고 살아서 그 검을 다시 휘두를 수 있다는 생각이 강하게 밀려들었다.

"와, 맛 좋은데. 이걸로 빵을 만들면 정말 근사할 것 같아."

엑터가 말했다. 과즙이 턱 밑으로 줄줄 흘러내렸다.

"정말 근사하지. 슬란토스 사람들은 이것이 우리 가슴에 용기를 가득 채워줄 수 있다고 말해."

내가 대답했다.

"너무 너무 좋아. 이건 정말이지 우리한테 딱 필요한 거야."

할리아가 맛있게 씹으며 말했다.

"맞아. 미래에 맞설 용기요."

엑터가 크게 한숨을 내쉬며 동의했다.

나는 엑터에게 한 조각을 더 주었다.

"미래는 두려울 수 있어, 안 그래?"

"무엇보다도 이런 곳에서는, 젊은 매. 형이 내딛는 한 발 한 발이…… 선택을 의미하는 곳. 정말 힘든 선택이야. 그러니 형이 어떤 길을 선택 하든, 옳을 수도, 틀릴 수도 있어."

엑터는 한 입 더 베어 물고는 생각에 잠긴 채 먹었다.

나는 고개를 끄덕였다.

"내게도 인생이 때로 그렇게 느껴져. 자기가 정말로 어떤 선택을 했는 지조차도 볼 수 없을 정도로 짙게 긴 안개에 덮인 낯선 발자국 같아."

나는 씨앗을 한입 가득 삼켰다.

"우리는 그저 능력껏 최선을 다하기 위해 노력하는 것 외에는 아무것도 없는 것 같아. 우리가 할 수 있는 모든 것을 말이야."

"안개에도 불구하고?"

엑터가 서글프게 물었다.

"안개에도 불구하고."

"하지만 만약……."

엑터가 말끝을 흐렸다.

"만약 형 앞에 놓인 선택이 분명하지만 그게 불가능한 거라면 어떻게 해? 그러니까, 형이 누군가를 도와주려 하는데, 어쩌면 형이 무척이나 좋아하는 사람을……. 그런데 만약 형이 그 사람을 잘 도와주었다면, 그것이, 그러니까, 형이 그 사람 말고 도움이 필요한 다른 사람을 도와줄 수 없다면 어떻게 하겠어요?"

나는 손을 뻗어, 엑터의 발목을 꽉 잡았다.

"엑터, 난 네가 뭘 찾고 있는지, 네가 누굴 도와주려 하는지 몰라."

엑터가 동요하며, 뭔가를 말하려고 했다. 하지만 다시 꾹 참았다.

"하지만, 나는 너에 대해 한 가지만은 확실히 알 수 있어. 미래에 어떤 어려운 시간이 널 기다리고 있다 할지라도, 이것만은 결코 변하지 않을 거야."

나는 계속 말을 이어갔다. 내 목소리는 점점 가라앉았다.

"넌 오늘 누군가를 도왔어, 의심의 여지 없이. 그리고 엑터…… 난 그 사실을 결코 잊지 않을 거야."

조용히, 엑터가 고개를 끄덕였다. 살짝 미소 지으려 했다. 하지만 표정 저 깊은 곳에 어떤 결의가 남아 있었다. 내 말이 엑터에게 감동을 주었다는 걸 알 수 있었지만, 그렇다고 해서 엑터의 짐을 기대만큼 덜어주지는 못했다. 나는 궁금했다. 엑터는 미래에 대해 자신이 보여줄 수 있는 것보다 많은 걸 알고 있을까?

한참 있다가, 엑터는 자신의 자그마한 손을 내 손 위에 올렸다.

"형을 이 숲에서 찾아내서 기뻐, 젊은 매. 그리고 형이 날 찾아내서 기뻐."

아주 오랫동안, 우리는 아무 말도 하지 않았다. 이내 나는 나뭇가지 지붕을 향해 팔을 들어 올려, 등을 쭉 펴려고 했다.

"이제 잠을 좀 자둬야 할 것 같은데. 그런데 문제는, 잠이 오지 않는다는 거야."

"나도요!"

엑터가 동의했다.

"나도 마찬가지야. 특히 흐느끼며 울어대는 저 소리와 함께라면. 숨죽인 소리이긴 하지만, 저기서 계속 들려오잖아."

할리아가 나무뿌리 사이에서 몸을 뒤척이며 속삭였다.

"내겐 저 소리는 큰 문제가 아니야, 다만⋯⋯."

내가 고백했다.

"피의 올가미?"

할리아가 이해한다는 듯 물었나.

"응, 빌어먹을! 언제 묘약이 효력을 다할지, 난 정말 궁금해. 그리고 그것이 어떤 느낌일지."

"우리한테 진짜 필요한 건 근사한 이야기예요. 형의 마음을 돌릴 수 있는 그런 이야기!"

엑터가 제안했다.

"내가 유능한 이야기꾼을 알고 있지. 이야기가 넘치도록 풍족한 삶을 사는 종족에서 자란 사람을 말이야."

나는 할리아의 무릎을 툭 쳤다.

"네가 해줄래?"

"네, 제발요, 해줄 거죠?"

엑터도 나를 따라서 재촉했다.

할리아는 천천히 숨을 길게 들이마셨다.

"그래, 알았어."

잠시, 할리아는 땅을 내려다보았다가, 생각에 잠겼다. 그러고는 다시 고개를 들었다.

"좋아, 그렇다면, 내가 이야기를 들려줄게. 우리 종족 사이에서는 꽤 유명한 이야기야. 살리아(Shallia)라는 소녀의 이야기인데, 안개 그리고 우정과 선택에 대한 이야기이기도 해. 불가능한 선택에 대한 이야기."

마침내 할리아가 말했다.

할리아는 다리를 꼬고 자리에 앉아, 손을 무릎 위에 포개어놓고, 나뭇가지 벽을 응시했다. 할리아의 표정으로 보건대, 마치 할리아가 우리를 보호해주는 나무를 뚫고 그 너머에서 소용돌이치는 구름을 곧장 보는 것 같았다. 이윽고, 할리아가 이야기를 시작했다. 목소리가 해안가, 밤의 산들바람처럼 부드러웠다.

"들어봐, 내가 이야기 할 테니. '속삭이는 안개 이야기'야."

15

속삭이는 안개 이야기

머나먼 바다의 머나먼 바닷가, 밤마다 별빛이 반짝이는 파도에서 안개가 솟아올랐다. 안개는 컴컴한 바다 너머로 퍼지며, 가녀린 손가락처럼 하늘하늘 땅으로 뻗어 나갔다. 그리고 이날 밤, 예전에 수없이 많은 밤에 그랬듯이, 안개는 먼저 바위 하나를 어루만졌다. 그것은 '살리아의 바위'라는 이름으로 기억되는 바위였다.

그곳에 살리아가 자주 나타났기 때문이다.

살리아는 바위 끝자락에 발을 대롱대롱 흔들며, 몇 시간이고 앉아 있곤 했다. 그곳에서 태양이 바다로 풍덩 빠지는 모습, 별들이 으스스한 시커먼 하늘을 반짝이는 물고기처럼 헤엄치는 모습을 지켜보았다. 구불구불한 첫 번째 안개가 발가락을 어루만시는 게 느껴졌다. 그리고 무엇보다도, 철썩거리는 파도와 끼룩끼룩 우는 갈매기 소리에 귀 기울였다. 물 그 자체만큼이나 깊이 숨을 내쉬는 고래의 물보라에 귀 기울였다. 어느 날 밤에는, 파도와도 다르고, 고래와도 다른 또 다른 소리에 귀 기울였다. 마치 살아 있는 것 같은 신비한 속삭임을…….

어쨌든, 그 속삭임은 살리아에게 자신의 어린 시절을, 자신의 가장 빛나는 시절을 떠올리게 했다. 엄마는 살리아를 낳는 동안 '바다와 해안의 신들'한테 잡혀갔기에, 살리아는 엄마를 알지 못했다. 하지만, 아빠는 항상 곁에 있었다. 아빠와 함께 파도로 뛰어들고, 조개를 함께 땄다. 썰물 때 번쩍이는 물고기들과 이 개펄에서 서로 쫓고 쫓기는 놀이를 하면서 얼마나 웃었던가? 파도와 함께 하나가 되면서 얼마나 생동감이 넘쳤던가?

마침내 그날, 그 모든 것이 끝났다. 기억은 사라졌다. 살리아의 아버지처럼. 아버지는 야트막한 물웅덩이에 숨어 있던 치명적인 분홍쥐취*의 가시를 밟고 나서 숨을 거두었다.

살리아는 마을 변두리 진흙으로 지은 오두막으로 옮겨 할머니와 함께 살았다. 살리아는 형제가 없었다. 또래 친구도 없었다. 친구를 갈망했지만, 늘 혼자서 지냈다. 살리아는 쓸쓸한 고독과 바닷가에 앉아 있고 싶은 끝없는 갈망 이외에는 마음속에 다른 공간이 없었다.

"물가에 혼자 있지 마라. 특히 밤에는. 아가, 밤이 되면 바다 유령들이 해안 가까이 다가온단다."

할머니가 주의를 주었다.

할머니는 물과 공기 사이의 그늘진 곳에 바다 유령이 산다고 말했다. 분홍쥐치 떼보다 훨씬 더 위험하고, 원하는 대로 모습을 바꿀 수도 있다고 했다. 마치 안개처럼······. 바다 유령은 인간을 미치게 만들 수도 있는데, 실제로 그런 일이 자주 일어났다. 마을 사람들은 어둠이 내린 후에 너무 오래 꾸물럭거리다 바다 유령의 파도한테 현혹되어, 파도에 휩쓸려가 흔적도 없이 사라진다고 했다. 그저 모래 위에 흔적만 남았다

---

* 복어목에 속하는 바닷물고기로 비늘에 작은 가시가 있다.

가, 달빛을 받으며 희미해져 간다고 했다.

살리아는 그런 이야기를 모두 들었었다. 그렇지만 파도의 아득한 부름도 또렷하게 들었다. 자신의 슬픔을 잠시나마 씻어내줄 만큼 감미로운 그 속삭임이 어떻게 위험할 수가 있을까? 그 소리에 두 귀를 닫는다는 건 생각만으로도 몹시 슬펐다. 살리아는 그 어느 때보다 더 외로웠다. 그래서 매일 밤마다, 할머니가 잠들면, 몰래 조용히 바닷가로 내려갔다.

살리아는 매일 밤 그곳에 앉아, 투명한 어둠이 커다란 그릇 같은 바다에 쏟아져 내리는 모습을 바라보았다. 때로는 어머니와 아버지가 모래톱에서 걸어 나와 자신에게 다가오는 모습을 두 눈을 감고 떠올려 보기도 했다. 아무 말 없이도 서로의 생각을 알 수 있는 진정한 친구, 자신을 너무나 잘 알고 있는 누군가가 다가오는 모습을 그려보기도 했다. 하지만 살리아는 이 모든 게 꿈에 불과하다는 걸 너무나 잘 알았다. 할머니의 이야기만큼이나 허황되다는 것을 잘 알고 있었다.

어느 날 밤, 살리아는 보름달의 궤적을 따라 바다로 다가가며, 깨진 조개껍데기와 둥둥 떠다니는 나뭇조각 위로 발걸음을 옮겼다. 잔디가 모래로 길을 내주자, 거대한 파도가 천둥처럼 울려 퍼지며 해안을 내리쳤다. 천천히 파도가 물러가며, 모래톱 위를 살랑살랑 움직였다. 물보라로 축축이 젖은 살리아의 바위가 으스스하게 빛났다.

살리아는 따개비가 잔뜩 덮인 자신의 바위에 올라갔다. 달빛이 파도 위에서 반짝반짝 빛났다. 사방의 물마루에서 안개의 갈기가 흘러나왔다. 짭조름한 산들바람이 살리아의 곱슬머리를 헝클어트렸다. 살리아는 으스스 몸을 떨었다. 저녁의 한기 때문이 아니었다. 다른 무엇이 있었기 때문이었다. 뭐라 딱 꼬집어 말할 수 없는 느낌이었다. 불확실하기도 하고, 희망적이기도 하고, 무섭기도 했다.

살리아는 드넓은 바다를 응시했다. 오늘 밤 안개는 파도보다 더 거세게 움직이며, 허깨비와도 같은 으스스한 모습이었다. 그러고는 이내 사라져 버렸다. 달빛이 소용돌이치는 안개를 비추었다. 아주 잠깐, 모습 안에 또 다른 모습이, 그림자 안에 또 다른 그림자가 모습을 드러냈다. 그리고 저기 어딘가에서, 속삭이는 소리가 계속해서 커졌다가 이내 희미해져 갔다.

이윽고, 어마어마하게 크고 시커먼 안개구름이 저 멀리에 모였다. 살리아는 그 모습을 지켜보며, 심장이 두근거렸다. 안개가 해안을 향해, 자신을 향해 쏜살같이 다가오기 시작했으니까. 속삭임이 점점 더 요란해져서, 일렁이는 파도 소리도 들리지 않았다. 살리아는 바짝 긴장했다. 앉아 있던 바위에서 뛰어내려 어서 오두막으로 돌아가야 할까? 하지만 살리아의 손가락은 그저 바위를 더 단단하게 움켜쥘 뿐이었다.

시커먼 안개구름이 다가오며, 땅을 향해 몸을 기울였다. 얼굴에서 비틀린 커다란 팔이 튀어나와, 살리아를 향해 쭉 뻗었다. 속삭임은 으르렁거리는 소리가 되고, 그 으르렁거림은 굉음이 되었다.

갑자기, 안개구름이 일순간에 동작을 멈추었다. 안개가 외로운 소녀 곁을 빙빙 돌며 끌어안다가, 허공에서 그 끝자락을 파르르 떨며 녹아내렸다. 하지만 안개는 더 이상 가까이 다가오지 않았다. 절대 살리아에 닿지 않았다. 해안가에 절대로 닿지 않는 것처럼…….

동시에, 보름달 빛이 물안개를 갈랐다. 구불구불한 안개의 팔 깊은 곳에 또 다른 팔이 있었다. 보다 정교하고, 보다 가녀리고, 보다…… 살리아의 손과 닮아 있었다. 팔꿈치가 있었다. 손이 있었다. 그리고 길고 가느다란 손가락. 손가락이 움직였다! 안개 자욱한 손 하나가, 달빛에

171

어른거리며, 위로 뻗어 나부끼는 은빛 머리카락을 빗어 넘겼다. 그러고 는 어깨, 목, 얼굴이 나타났다. 안개 속에 반짝반짝 빛나는 키 큰 소녀 의 얼굴이 있었다.

살리아는 깜짝 놀라, 하마터면 바위에서 굴러떨어질 뻔했다. 그러자, 안개 소녀가 휙 돌아보며, 두 손을 허리춤에 얹은 채 둘 사이를 가르고 있는 물안개 사이 빈 공간을 응시했다. 파도 위의 달빛처럼 반짝이는 두 눈이 살리아를 노려보았다. 즉각, 속삭임이 멈추었다. 마치 바다가 숨을 멈추기라도 한 것 같았다.

불현듯, 안개 소녀가 고개를 뒤로 젖히고는 까르르 웃음을 터트렸다. 살리아는 목소리를 들을 수는 없었지만, 안개 소녀가 웃는 걸 뼈와 혈 관과 피부로 분명하게 느꼈다. 이윽고 살리아는, 아무 생각 없이, 아주 오랫동안 해본 적이 없던 뭔가를 했다.

살리아는 큰 소리로 웃었다.

안개 소녀가 고개를 끄덕이자, 달빛이 어깨에 비처럼 쏟아졌다. 안개 소녀가 은빛 손을 가슴에 얹자, 속삭임이 다시 살아나며 소리가 커졌 다.

말-라-사.

천천히, 살리아의 피부가 간지러운 느낌이었다. 살리아는 일어나 바위 위에 섰나.

"말라사,"

살리아가 그 말을 되풀이했다. 그러고는, 자신의 가슴에 손을 대고, 자신의 이름을 말해주었다.

살-리-아.

안개가 울려 퍼졌다.

말라사는 모래톱 위에서 일렁이는 파도처럼 우아하게 손을 움직여, 해변을 향해 손짓했다. 살리아는 잠시 주저했지만, 이내 바위에서 엉금엉금 기어 내려갔다. 굵고 축축한 모래 위에 발을 옮기며, 깊은 발자국을 남겼다. 그러는 사이, 말라사도 같은 방향으로 움직였다. 하지만 안개 벽 안에서만 항상 머물렀다. 발자국을 전혀 남기지도 않았다.

둘은 해안을 따라 서로 나란히 평행선처럼 걸었다. 살리아는 친구가 잔물결이 이는 물안개의 장막을 떠날 수 없다는 걸 알아차렸다. 마치 살리아가 견고한 자신의 세상 너머로 움직일 수 없는 것처럼 말이다. 안개와 모래가 서로 합쳐질 수 없는 것처럼, 둘은 서로에게 손을 댈 수가 없었다.

아무 말없이, 둘은 함께 해안가를 이곳저곳 돌아다녔다. 살리아가 나선형 고둥 껍데기를 주워 들어, 그걸 손에서 뒤집었을 때, 말라사는 몸을 구부려 뭔가를 주웠다. 그것은 꼬불꼬불한 붉은색 리본처럼 보였다. 어쩌면, 공기와 빛과 어렴풋한 꿈으로 만든 안개-뱀 혹은 식물일지도 몰랐다. 살리아는 호기심이 일어, 발밑 축축한 모래 안에 놓인 둥그스름한 것을 따라갔다. 친구는 안개 안에 빛나는 원을 그렸다.

그리고 다시 한번, 둘 다 웃음을 터트렸다.

말라사는 몸을 돌려 겹겹이 쌓인 안개 사이로 조용히 걸어갔다. 마치 뭔가 보이지 않는 물보라를 느끼기라도 하듯, 두 손을 들어 올렸다. 살리아는 그 뒤를 따랐다. 살리아의 다리가 얕은 물웅덩이 속에서 철썩거렸다.

갑자기 살리아의 눈에 바다거북이 한 마리가 보였다. 거북이는 모래 안에 보금자리를 파려고 애쓰고 있었다. 살리아가 걸음을 멈추고 몸을 숙이자, 말라사도 걸음을 멈추고는 거북이의 밝은 눈동자와 점박이 무늬 등딱지에 아주 가까이 몸을 기울였다. 한동안, 안개 소녀는 푹 빠져 그 모습을 바라보았다. 하지만 좌절하는 듯했다. 살리아는 친구가 안개 벽을 깨고, 세상으로 걸어 나오고 싶어 한다는 걸 알았다. 왜냐하면 살리아도 같은 걸 원했으니까.

저녁 내내, 소녀 둘은 자신들이 공유하는 해안의 끝자락을 돌아다녔다. 둘은 달빛 속에서 돌고래처럼 폴짝 뛰었다. 빙글빙글 도는 안개 벽을 쫓았다. 게와 함께 옆으로 걷기도 했다. 달빛을 잡으려고도 했다. 둘 중 하나가 새로운 아이디어를 떠올릴 때마다, 다른 소녀는 말 한마디 없이도 곧장 이해했다.

노랗게 불타는 달이 수평선 가까이 떨어지자, 저녁 빛이 바뀌었다. 물결치듯 움직이던 안개 벽이 은빛에서 황금빛으로 바뀌며, 소녀 둘의 머리카락과 하늘을 나는 갈매기의 날개를 금색으로 물들였다. 살리아는 떠다니는 나뭇조각에 앉아, 빛나는 안개와 그 안에 있는 친구를 바라보았다. 속삭임이 살짝 피어오르며, 감미로운 소리로 살리아를 감싸주었다. 살리아는 몇 시간 전과는 완전 다른 기분이었다. 기뻤다, 아니, 기쁜 것 그 이상이었다. 솔직히 말하면, 되살아난 기분이었다. 갈증으로 목이 타들어가는 여행자가 마침내 물을 얻은 기분이었다.

그런데…… 살리아와 말라사가 서로를 발견했지만, 둘은 진정으로 서로의 삶을 함께 할 수는 없었다. 둘은 대화를 나눌 수도 없었다. 서로를 만질 수도 없었다. 어깨 너머로, 살리아는 지는 달을 흘끗 바라보았다. 해안가에 줄지어 선 나무들은 안개 속에서 황금빛으로 어른거렸다. 달빛이 세상 사이를 통과할 수 있다면, 자신이라고 그렇게 하지 못할 이유가 뭐가 있을까?

살리아는 숨을 몰아쉬며, 소금기 머금은 차가운 공기를 가슴 가득 채웠다. 숨을 내쉬는 동안, 말라사가 고개를 뒤로 기울이고 가슴을 편 모습이 보였다. 말라사 또한 숨을 들이키는 것 같았다. 바로 그때, 커다란 고래 한 마리가 저 멀리 어디선가 물을 내뿜으며, 깊고 가득하게 숨을 쉬고 있었다.

두 소녀의 얼굴 위로 미소가 서서히 퍼져 나갔다. 비록 같은 세상을 살 수는 없었지만, 이 둘의 세상은 같은 공기를 함께하고 있었다. 둘 또한 공기를 함께했다. 고래와 갈매기, 그리고 바다의 모든 생명체 또한 같은 공기를 호흡했다.

아주 오랜 시간 동안 둘은 서로를 바라보며, 함께 호흡했다. 그 어느 때보다 둘이 더 강하게 묶이어 서로를 잡아당겼다. 하지만 그럴수록 갈망은 더욱 커져갔다. 그때 말라사가, 안개에 둘러 싸여, 좀 더 가까이 다가왔다. 말라사는 물안개 가득한 벽 안에 기대어, 벽을 옆으로 밀치고, 두 손으로 벽을 갈랐다.

희망과 두려움으로 살리아는 안절부절못했다. 파도 사이를 헤엄치는 고래 떼보다 심장이 더 빨리 내달렸다.

"내게로 오고 있어! 내게로 오고 있다고."

파도의 속삭임은 더 커지고 날카로워졌다. 말라사가 잠시 주저하더니, 세상 사이의 장벽을 계속 찢어댔다. 살리아는 조바심 내며 서 있었다. 파도가 일렁이는 모래사장 끝까지 걸어가, 안개 속으로 손을 내밀어 친구의 손을 직접 붙잡을 수 있었으면 했다.

갑자기, 말라사의 두 눈이 휘둥그레졌다. 얼굴이 고통으로 일그러졌다. 말라사는 다리를 꽉 쥐고 뒤로 나뒹굴었다. 소용돌이치는 물안개 속으로…….

"말라사!"

살리아가 외쳤다.

솟아오르는 속삭임 말고는 아무 대답도 없었다. 그 속삭임은 전보다 훨씬 더 날카로웠다. 안개 벽이 떨리고, 어두워지며 산산이 흩어지기 시작했다. 살리아가 멍하니 지켜보는 사이, 안개의 장막이 녹아내렸다. 완전히 사라졌다. 친구도 사라졌다.

속삭임이 멈추었다. 파도 위에 남아 있는 것이라고는 사라지는 달이 지며 마지막으로 뿜는 황금빛뿐이었다. 잠시 뒤, 그것 또한 사라져 버렸다. 가장 어두운 어둠 속에서, 살리아는 바닷가에 혼자 서 있었다. 살리아는 소리쳤다. 모래를 마구 짓밟았다. 그러고는 무릎을 꿇고, 흐느끼기 시작했다.

그 뒤로 매일 저녁, 살리아는 자신의 바위로 올라가, 새벽녘이 될 때까지 파도를 바라보았다. 살리아는 더 이상 안개를 보지 못했다. 더 이상 속삭임을 듣지 못했다. 하지만 밤마다 살리아는 밤새도록 지켜보았다. 할머니가 자신이 몰래 숨어 있는 것을 알아차리지는 않을까 신경조차 쓰지 않았다. 바다에서 성난 파도가 높이 솟아 자신을 쓸어갈까 걱정하지 않았다. 살리아는 잠시 알다 곧 잃어버린 친구를 다시 찾을 수 있을지, 오직 그 생각만 했다.

"말라사, 어디 있는 거니?"

살리아는 바다를 향해 외치고 또 외쳤다.

하지만 친구는 대답 한번 없었다.

어느 날 밤, 초승달이 떠올라 수평선 끝자락에 걸렸다. 살리아는 혼자 앉아 있었다. 살아오면서 이미 많은 걸 잃었다. 이제 말라사도 잃었다. 살리아는 불끈 주먹을 쥐었다. 또다시 그런 일이 일어나게 내버려두지 않을 거다. 절대로! 하지만 살리아가 도대체 뭘 할 수 있을까? 살리아는 만약 그것이 유일한 방법이라면, 안개를 지나 분홍쥐치가 있는 바다를 건너겠다는 생각 말고는 아무것도 떠오르지 않았다.

살리아는 입술을 깨물었다. 안개를 지나서…….

천천히, 바위에서 일어나, 바다를 향해 두 팔을 들어 올렸다.

"내게로 와, 제발 나를 친구한테 데려가줘."

바다는, 항상 그렇듯이, 아무 대답이 없었다. 살리아는 두 팔을 힘없이 떨어트렸다. 풀 죽은 채, 몸을 돌려 그 자리를 떠나려 했다. 그 순간, 마지막으로, 바다를 다시 흘끗 바라보았다.

저 멀리, 달만큼이나 창백하고 하늘하늘 가녀린 안개 팔뚝 하나가 파도에서 불쑥 올라왔다. 곧이어 다른 팔도 연이어 나타났다. 가느다란 팔들이 마구 흔들어대며 하늘을 긁어댔다. 마치 사나운 폭풍이 채찍질하는 것 같았다. 하지만 폭풍은 없었다. 적어도 눈에 보이지는 않았다.

갑자기 안개의 파도가 물 위로 떠올라, 시간이 지날수록 점점 더 커져가며, 해안으로 밀려왔다. 바위를 향해 밀려왔다. 살리아를 향해 밀려왔다. 파도가 살리아에게 닿았다. 빛나는 커다란 안개 벽이 앞으로 몸을 기울여 살리아의 얼굴을 둥글게 감쌌다. 그러고는 살리아를 완전히 집어 삼켰다.

즉각, 휘몰아치는 안개가 갈기갈기 흩어지며 사라져 버렸다. 대기가 차분해지자 바다도 차분해졌다. 하지만 살리아는 그곳에서 이런 변화를 볼 수는 없었다. 왜냐하면 살리아는 바위에서 완전히 쓸려가 버렸으니까.

살리아는 기이하고 부드러운 언덕에 앉아 있는 자신을 발견했다. 소금기 머금은 산들바람이 살리아의 머리카락을 헝클어트렸다. 땅은, 그걸 땅이라 부를 수 있다면, 비 내린 뒤의 이끼처럼 축축했다. 너무나 보드라워서 손으로 거의 퍼 올릴 수 있을 것만 같았다. 살리아 앞에는 변화무쌍한 풍경이 휘몰아치며 펼쳐졌다. 산마루가 마치 파도처럼 솟구쳤다 가라앉았다. 협곡이 하품하듯 열렸다가 다시 닫혔다. 형형색색의 구름이 녹아내리는 무지개처럼 반짝반짝 빛났다.

그때, 살리아는 사방에서 피어오르는 으스스한 소리를 알아차렸다. 느리고, 무시무시한 리듬을 듣고 있자니 해안으로 밀려오던 파도가 떠올랐다. 하지만 파도 소리보다 더 깊고, 풍부했다. 감정으로 충만했다. 마치 수천 개의 목소리가 한꺼번에 노래하는 것 같았다. 다른 땅, 다른 세상에서 들어본 적 있는 노랫소리 같았다.

살리아는 궁금했다. 전에 어디서 이 노랫소리를 들어봤지?

주변의 공기가 흔들렸다. 그러자 은빛 형체가 사방에서 나타났다. 살리아는 벌떡 일어났다. 그냥 그대로 서 있어야 할지, 아니면 달아나야 할지 확신이 없었다. 만약 달아난다면, 어디로 가야 할지도 몰랐다. 은빛 형체는 왠지 우울해 보이는 사람들의 모습으로 선명하게 바뀌었다. 사람들은 살리아 눈에는 보이지 않는 뭔가를 둘러싸고 둥글게 모여 있었다. 부드럽게 노래하며, 리드미컬한 노래에 자신들의 목소리를 더했다. 노래는 한 구절, 한 구절 점점 더 구슬프게 애원하고 있었다.

해초 잎처럼 우아하게 펄럭이는 망토를 입은 남자가 몸을 돌려 살리아를 바라보았다. 아주 오랫동안, 그 남자는 살리아를 관찰하더니 마침내 입을 열었다. 묵직한 목소리는 마치 바다 속, 종처럼 울렸다.

"형체가 변하지 않는 세상의 아이여, 나는 너를 이곳으로 데려오고 싶지 않았다. 널 친구라고 부르는 내 딸아이가 그렇게 했다. 그렇게 하는 게 올바른 건지 잘 모르겠다만, 나는 딸아이의 말을 거부할 수 없었단다."

"말라사? 당신이 말라사 아버지인가요?"

살리아는 가까이 다가갔다. 맨발이 축축한 땅바닥에 푹푹 빠졌다.

남자는 입을 꼭 다물었다. 그럼에도 절망적인 노래는 조금 더 크게 울려 퍼졌다.

"그렇다. 그리고 앞으로도 그럴 것이다. 비록 딸아이는 죽었지만."

그 남자의 말이 얼음장처럼 차가운 파도가 되어 살리아를 내리쳤다.

"다시는 안 돼. 제발 또다시 그러면 안 돼."

살리아는 속삭였다.

남자가 은빛 손을 들어 올렸다. 노래하는 모습 둘이 옆으로 다가오자, 안개의 침상에 누워 있는 가느다란 모습 하나가 드러났다. 그것은, 정말, 말라사였다. 살리아는 가까이 다가갔다. 친구는 꼼짝 않고 누워 있었다. 떠다니는 나뭇조각처럼 생명이 없었다.

살리아는 말라사의 얼음장 같은 손을 부드럽게 들어 올렸다. 둘이 처음 만났던 밤에 그렇게도 만져보고 싶었던 바로 그 손을…… 그 순간, 말라사의 눈꺼풀이 살짝 벌어졌다. 하지만 한때 그 뒤에서 그렇게도 환하게 빛나던 빛은 거의 사라지고 없었다. 살리아는 눈물을 꾹 참으며, 말라사의 손을 꽉 움켜잡았다. 예전과 마찬가지로, 자신의 심정을 알리기 위해 굳이 말이 필요 없다는 걸 알았다. 어쨌든, 살리아는 뭐라고 말해야 할지 몰랐다. 그저 견디고, 아파하며, 희망을 품을 수밖에 없었다.

하지만, 살리아는 희망을 품을 수 없었다. 수평선 뒤로 떨어지는 마지막 태양과 함께, 말라사의 두 눈은 다시 감겼다. 둥그렇게 모여 있던 사람들이 고개를 숙였다. 끊임없이 흘러나오는 노래는 천천히 잦아들며, 젊은 소녀의 생명과 함께 희미해져 갔다.

살리아는 친구의 손바닥을 자기 가슴에 가져다 댔다.

"가지 마, 난 네가 다시 살아났으면 좋겠어. 다시 숨 쉬었으면 좋겠어."

살리아가 간청했다.

다시 숨을 쉬어.

살리아의 기억 속 어딘가에서, 고래 한 마리가 물을 내뿜으며, 새로 찾은 두 친구와 함께 안개를 품은 공기를 마셨다.

다시 숨을 쉬어.

축 늘어진 손을 잡은 채, 살리아는 호흡이 그저 공기가 아니고, 그저 몸이 아니고, 그 이상의 무엇이라고 생각했다. 마치 안개가 물과 공기 사이를 쉽게 움직일 수 있는 것처럼, 자신의 세상과 말리사의 세상 사이를 움직일 수 있는 무엇이라고.

제발 말라사. 다시 숨을 쉬어.

친구의 숨결이 닿자, 안개 소녀의 은빛 머리카락이 살며시 떨렸다. 고래와 갈매기와 거북이의 호흡. 일렁이는 파도에 힘을 받아, 한숨짓는 조개로 가득 채워진 호흡. 바다의 호흡. 생명의 호흡.

갑자기, 말라사가 꿈틀했다. 가슴이 들썩이더니, 조금 더 솟아올랐다. 말라사의 손가락이 살리아의 손가락을 감싸 쥐었다. 두 눈이 열리더니, 파도 위의 별빛을 받아 반짝였다.

노랫소리가 다시 돌아와 바위를 감싸고, 포옹하듯 두 소녀를 둘러쌌다. 더 이상 절망의 노래가 아니었다. 그것은 기쁨에 넘치는 소리였다. 마침내, 살리아는 이해했다. 이 세상의 노래는 자신의 세상에서 자주 들었던 바로 그 속삭임이었다는 것을! 살리아는 이 세상의 노래와 안개의 노래로 전에 없던 포옹을 받았다.

살리아는 친구를 뚫어지게 쳐다보았다. 다시는 헤어지지 않으리라는 사실을 알고 있었다. 그리고 아침이 되면, 자신이 살던 마을 사람들이 모래에 찍힌 희미한 발자국의 흔적을 찾으리라는 사실을 알고 있었다.

머나먼 바다의 머나먼 바닷가, 밤마다 별빛이 반짝이는 파도에서 안개가 솟아올랐다. 안개는 컴컴한 바다 너머로 퍼지며, 가녀린 손가락처럼 하늘하늘 땅으로 뻗어 나갔다. 그리고 이날 밤, 예전에 수없이 많은 밤에 그랬듯이, 안개는 먼저 바위 하나를 어루만졌다. 그것은 '살리아의 바위'라는 이름으로 기억되는 바위였다.

16

늪의 파수꾼, 퀠지에스

나는 나무둥치에 머리를 기대고 있었다. 여전히 저 멀리 해안에서 찰랑찰랑 흔들리는 파도 소리가 들리는 듯했다. 잠시 뒤, 할리아를 향해 말했다.

"정말 근사한 이야기야."

"네가 이 이야기를 좋아해주니 나도 기뻐. 우리 아버지가 좋아하던 이야기였지. 아버지는 안개에 특별히 친밀감이 있었어. 잡을 수도, 만질 수도 없는 안개 말이야."

할리아는 나무뿌리 사이의 움푹한 곳으로 몸을 밀어 넣었다.

"그리고 규정할 수도 없지. 우리 어머니는 안개가 고요한 바다도 아니고 고요한 하늘도 아닌, 그 사이에 존재하는 것이라고 말하곤 했어."

내가 덧붙였다.

할리아가 고개를 끄덕였다. 마지막 문장이 내 마음속에 울려 퍼졌다.

그 사이에 존재하는 것.

아주 오래전, 우리 어머니는 초가지붕 오두막에서, 핀카이라를 묘사할 때도 같은 말을 하곤 했었다.

경이로움이 가득한 곳. 완전히 이 세상도 아니고 완전히 사후 세계도 아니지만, 이 두 세계를 연결하는 다리라고 할 수 있지.

내 텅 빈 칼집을, 그리고 피의 올가미가 뚫고 들어간 가슴을 흘끗 내려다보며, 나는 한숨지었다. 어머니는 또한 이 섬에 수많은 위험이 도사리고 있다고 말했다. 그리고 수많은 선택이 존재한다고. 선택의 상당수는 한순간 분명하다가, 다음 순간 사라져 버린다. 갑작스럽게 파문을 일으키는 연못에 비친 모습처럼……

어둠 속에서, 나는 엑터를 향해 몸을 기울였다.

"너도 이 이야기 맘에 드니, 어린 친구?"

엑터는 그저 천천히, 고르게 숨을 쉬는 것으로 대답을 대신했다.

"당연히 좋았겠지. 깨어 있는 동안에는 말이야. 사실, 우리도 잠깐이나마 눈을 좀 붙이는 게 좋을 것 같아."

할리아가 하품을 하며 피곤한 듯 말했다.

"그래. 그래도 한 사람은 깨어 있어야 해. 내가 먼저 불침번을 설게."

나는 은신처 숲 너머, 저 멀리 늪에서 들리는 날카로운 소리에 귀를 기울이며 말했다.

"괜찮겠어? 만약 네가 좀 쉬고 싶다면, 내가 먼저 불침번을 서도 돼."

할리아가 다시 하품을 했다.

"아니, 네가 먼저 자. 네 차례가 되면 깨울게."

나는 무릎을 가슴 쪽으로 당겨 올렸다.

할리아가 뒤척이며, 튼튼한 나무뿌리에 머리를 기댔다. 잠시 뒤, 할리아 또한 엑터처럼 느릿느릿 고르게 숨을 쉬었다. 나는 등을 펴고 나무 둥치에 기댔다. 깨어 있으려, 나는 이곳저곳으로 투시력을 훈련했다. 이쪽의 들쭉날쭉한 가시, 저쪽의 잎사귀. 가장 빽빽한 나뭇가지의 자그마한 옹이구멍에 이르러, 나는 소스라치게 놀라고 말았다.

옹이구멍이 눈을 깜빡였기 때문이다. 분명 그런 것 같았다.

나는 바짝 긴장한 채, 그곳을 뚫어지게 바라보았다. 다시 옹이구멍
이 눈을 깜빡였다. 하지만 아니, 정확히 그렇지는 않았다. 그것은 차라
리 어두운 곳에서의 움직임 같았다. 그림자 안의 그림자. 내가 감히 꼼
짝도 못 하고 지켜보는 사이, 어른거리는 빛이 구멍 안에서 희미하게 흘
러나왔다. 빛이 어슴푸레 빛났다. 이제 막 꺼져가는 목탄의 탁한 오렌지
색 같았다. 불빛은 물결처럼 깜빡였다. 그 눈이 나를 꿰뚫어보고 있다
는 느낌에, 나는 오싹했다.

"그러니까, 이 아이는 자기가 이곳에서 안전하다고 생각하는 거로군."

가늘고도 기운 넘치는 목소리가 힐난하듯 말했다.

내가 지팡이를 꽉 잡는 순간, 다른 나뭇가지에서 또 다른 빛이 흘러
나왔다.

"여기가 안전하다고 누-우-가 말할 수 있어? 여기가 안전하다고? 이
곳 늪이?"

"누구도 아니야, 어허, 하지만 우리는. 어허, 어허."

세 번째 목소리가 킬킬거렸다. 그 목소리는 할리아의 머리 바로 위,
나뭇가지에서 나왔다. 비록 할리아가 잠에서 깨지는 않았지만, 흔들리
는 불빛이 할리아에 닿을 때, 할리아의 손가락이 불안스레 꿈틀거렸다.

"누구야?"

내가 따지듯 물었다.

"친구는 아니지."

"적도 아니지. 어허허허."

"그저…… 퀠지에스."

나는 숨을 몰아쉬었다.

"퀠지에스? 그게 뭔데?"

"우리는 늪의 파수꾼이지. 아, 그래! 우리는 그 어떤 무엇도 놓치지 않아. 우리는 모든 걸 본다고. 그리고 우리는 셋이서 함께 돌아다니지."

"고통을 즐기지, 에헤, 에헤, 에헤."

그 중 하나가 날카롭게 소리쳤다.

어른거리는 모습 셋이 한꺼번에 똑같이 웃음을 터트렸다. 깔깔대는 소리가 하늘에 지붕처럼 뻗은 나뭇가지를 가득 채우며, 늪지의 소리를 몰아냈다. 내 두 뺨이 뜨거워졌다. 이제 나는 두려움보다는 분노를 느꼈다. 나는 지팡이를 들어 올려, 그 끝자락을 내 옆 나무뿌리에 쿡 찔렀다. 지팡이 손잡이가 나무 지붕에 닿았다.

"우리를 해치려는 거야?"

"해친다고? 누가 너희를 어떻게 더 해칠 수 있지?"

다른 하나가 킬킬 웃었다.

"더라고? 뭐보다 더라는 거야?"

내가 물었다.

"저 녀석은 벌써 길을 잃었어, 어허. 그리고 자신의 검을 잊지 못해, 어허."

나는 얼어붙었다.

"내 검에 대해 뭘 알고 있는 거지?"

"그걸 잃어버렸다는 것, 어허허허. 너처럼! 어허, 어허."

"다른 무언가도 곧 잃어버리게 될 거야. 맞아, 아주 곧."

"무엇을?"

나는 너울거리는 빛을 향해 돌아서며 물었다.

"네 목숨, 그게 바로 그거야. 우리가 너한테 뭘 말하는지 알겠지? 고통은 한꺼번에 세 겹으로 오는 법이거든."

이들은 시끄럽게 낄낄거렸다.

퀠지에스는 깜빡깜빡 빛을 내뿜으며, 한꺼번에 셋이 합창하듯 웃어댔다. 처음에 나는 화가 치밀어 올랐다. 무작정 달려들 작정이었다. 하지만 어쩌면 더 나은 방법이 있을지도 모른다는 생각이 들었다. 나는 인내심을 발휘해, 웃음이 잦아들기를 기다렸다.

"친애하는 퀠지에스, 너희들은 유머 감각이 뛰어나구나. 확실해."

나는 말을 꺼냈다.

"저 녀석이 우리한테 아부하려나 본데."

"그렇게 생각해?"

"너희들은 유머 감각이 뛰어날지도 몰라, 하지만 너희들이 떠드는 것보다는 분명 모르는 게 있어. 사실, 너희들이 너무 고상해서 늪지로 탐험을 떠나지 않는 것 같아. 그러니 정말로 중요한 걸 알 수는 없지."

나는 이어 말했다.

"정말 모욕적인데."

"맞아. 어쭙잖게 나서는 것보다는 얌전히 그냥 그대로 있는 게 나을 거야."

내가 부드럽게 말했다.

"넌 몰라. 우리가 무엇을 알고 있는지!"

나는 잠깐 기다렸다가 대답했다.

"정말? 너희들이 많은 걸 알고 있다면, 내가 아직 알지 못하는 걸 말해봐."

"어떤 거?"

"아, 그거야 나도 모르지."

나는 생각에 잠겨 입술을 깨물며 잠시 말을 멈추었다.

"이를테면…… 무언가가 숨어 있는 곳."

옹이구멍 하나가 반짝였다.

"저 녀석의 검! 우리는 그 검이 어디 있는지 알지."

땀이 송골송골 맺히기 시작했지만, 나는 무심한 듯 손을 저었다.

"설마?"

"우린 알고 있어! 그건……."

"입 다물어! 넌 까먹은 거야?"

다른 나뭇가지에서 엄숙한 명령이 떨어졌다.

또 다른 빛이 반짝였지만, 말을 하지는 않았다.

"거 봐, 내가 뭐라고 했니. 너희들은 정말 몰라."

내가 고집스레 말했다.

불빛이 밝아지고 침묵이 깊어졌다.

"아, 글쎄. 내 생각에, 퀠지에스에 대한 이야기가 모두 사실인 것 같네. 허풍만 떨어대고, 쥐뿔도 아는 게 없다고."

나는 하품을 하며 기지개를 켰다.

"사실이 아니야!"

다 함께 한꺼번에 꽥 소리쳤다.

이 말에, 할리아와 엑터가 모두 잠에서 깨어났다. 둘 모두, 나뭇가지 속에서 어른거리는 불빛을 바라보며 소스라치게 놀랐다. 나는 둘에게 잠자코 있으라고 손짓했다.

"그렇다면, 나한테 보여줘. 뭘 알고 있는지 말해보라고."

내가 저들을 슬슬 구슬렸다.

"네 검에 대한 건 아니야, 흐흠, 흠. 너한테 그 이야기를 하면, 그 여자가 분명 우리를 해칠 거야, 으흐흐흐."

"그 여자라니?"

나는 당혹스러워 물었다.

"그 여자는, 어허, ……."

"조용히 해! 그 여자에 대해서는 더 이상 말하지 마."

"그래, 좋아. 그럼 그래. 증거가 없잖아."

나는 조바심 내고 있다는 걸 최대한 숨기려 애쓰며, 느릿느릿 말했다.

긴장된 침묵의 순간이 지속되었다. 그때 늪에서 들려오는 숨죽인 소음이 그 침묵을 깼다. 할리아와 엑터는 안절부절못했다. 둘의 얼굴은 기이한 빛 때문에 어슴푸레 빛났다. 둘 모두 걱정스럽고 당혹스러운 표정으로 계속해서 나를 지켜보았다. 이따금 옆을 돌아보며 빛나는 옹이구멍을 빤히 쳐다보았다. 나뭇가지 지붕 아래, 내 심장 박동 소리뿐만 아니라 둘의 심장 박동 소리까지 들려왔다.

마침내, 가는 목소리가 침묵을 깼다.

"우리는 네 검에 대해 아무것도 말할 수 없어. 그래도 다른 비밀은 많이 알고 있지. 다른 보물도 많이 알고 있어."

나는 고개를 가로저었다.

"못 믿겠는데."

"그렇다니까! 사실이야! 참나, 우리는 심지어 이것도 알고 있어. 일곱 번째 현명한 도구가 어디에 숨어 있는지, 그 비밀도 알고 있다고."

옹이구멍 안의 빛이 밝아졌다.

할리아의 몸이 뻣뻣하게 굳었다. 할리아는 내게 손을 내밀어 팔을 꽉 움켜쥐었다. 한편, 엑터는 입을 떡 벌린 채 나뭇가지를 뚫어져라 바라보왔다. 나는 차분하려 최선을 다하며, 그저 어깨만 으쓱해 보였다.

"그럴 리가 없어. 현명한 도구 중 마지막 하나는 아주 오래전에 잃어
버렸으니까."

"아, 그래? 넌 그렇게 생각해?"

이제 목소리는 완전히 분노에 차 씩씩거리고 있었다.

"너희들은 아무런 증거도 보여주지 않았어. 전혀."

오렌지빛 말고는 그 어떤 반응도 없었다. 빛은 점점 더 밝아졌다.

"가엾군. 너희들은 너무 작고, 너무 약해 빠졌어. 그 안전한 보잘 것
없는 둥지에서 밖으로 나올 엄두도 내지 못하잖아? 절대 문제에 빠지
지 않으려고. 그게 훨씬 좋을지도 모르지, 정말이야. 가치 있는 것은 아
무것도 모르니까요."

나는 안타깝게 고개를 흔들며 말했다.

"거짓말이야!"

"멍청한 인간."

"너야말로 아무것도 몰라, 참나."

느긋하게, 나는 할리아와 엑터에게 말했다.

"이제 가서 자, 친구들. 이 꼬맹이들은 그저 헛소리나 지껄여대는 것
들이니까."

"정말 그럴까? 그렇다면 우리가 이걸 어떻게 알지?"

불빛이 한꺼번에 어른거리며, 한 목소리를 냈다.

"늪 한가운데에……."

"불꽃이 이는, 어허, 나무 옆에……."

"잃어버린 보물이 누워 있다. 그 무엇보다 소중한 열쇠."

나는 나무둥치에 몸을 기댔다.

"저런, 퀠지에스들, 그런 걸 안다고 상상을 하다니, 정말 감동적이네."

불빛이 희미해지며, 우리는 다시 한번 어둠에 휩싸였다. 나는 할리아에게 몸을 돌렸다. 비록 내 검에 대해 뭔가 유용한 정보를 알아내지 못해 좌절감을 느꼈지만, 적어도 저들로부터 뭔가 흥미로운 걸 끄집어냈다는 게 기뻤다.

할리아는 잡고 있던 내 팔을 내려놓고, 나를 계속 빤히 바라보았다. 할리아의 눈동자는 놀라 튀어나올 것만 같았다. 그건 뭔가 다른 이유로. 뭔가 급박한 것으로.

"젊은 매, 나 이제 기억났어."

할리아가 초조한 듯 속삭였다.

"뭐가 기억났다는 거야?"

"우리 아버지가 열쇠의 힘에 대해서 내게 해준 말. 일곱 번째 현명한 도구. 그것은……."

할리아는 갑자기 말을 멈추고는, 엑터를 흘끗 바라보았다.

"괜찮아, 저 아이 믿어도 돼."

내가 엑터를 몸짓으로 가리키며 말했다.

"저…… 것들은 어떻게 하고?"

나는 고개를 저었다.

"저들은, 내게 생각이 있어. 저들은 네가 말하려고 하는 것. 이미 잘 알고 있을지도 몰라. 아니, 어쩌면 모를지도 모르지. 만약 네가 저들이 걱정스럽다면, 내일까지 기다렸다가 말해도 돼."

할리아가 투덜거렸다.

"내일이면 저 불빛보다도 덜 우호적인 다른 누군가가 우리 대화를 엿들을 수도 있어. 게다가, 난 지금 너한테 말해주고 싶어. 매우 중요한 일이야."

언뜻 보니, 엑터가 우리 쪽으로 목을 쭉 내미는 모습이 보였다. 확실히, 엑터는 자신이 드디어 신뢰받고 있다는 것에 기쁨을 느끼고 있었다. 하지만 뭔가 골똘히 생각하며 이마를 찌푸리는 것 같았다. 그것이 내 투시력의 장난일지도 모르지만 말이다.

할리아가 차분하게 다시 말했다.

"우리 아버지가 아주 오랫동안 자신이 돌보던 마법의 열쇠에 대해 들려줬어. 그 열쇠는 어떤 문이든 열 수 있대. 어떤 곳이든, 어떤 방이든, 어떤 보물 상자든. 열쇠는 그것 말고도 다른 것도 할 수 있다고 했어. 만약 마법의 힘이 강한 누군가가 갖고 있을 경우에 말이야."

할리아는 잠시 말을 멈추고는 중요한 이야기를 했다.

"마법의 힘이 강한 사람은 그 열쇠로 문이 아닌 주문을 열 수 있어. 어떤 주문이든 가리지 않고. 그리고 영원히, 젊은 매. 그 주문은 영원히 사라지는 거야."

이제 내가 깜짝 놀랄 차례였다.

"너희 아버지가 또 다른 말은 안 하셨어?"

"하셨어. 더 있었어. 난 분명히 확신해. 내 생각에, 그건 그 힘에 대한 경고였어. 하지만…… 기억이 안 나."

할리아가 머뭇머뭇 대답했다.

엑터가 땅바닥에서 조바심 내며, 몸을 불안하게 뒤척였다.

"하지만 내가 방금 너한테 했던 말보다 중요한 건 아무것도 없어. 아직 모르겠니? 열쇠가, 만약 우리가 정말 그걸 찾을 수 있다면, 네 목숨을 구해줄 수 있어. 구해줄 수 있다고! 넌 그 열쇠로 피의 올가미의 주문을 풀 수 있단 말이야!"

할리아가 흥분한 채 계속 말했다.

나는 벌떡 자리에 일어나 앉아, 내 심장에 손을 가져다 댔다.

"아, 그래, 물론이지! 완전히 치유되면, 나는 내 검을 마침내 되찾을 수 있어. 그리고 내가 할 수 있는 건 뭐든 할 수 있어. 이 사악함을 멈출 수 있도록 말이야. 그러기 위해서는 먼저 내가 열쇠를 찾아야 해."

"우리가 찾아야 하지."

할리아가 내 말을 정정해주었다.

"그래, 우리가! 그리고 퀠지에스가 말한 불꽃이 이는 나무는……."

"분명 우리 아버지가 열쇠를 거기에 숨겨놓았을 거야! 당연히, 난 그게 맞다고 확신해. 늪지대 깊숙한 곳에 있는 불꽃이 이는 나무가 가장 안전한 장소일 거야."

할리아는 어느새 스르르 내 옆으로 다가왔다.

할리아가 나무뿌리를 따라서 손으로 쓰다듬으며, 꿈꾸듯 말했다.

"난 이제 그 장소를 볼 수 있어. 나무 한 그루 없는 산마루의 가장 높은 곳. …… 아, 젊은 매! 그리고 우린 가까이 왔어. 아주 가깝단 말이야. 난 온몸으로 그걸 느낄 수 있어! 반나절만 걸으면 돼. 정말이야."

"*가슴에 새겨진 오솔길.* 넌 예전에 그렇게 말했었어."

"그래! 우리 지금 당장 그리로 갈까?"

할리아가 머뭇거리며, 언덕 너머 저 멀리서 늘리는 새된 비냉에 귀를 기울였다.

"새벽에, 늪지 유령들이 사라졌을 때 가자."

나는 할리아의 여윈 뺨을 부드럽게 어루만졌다.

"네 아버지께 정말 고맙다. 그리고 특히 너에게."

할리아의 고개가 내 쪽으로 기울며, 내 손에 기댔다. 잠시 뒤, 내가 제안했다.

"이제 잠을 좀 자두는 게 어떨까? 내가 불침번을 설게, 그러니 푹 쉬어. 그리고 내일 아침, 넌 네 마음속의 오솔길은 물론이고 땅 위 오솔길도 따라갈 수 있을 거야."

17

불꽃의 벽

　잠에서 깨어나 보니, 거미줄처럼 얼기설기 뻗어 있는 나뭇가지 사이로 희미한 햇빛이 둥실둥실 떠다니고 있었다. 할리아는 내 맞은편, 튼튼한 나무뿌리 사이에 누워 있다가 내가 뒤척이는 소리를 듣고는 고개를 들었다. 고동색 긴 머리카락에 진흙, 나무돌기, 나무껍질이 마구 뒤엉켜 있었다.

　내가 물었다.

　"잠 좀 잤어?"

　할리아의 암사슴 눈이 미소 지었다.

　"내가 불침번 설 차례에 깨우지 않았네."

　"그건……, 나도 잠들었거든. 그래도 아무 일도 없었어."

　내가 고백했다.

　"지금 이 순간 밸리맥의 그 목욕을 할 수 있으면 정말 좋겠다."

　"둘 다 그럴 수 있으면 좋겠다. 이 늪지에서 그런 목욕을 할 수 있으리라고는 상상도 못했어."

　나는 뺨을 긁어, 두껍게 앉은 진흙덩이를 되는대로 떼어냈다. 내 시선은 짙은 옹이구멍 세 개로 옮겨갔다. 그 기이한 생명체가 나타났던 바로 그곳.

할리아도 옹이구멍을 훑어보았다.

"그 생명체가 더 말한 건 없었어?"

"없었어. 그러고는 다시 나타나지 않았어. 하지만 이곳에 있는 동안할 말은 이미 다 했잖아, 안 그래?"

나는 신발에서 돌멩이를 털어내며 대답했다.

할리아가 일어나 앉았다.

"그랬지. 잠을 자면서도 저들이 말하는 걸 들었다니까."

늪지의 한가운데,

불꽃이 이는 나무 옆,

잃어버린 보물이 숨어 있다.

정말로 소중한 열쇠가.

나는 가슴 한가운데에 조심스레 손을 가져다 댔다.

"그 힘에 대한 네 아버지 말이 옳다는 데 희망을 걸어보자."

"우리 아버지 말은 옳아, 난 확신해. 아버지가 했던 다른 말도 기억할수 있으면 정말 좋을 텐데. 내 생각인데, 그건 아마 열쇠를 사용하는 방법에 관한 말이었을 거야."

할리아는 가시 지붕을 흘긋 바라보았다.

나는 할리아의 어깨를 토닥여주었다.

"괜찮아. 네가 그만큼이라도 기억해낸 게 정말 기뻐."

엑터가 여전히 곤히 잠들어 있는, 아직 그늘이 드리운 곳으로 몸을 돌리며 나는 말했다.

"깨우는 게 좋을……."

내 몸이 뻣뻣하게 굳었다.

"할리아! 녀석이 사라졌어!"

"뭐라고!"

할리아가 얼굴에 손을 가져다 대며 소리쳤다.

"그 아이는……. 그 아이를 함께 데리고 다니는 게 아니었어."

할리아는 나를 바라보며 꾸짖듯 말했다.

어안이 벙벙한 채, 나는 천천히 고개를 가로저었다.

"우리의 믿음을 이렇게 저버리다니, 도무지 믿을 수 없어. 어쩌면 제 갈 길을 가려고 아침 일찍 떠난 건지도 몰라."

할리아가 여전히 얼굴을 찡그린 채 말했다.

"작별 인사도 없이? 아니, 젊은 매. 난 그 아이가 어디로 갔는지 알아. 그 아이가 무엇을 찾으려 하는지도 알겠어. 그건 바로 열쇠야."

나는 얼굴을 찌푸리며 고개를 끄덕였다.

"네 말이 맞을까 봐 겁나. 하지만 나는 정말 그 아이가 우정을 매우 중요하게 여긴다고 생각했었어. 네 이야기 속에 나오는 살리아가 그랬던 것처럼."

"분명 아니야."

나는 몸을 돌려 가시투성이 터널 속으로 기어가기 시작했다.

"빨리 따라와. 그 녀석이 벌써 멀리 갔을지도 몰라."

나뭇가지 사이에서 빠져나오자, 아무렇게나 뒤섞인 울음소리와 잡담 소리가 우리를 맞았다. 늪으로 돌아가는 건 정말 싫었지만, 적어도 늪지 유령을 당장 마주하지 않으리라는 생각에, 그리고 늪지 유령에게 새로운 공격성이 생겼다 할지라도 낮에는 사람을 위협하지는 않으리라는 생각에, 살짝 안도감이 들었다. 그렇다 하더라도, 심이 말해준 무언가가 여전히 나를 괴롭혔다. 아니 어쩌면 나는 그저 심의 말을 제대로 듣지 못했던 걸지도 몰랐다. 하지만 심은 늪지 유령에 대한 무언가를 말해준 것 같았다. 그게 무엇이든, 지금 당장은 어디에도 늪지 유령이 보이지 않았다.

언덕 끝자락에 서서 보니, 한쪽으로 물안개가 누리끼리한 빛을 내며 일렁였다. 물안개가 사방에 황금빛을 내뿜었다. 지난밤에 하마터면 빠져 죽을 뻔했던 부글부글 끓는 커다란 물웅덩이조차도 빛이 났다. 그렇다! 떠오르는 태양이었다.

할리아는 내 시선을 쫓으며, 그리고 평상시처럼 내 생각을 쫓으며, 비뚤배뚤한 관목과 김이 피어오르는 물웅덩이를 가리켰다.

"저기, 나무 한 그루 없는 산마루가 저 너머에 있어."

바로 그때, 나무 밑동 근처 땅 위에 번들거리는 물기가 보였다. 황금빛으로 빛나며, 언덕을 구불구불 흘러내려 마침내 거름 속으로 사라져 갔다. 할리아와 나는 샘으로 달려가 굽은 나무뿌리 옆에 자리 잡은 자그마하고 깨끗한 물웅덩이 옆에 무릎을 꿇었다. 얼굴을 물속에 담그고, 게걸스럽게 물을 마셨다. 실컷 마시고 한숨 돌렸다가 다시 들이켰다. 드디어, 우리는 서로를 바라보았다. 흠뻑 젖은 머리카락이 어깨에 찰싹 달라붙었다.

할리아는 초조한 눈빛으로 늪 쪽을 흘긋 바라보았다.

"지금 귀니아가 우리와 함께 있으면 얼마나 좋을까! 귀니아는 곧장 불꽃이 이는 나무로 우리를 데려다줄 수 있을 텐데."

"우리는 사슴으로 변신할 수도 있어."

내가 제안했다.

할리아는 고개를 저었다. 내게 물방울이 튀었다.

"아니, 이런 거름 속에서는 어떤 다리든 다 힘들어. 다리 네 개는 두 개보다 훨씬 더 고생스러울 거야."

"그럼, 어서 서두르자."

우리는 함께 일어나, 늪 속으로 다시 뛰어들었다. 찐득한 진흙이 신발에 꾸역꾸역 스며들었다. 이끼로 뒤덮인 나뭇가지들이 내 다리를 마구 찔러댔다. 유황 냄새가 나는 구름 같은 물안개가, 때때로 아주 가까이서 휘몰아쳤다. 그래서 새벽이라기보다는 차라리 황혼녘처럼 느껴졌다. 나는 기이한 예감을 받았다. 공기 중에, 또는 축축한 땅에, 또는 어쩌면 내 가슴 깊숙한 곳에 뭔가가 있었다. 내 옆을 따라 걷는 그림자 또한 기가 죽어 말을 잘 듣는 것 같았다.

일련의 질문들이 내 마음속에서 연신 꼬리에 꼬리를 물었다. 열쇠가 숨겨진 장소에 도착한 뒤, 엑터가 이미 열쇠를 가져간 걸 발견하게 되지는 않을까? 내가 그토록 호감을 가졌던 그 아이가 어떻게 그런 짓을 할 수 있을까? 그 아이는 내게 자신의 소중한 묘약을 줌으로써, 내게 엄청난 친밀감을 느끼게 했었다. 그리고 묘약이 피의 올가미를 얼마나 더 멈추게 할 수 있을까?

우리는 안개 자욱한 모래톱과 황폐한 평지를 두세 시간 걸었다. 늪지대는 끝없이 이어진 것처럼 보였다. 안개 낀 빛은 변함이 없었다. 하지만 할리아의 방향감각은 결코 흔들리지 않았다. 발걸음 또한 절대 느려지지 않았다. 이런 풍경 속에서 어떻게 거리와 방향을 가늠할 수 있을까 궁금증이 일 때마다, 나는 끊임없이 통증을 느끼는 내 어깻죽지를 떠올렸다. 어쩌면 할리아 종족의 저주가, 그리고 우리의 목적지에 대한 할리아의 비전이 내 아픔처럼 끊임없이 남아 있는 건지도 몰랐다.

넓은 물웅덩이를 가로지르며 힘겹게 걸으며, 나는 늪의 물보다는 뭔가 좀 더 단단한 돌과 풀의 둔덕을 계속 밟으려고 노력했다. 그러다 문득, 꽃잎이 넓은 백합 한 송이를 발견했다. 뾰족한 하얀색 백합 꽃잎이 위로 쭉 뻗어, 한가운데 있는 연노란색 봉오리를 둥글게 에워싸고 있었다. 흐릿한 빛 속에서, 봉오리는 물 위에 떠 있는 왕관처럼 보였다.

본능적으로, 나는 텅 빈 칼집에 손을 가져다 댔다. 내가 그 칼날의 무게를 다시 느낄 수 있을까? 그리고 무엇보다, 그 검을 자신의 것이라고 부르게 될 고결한 왕에게 안전하게 전달해주겠다는 다그다와의 약속을 지킬 수 있을까? 이 순간, 그 약속은 필연적인 운명이라기보다는 불가능한 꿈에 가까운 것처럼 보였다.

마침내, 우리는 좀 더 높은 땅에 이르렀다. 땅딸막한 갈색 풀과 들쭉날쭉한 바위로 뒤덮인 가파른 언덕을 오르기 시작했다. 이따금, 우리 어깨 높이까지 오는 바위를 만나기도 했다. 우리가 바위 사이에 빽빽하게 뒤엉킨 거미줄을 훑고 나아가는데, 할리아가 갑자기 발걸음을 멈추었다. 할리아는 잠깐 동안 꼼짝 않고 서 있었다. 나는 아무 말도 하지 않고, 시끌벅적하게 흐느끼는 늪지 소리에 귀 기울였다.

할리아가 마침내 나를 향해 돌아섰다.

"무슨 냄새 안 나?"

나는 코를 킁킁거리며 톡 쏘는 공기를 들이마셨다. 하지만 딱히 새로운 냄새는 없었다.

"무슨 냄새?"

"연기 냄새."

내 대답을 기다리지도 않고, 할리아는 다시 발걸음을 옮기며, 높은 언덕으로 나를 이끌었다. 잠시 뒤, 나도 뭔가 타는 냄새를 맡았다. 그리고 확신할 수는 없었지만, 다시 한 번 장미꽃 향기를 살짝 맡은 것 같았다. 전보다 더 짙고 어두운 안개가 내 시야를 가로막았다.

땅이 평편해지자, 연기 냄새는 더욱 짙어졌다. 그러고 나서…… 불빛이 어렴풋이 나타났다. 가까이 다가가며, 낯선 소리에 귀 기울였다. 굉음이 불안하게 울려 퍼졌다. 늪지의 다른 잡음을 압도할 정도로 큰 소리였다. 앞으로 밀고 나아가니, 불꽃들이 한데 어울려져 저 앞에서 빙빙 돌고 있었다.

땅 위, 고리처럼 둥글게 파인 구멍을 따라 불꽃이 활활 타오르며 구름을 날름날름 핥아댔다. 불꽃은 연신 탁탁 소리를 내며 피어올랐다. 그러다 더욱 더 맹렬한 기세로 솟구쳤다. 멀리서도, 강렬한 열기 때문에 내 두 뺨이 뜨거웠다. 나는 한 발 뒤로 물러났다. 내 얼굴에 영원히 상처를 남긴 귀네드에서의 불꽃이 떠올랐다. 그때의 불꽃은 내 두 눈을 앗아갔다. 그리고 또 다른 소년의 목숨까지도…….

불꽃이 다시 잦아들며, 시커먼 연기를 내뿜었다. 연기는 앞으로 굽이쳐 피어올랐다. 그러다가 갑자기 갈라졌다. 저기, 활활 타오르는 둥그런 원 한가운데, 일그러진 나무 한 그루가 서 있었다. 나무는 아주 오래전에 까만 숯으로 변해 버렸다. 그런데, 어찌 된 영문인지 그대로 서 있었다. 구덩이에서 나오는 가스의 힘 때문인지, 아니면 나무 자체의 특별한 마법 때문인지 모르겠다.

두려움에 떨며, 나는 솟구치는 불꽃의 벽 뒤로 사라진 시커먼 모습을 바라보며 말했다.

"불꽃이 이는 나무야."

할리아가 입술을 깨물며 말했다.

"도저히 다가갈 수 없을 것 같아."

"맞아요."

소리 나는 쪽으로 휙 돌아보니, 엑터가 있었다. 엑터의 옷은, 전보다 더 갈기갈기 찢어져 까만 실오라기가 훤히 드러났다. 옷 한쪽에는 불에 타버린 구멍 서너 개가 있었다. 어찌된 영문인지, 엑터의 얼굴은 생기를 잃어버렸다. 푸른 눈동자는 어두워 보였다.

엑터는 시선을 피하며, 안절부절못했다.

"혼자 떠나서 미안해요. 하지만 기다릴 수 없었어요."

내 이마에 주름이 잡혔다.

"기다리고 싶지 않았겠지. 우리보다 먼저 열쇠를 찾고 싶었을 테니까."

엑터는 둥근 불꽃을 흘끗 바라보았다. 얼굴 반쪽이 불붙은 석탄처럼 빛났다.

"네, 사실이에요. 그리고 나는 다른 것도 원했어요."

"도대체 왜 우리를 배반한 거지?"

할리아가 발로 쿵 땅을 치며 따져 물었다.

"나는 원했어요……."

엑터는 입을 열었지만, 이내 힘겹게 침을 꼴깍 삼켰다.

"우리 스승님을 구하고 싶었다고요."

"구한다고? 어떻게?"

내가 의심스럽다는 듯 물었다.

엑터의 고개가 앞으로 축 늘어졌다.

"우리 스승님이 갇혀 있어. 감옥에 갇혀 있다고. 스승님이 빨리 자유롭게 풀려나지 않으면, 끔찍한 일이 벌어질 거예요! 그리고, 스승님이 직접 말씀하지는 않았지만, 분명 스승님도 목숨을 잃게 될 거라고!"

엑터의 표정이 굳어졌다.

"내가 스승님 곁을 떠나올 때, 스승님의 명령은 분명했어요. 열쇠를 찾아라. 그리고 나서 다른 누구도 그 열쇠를 어떤 목적으로든 사용하지 못하게 해라."

할리아는 한쪽 주먹을 불끈 쥐더니 자기 손바닥에 쿵 내리쳤다.

"젊은 매가 그 열쇠를 사용하지 못하면, 죽게 된단 말이야."

엑터는 나를 돌아보았다. 얼굴은 분노로 일그러졌다.

"나도…… 그럴까 봐 두려워요. 그건 제가 지난밤부터 계속 고민해오던 선택이라고요."

엑터는 숨을 거칠게 몰아쉬었다.

"하지만 내 생각에, 아니, 확신해요, 나의 첫 번째 충성은 우리 스승님이어야 한다고. 만약 내가 형을 위해 뭔가 할 수 있는 일이 있다면, 나는 그 일을 기꺼이 할 거야. 내 말 믿어줘."

엑터의 고통을, 그리고 내 안의 고통도 잘 알고 있었기에, 나는 아무 말도 하지 않았다.

"약병은 내 것이기 때문에 줄 수 있었어. 하지만 열쇠는 우리 스승님 거예요."

"아니! 열쇠는 누구 것도 아니야! 우리 아버지가 스탕마르의 군대로부터 열쇠를 지키기 위해, 목숨을 걸고 그 얼쇠를 이 늪지 깊숙한 곳에 숨겼을 때, 네 스승이라는 사람은 어디 있었지? 도대체 네 스승이라는 사람은 누구란 말이야?"

할리아가 눈살을 찌푸리며 소리쳤다.

엑터는 주저하며, 혀를 달싹이며 말했다.

"말할 수 없어. 약속했다고요."

"그렇다면 네 약속은, 그리고 네 스승이라는 사람의 명령은, 누군가의 목숨만큼의 값어치는 없어."

"잠깐만 기다려봐, 내게 해결책이 있어."

내가 힘주어 말했다. 나는 엑터를 똑바로 바라보았다.

"넌 너희 스승의 명령을 깨지 않을 거야. 내가 깰 거야."

"하지만……."

"이렇게 하면 돼, 확신해! 너는 열쇠를 네 스승한테 가져갈 수 있어. 네 스승은 그 열쇠로 자기가 원하는 걸 할 수 있고. 하지만 그 전에, 내가 그 열쇠로 내 목숨을 구할 거야."

나는 엑터의 팔을 꽉 움켜쥐었다.

"우리 스승님이 말하기를……."

"그 말은 잊어버려. 어찌 되었든 너희 스승은 열쇠를 함께 가져야 할 테니까."

내가 엑터를 노려보았다.

"하지만 스승님은 나름대로 다 이유가 있었을 텐데."

엑터가 이의를 제기했다.

"조용히 해! 난 더 이상 네 스승 이야기는 듣지 않겠어. 내가 말할 수 있는 건, 너희 스승의 용기는 갓 태어난 산토끼 정도이고 지혜도 수탕나귀만큼도 없다는 거야! 네 나이 또래의 아이를 이 늪지 한가운데로 보내다니! 정말 그렇게나 관심이 많다면, 군대를 보냈어야지."

나는 지팡이로 돌투성이 땅을 쿵 내리쳤다.

엑터가 뭔가 대답하려 했지만, 내 험악한 표정을 보고는 그만두었다.

나는 할리아를 돌아보며 냉정하게 말했다.

"진짜 문제는 저기서 열쇠를 어떻게 꺼내느냐 하는 거야."

불꽃의 벽이 더 높이 치솟아 올라 우리 머리 위로 솟구쳤다. 나는 망설였다.

"죽을 운명을 지닌 사람은 누구도 살아서 통과할 수 없다고 했어."

할리아는 당혹스러워하며 고개를 들어 올렸다.

"하지만 우리 아버지는 죽을 운명을 지닌 사람이었어. 어떻게 저 안에 들어갈 수 있었을까?"

내 얼굴이 밝아졌다. 불꽃이 비쳐서 그런 건 아니었다.

"너희 아버지는 저 안으로 들어가지 않았어."

"그렇다면 어떻게 열쇠를 숨겼지?"

나는 손으로 지팡이를 살며시 훑어 내렸다.

"도약의 힘으로."

할리아가 깜짝 놀랐다.

"아버지는 마법을 좀 알았어. 하지만 도약의 힘을 아셨을까? 음, 그럴 수도 있겠네. 네 생각에……."

할리아의 표정이 어두워졌다.

"내가 할 수 있을 것 같으냐고? 나도 정확히는 몰라. 도약은 통제하기 무척 힘들어. 실수로 다른 곳으로 보낼 수도 있고. 음, 내가 전에 그랬던 것처럼. 어쨌든, 시도해보는 수밖에……."

나는 멍하니 불꽃을 바라보았다.

할리아는 내 뺨을 어루만지며, 내 얼굴을 돌려 자기를 향하게 했다.

"그렇다면 시도해봐, 젊은 매."

나는 불꽃의 고리로, 그리고 그 안에 있는 뒤틀린 나무로 다시 시선을 돌렸다. 투시력을 사용해, 나무 밑동 근처의 검게 타버린 땅을 조심스럽게 살폈다. 그곳에 아무것도 없다는 걸 확인하고 나서, 끊임없는 열기로 부서진 바위가 나란히 서 있는 구덩이 쪽으로 걸어갔다. 그곳 역시 아무것도 없었다. 나는 나무를 훑어보았다. 나무뿌리 먼저, 그러고 나서 나무둥치, 그러고 나서 나뭇가지. 마찬가지로, 아무것도 없었다.

도대체 이 지옥 같은 곳 어디에 열쇠가 있을까? 할리아는 그 열쇠가 갈라진 뿔을 조각한 것이라고 했다. 열쇠 윗부분에는 사파이어가 박혀 있다고도 했다. 나는 계속 찾아보며, 나무의 윤곽을 찬찬히 훑었다. 마침내 특이해 보이는 게 하나 있었다. 그것은 윤곽이 또렷한 자그마한 물건으로, 나무둥치 위 옹이에 놓여 있었다. 좀 더 가까이 들여다보니, 연두색 불빛이 보였다. 사파이어처럼 밝았다.

나는 정신을 집중해 열쇠에 초점을 맞추었다. 웬일인지, 내 힘이 내가 기억하는 것만큼 강하지 않았다. 하지만 스스로를 의심할 시간이 없었다. 나는 그 물건에 온 힘을 쏟아 부어, 마법의 손으로 마침내 그걸 움켜잡았다.

내게 도약해와.

불꽃이 활활 타올라, 우리는 모두 어쩔 수 없이 뒷걸음칠 수밖에 없었다. 열기가 내 뺨을 핥았다. 공기가 딱딱 소리를 내고, 그러는 내내 굉음이 커져가며 내 귀를 공격했다. 그럼에도, 나는 계속 집중했다.

내게 도약해와. 불꽃을 통과해서 와.

내 강요를 알아차리기라도 한 것처럼, 지옥이 점점 더 커져갔다. 돌풍 같은 열기가 내 눈썹을 태웠다. 분노한 불꽃 열기가 내 옷자락을 잡아 뜯었다. 그리고 내 기억 속의 다른 불꽃을. 너무나도 무자비하고, 너무나도 치명적인 불꽃을.

내 힘이 급속히 약해지고 있다는 게 느껴졌다. 다리가 휘청거렸다. 내가 할 수 있는 일이란 그냥 서 있는 것뿐이었다. 예전에 그랬듯이, 내 손아귀에 내가 무엇을 원하든, 분명히 그것은 타는 듯 뜨겁게 떨어질 것이다. 필사의 노력으로, 나는 커다란 불꽃 사이로 내 힘을 쏟아부었다.

분노한 불꽃 속에서 열쇠가 나타났다. 하얗게 빛나는 열쇠는 그것을 둘러싼 불꽃으로 인해, 그리고 그 자체의 내부의 빛으로 인해 환하게 빛났다. 열쇠는 눈에 보이지 않는 날개에 실려, 불꽃의 벽 사이를 오락가락했다. 지글거리는 손가락이 그 열쇠를 잡아당기며, 빼앗기지 않으려 했다. 하지만 결국 열쇠는 풀려났다. 내가 땅에 무릎을 꿇고 털썩 주저앉아, 내 힘을 유지하려 고군분투할 때, 열쇠는 내 벌린 손 안으로 툭 떨어졌다.

할리아는 벌벌 떨며, 손을 뻗어 그 열쇠에 가져다 댔다. 단단하게 만들어진 밑동에서부터, 자루 위까지, 사파이어로 장식한 둥근 꼭대기까지 손으로 어루만졌다.

"해냈어."

할리아가 속삭였다. 나는 할리아가 나와 자기 아버지 모두한테 말하고 있다는 걸 알 수 있었다.

그 순간, 뭔가 내 머리 위에서 휙 소리가 들렸다. 무기 같았다! 그것이 불꽃의 원 안으로 뚫고 들어가는 게 흘끗 보였다. 이윽고, 놀랍게도, 그것은 시커먼 흔적을 뒤에 남겼다. 연기는 없었다. 아무것도 없었다. 그것이 날아가는 길에는 아무것도 남지 않았다. 빛조차 남지 않았다.

그것은 화살이었다. 나는 몸서리쳤다. 흔하디흔한 화살이 아니었다. 특별한 화살이었다. 심이 경고했던, 죽음의 화살이었다.

18

장미꽃

지팡이에 애써 몸을 기댄 채, 나는 일어서려 버둥거렸다. 조심조심, 화살이 허공을 가르며 만들어낸 시커먼 리본 모양에 손을 대지 않으려 했다. 아무것도, 심지어 빛도 남아 있지 않은 공간을⋯⋯.

할리아는, 창백한 얼굴로 주춤주춤 물러섰다. 마침내 할리아의 어깨가 내 어깨에 닿았다. 우리 옆에 서 있던 엑터의 눈도 두려움으로 커져 있었다. 우리는 거대한 전사들이 한꺼번에 물안개 밖으로 성큼성큼 걸어 나오는 모습을 지켜보았다. 하지만 허공에 어른거리는 어스름 때문에, 게다가 전사들의 눈에서 흘러나오는 흐릿한 미광 때문에, 몸통은 거의 보이지 않았다. 그래도 둥글게 휜 튼튼한 칼을 하나씩 지니고 있었기에, 저들의 모습을 놓칠 수는 없었다. 칼은 나무를 엮어 만든 덩굴 벨트 허리춤에 매달려 있었다. 또한 시커먼 화살이 메겨진 묵직한 나무 활을 하나씩 들고 있었다. 그 화살로 우리를 직접 겨누었다.

"늪지 유령들이야. 이제 우리는 어디로 가지?"

엑터가 내 옆으로 바싹 따라붙으며 중얼거렸다.

어디도 갈 데가 없는 것처럼 보였다. 우리 뒤로 치명적인 지옥이 시끄럽게 울어댔다. 불꽃이 이는 나무와 그것을 둘러싼 불꽃. 우리 앞에는 늪지 유령들이 무시무시한 무기로 무장하고 떼거지로 모여 있었다. 늪지 유령들은 앞에 놓인 그 어떤 생명체도 무시한다는 걸 느낄 수 있었다. 늪지의 일렁이는 물안개조차 늪지 유령의 흔들리는 형체에 다가가지 않으려는 것처럼 보였다. 내 그림자는 겁을 집어먹고, 발 옆에 회색 조각으로 바짝 쪼그라들어 있었다.

지팡이에 기댄 채, 나는 뭔가를 생각해내려 노력했다. 뭐든, 우리가 할 수 있는 일을. 짙은 안개가 파도처럼 우리 위로 넘실거렸다. 내 마음은 마구 뛰었지만 아무 소용이 없었다. 그리고 떨리는 두 다리도 아무 도움이 되지 않았다. 힘이 다 빠져나간 느낌이었다. 서 있기조차 힘들었다. 그런데 어떻게 내가 싸울 수 있단 말인가? 단지 도약 때문에 힘이 빠진 걸까? 아니면, 내가 두려워했던 것처럼, 묘약의 약효가 다한 걸까?

"저들은 우리를 싫어해. 나는 느낄 수 있어."

할리아가 조용하게 말했다.

"나도 느낄 수 있어. 저들은 우리를 싫어해, 그래. 하지만…… 웬일인지, 저 유령들이 우리보다 다른 뭔가를 훨씬 더 싫어하는 것 같아."

나는 으스스 몸을 떨며 뭔가 이상함을 느낄 수 있었다. 그것은 불확실하고, 종잡을 수 없는 느낌이었다. 느낄 수 있지만 확실히 알 수 없는 느낌…….

할리아는 어리둥절한 눈빛으로 나를 바라보았다.

내 얼마 남지 않은 힘을 끌어 모아, 나는 늪지 유령들의 어둑어둑한 모습을 살펴보았다. 늪지 유령들 너머, 어른거리는 뒤쪽을 보려 했다. 늪지 유령들에게서 분노가 흘러나왔다. 그 분노는 치명적인 독미나리보다 더 강력했다. 더 깊이 살펴보며, 나는 배반의 냄새를 맡았다. 그럴 수 있을까? 지칠 줄 모르는 크나큰 슬픔.

점점 더, 아주 점차, 늪지 유령의 모습이 선명해졌다. 유령의 머리는 길쭉하고 갸름했다. 머리 위에 모자를 썼고, 짙은 갈색 옷은 땅에 질질 끌렸다. 그리고 갈고리 모양의 커다란 손. 얼굴은 야만스러우며, 증오로 가득 찼다. 문득, 다른 뭔가가 보였다. 너무나 놀라운 장면이었기에, 처음에는 도무지 믿을 수가 없었다. 늪지 유령들은 무슨 밧줄 같은 것으로 꽉 묶여 있었다. 아니, 밧줄이 아니었다. 훨씬 더 묵직하고, 훨씬 더 잔혹한 것.

그건 바로 쇠사슬.

그렇다, 의심의 여지가 없었다. 누군가, 아니 어떤 힘이, 늪지 유령들을 묶어놓은 것이다. 늪지 유령들은 자유를 빼앗겼다. 그리고 어쩌면 의지를 빼앗긴 건지도 모른다. 감히 자신의 땅으로 들어온 침입자 셋에 대해 분노한 것보다, 늪지 유령들은 어딘가에 숨어 있는 압제자에게 훨씬 더 분노했다.

할리아가 갑자기 움직이며, 목을 길게 쭉 내밀었다.

"너도 저 냄새 맡았어?"

사실, 나도 맡았다. 그건 장미꽃 향기였다! 다시, 나는 그 독특한 향을 맡았다. 이글이글 타오르는 구덩이에서 뿜어져 나오는 지옥 같은 연기, 또는 늪지의 고약한 공기와는 달라도 너무 다른 향이었다. 희미하긴 해도, 그 향은 봄에 피는 싱싱하고 매혹적인 장미를 불현듯 떠오르게 했다. 그리고…… 그 밖의 다른 것도. 어쩌면 꿈. 너무 멀어서 기억하기 조차 힘든 무엇을.

바로 그때, 전사들이 뿔뿔이 흩어졌다. 그 열린 틈으로 여인이 터벅 터벅 걸어 나왔다. 키가 크고 늠름했다. 그 여인은 반짝이는 흰옷을 입었다. 진흙 하나 묻지 않았다. 어깨에는 은빛 망토를 걸쳤다. 머리카락이 나처럼 검었는데, 팔까지 흘러내렸다. 우리를 보며, 여인이 으스스하게 웃음을 흘렸다. 두 눈은 화살의 어두운 흔적만큼이나 빛이 전혀 없는 것처럼 보였다.

즉시, 왠지 이 여인을 알고 있다는 느낌이 들었다. 걸음걸이, 굳게 다문 입술, 머리카락, 그 모든 것이 한 소녀를 떠올리게 했다. 핀카이라의 어딘가에서 내가 만난 적이 있던, 나를 배신했던 소녀. 그 소녀의 이름은 비비안…… 아니, 그 소녀는 자신을 니뮤에라고 소개했었다. 나는 그 생각을 떨쳐내려 했다. 2년 전에 내 지팡이를 훔치려 했던 내 또래의 여자아이가 어떻게 갑자기 여인으로 성장할 수 있단 말인가? 하지만 너무도 닮았다. 닮아도 너무 닮았다. 나는 그 여인을 곧장 알아보았다. 장미꽃 향을 곧장 알아차린 것처럼 말이다.

나는 깜짝 놀랐다. 왜냐하면 여인이 등에서 뭔가를 꺼냈기 때문이다. 내가 한 눈에 알아볼 수 있는 뭔가를. 내 검! 둥그런 불꽃에서 나오는 빛을 받아, 칼날이 환하게 빛났다. 내 검이 나를 불렀다. 내게 빨리 되찾아 달라고 간청하고 있었다.

엑터는 바짝 긴장했다. 그러더니 단 한 마디를 내뱉었다. 이름을. 그 말이 내 혈관의 피를 얼어붙게 만들었다.

"니뮤에."

"그래, 꼬맹이 심부름꾼."

니뮤에가 대답했다. 그 목소리는 내가 한때 알던 소녀의 목소리보다 훨씬 거칠었다. 니뮤에는 내 검을 할리아와 나를 향해 흔들어댔다.

"날 네 친구들한테 소개시켜주지 않을래? 저런! 아니면 저들을 알아볼 수 없는 거야? 온몸에 묻은 저 진흙 때문에?"

할리아가 앞으로 걸어 나왔다. 두려움 따위는 사라지고 분노로 나는 온몸을 부르르 떨었다.

"난 할리아야, 사슴 종족이야. 우리 종족은 아무리 잘 짠 옷이라 할지라도 더럽고 사악한 마음은 절대로 숨길 수 없다는 걸 아주 오래전에 배웠지."

여인이 눈살을 찌푸렸다.

"문제를 직면하기보다 그 문제를 피해 달아나는 법을 아주 오래전에 배운 종족이겠지."

할리아의 대답을 기다리지도 않고, 니뮈에는 내게 휙 돌아섰다.

"그리고 너, 젊은 매. 네가 누구더라?"

기운 빠진 몸이 으슬으슬 떨려왔지만, 나는 최대한 몸을 꼿꼿이 세우고 섰다.

"우린 전에 만났었지."

"아, 그래. 만났었지. 아주 오래전에 말이야, 흠?"

니뮈에가 내 지팡이를 살펴보았다.

나는 아무 말도 하지 않았다.

"너무 안됐군. 너도 알겠지만, 내 생각에, 나는 예전의 널 더 좋아했던 것 같아. 네가 젊은 몸일 때 말이야."

니뮈에는 안타까운 듯 혀를 끌끌 찼다. 그러더니 할리아를 교활한 눈초리로 흘끗 바라보았다.

"지금은 사랑을 속삭이기에 좀 나을까? 저 아이, 당시에는 지독히 서툴렀거든."

할리아의 눈빛이 분노로 이글거렸다.

"내 검, 네가 내 검을 갖고 있다니!"

내가 힘주어 말했다.

무심하게, 니뮤에는 손에 들고 있던 은빛 손잡이를 흔들어대며, 그 빛나는 모습을 지켜보았다.

"아 그래, 내가 갖고 있지."

"돌려줘!"

"정말? 넌 감히 나랑 싸울 생각은 못 할 것 같은데, 안 그래? 그건 무모한 짓이야. 무모하고말고. 저 사수들은 고블린 전사들처럼 숙련된 싸움꾼이 아니야. 하지만 내가 저들을 훈련시켰지. 내 죽음의 화살을 쏘도록, 잘 쏘도록 말이야."

니뮤에는 화살을 시위에 메긴 채 한 줄로 늘어선 늪지 유령들을 훑어보았다.

나는 니뮤에를 노려보았다.

"넌 나이만 더 먹은 게 아니구나. 더 잔인해졌어."

니뮤에는 내 검으로 허공을 쿡쿡 찔렀다.

"나이의 축복이지! 너한테도 같은 일이 일어날 거야, 애송이 마법사. 아, 그래."

니뮤에는 길고도 나지막하게 낄낄거렸다.

"네가 오늘 살아난다면. 하지만 그런 일은 절대 일어나지 않을 거야."

니뮤에는 몸을 바짝 기울였다. 지옥으로부터 나오는 빛이 니뮤에의 창백한 피부 위에서 춤을 추었다. 니뮤에가 말할 때, 그 오싹하는 소리에 내 온몸이 떨렸다.

"그리고 네가 만약 기적적으로 살아난다 할지라도, 이 검이 내가 너한테서 훔칠 수 있는 마지막 물건은 아닐 거야. 애송이 마법사, 그건 내가 확실하게 약속하지."

니뮤에는 몸을 다시 세워 옷자락을 탁탁 털어내고는, 둥글게 늘어선 사수들을 훑어보았다.

"하지만 내가 말한 것처럼, 네게 자비를 보여주고 싶은 유혹이 문득 드는군."

"난 네 자비 따위는 필요 없어."

내가 니뮤에의 말을 받아쳤다.

"필요 없다고? 제대로 상황 파악이 안 되는 모양이군, 저런!"

니뮤에는 조롱 섞인 표정으로 나를 빤히 쳐다보았다. 니뮤에의 입술이 일그러지며 미소가 번졌다.

"네 심장에…… 무슨 문제가 있지 않나?"

나는 움츠러들었다.

"여자 사냥꾼, 딱정벌레를 보낸 게 너지?"

할리아가 고함쳤다.

"그럴지도, 이 사슴 고깃덩어리야! 게다가 어쩌면 내가 이 늪에 또 다른 축복을 가져왔을지도 모르지."

늪지 유령 몇몇이 갑자기 몸을 움직이며, 성난 외침을 쏟아냈다. 니뮤에는 늪지 유령들을 향해 돌아서며, 눈썹을 치켜 올렸다. 늪지 유령들은 이내 조용해졌지만, 어둑어둑한 모습은 계속 흔들리고 있었다.

니뮤에는 다시 내게 시선을 돌렸다.

"말했듯이, 지금 이 순간 나는 자비를 느끼고 있어."

니뮤에는 앞으로 성큼성큼 걸어 나와, 내 검을 들어 올린 뒤, 그것을 땅 깊숙이 박았다. 검게 그을린 흙이 날아올라 니뮤에의 옷에 튀었지만, 그 흔적은 곧 사라져 버렸다. 그러는 내내, 니뮤에는 나를 뚫어져라 바라보았다.

"내 거래조건은 무척 단순해. 네 손에 들고 있는 그 열쇠를 내게 주면, 네 검을 돌려주겠어."

나는 숨 죽였다. 칼날이 그 자체로 활활 타오르며, 불빛에 반짝였다.

"진심이야?"

"물론이지."

내 검은…… 나는 거의 손을 뻗을 수 있었다. 거의 만질 수 있었다. 하지만 오만한 눈빛으로 나를 보는 니뮤에의 표정이 별똥별처럼 나를 때렸다. 나는 사파이어가 박힌 열쇠를 단단히 쥐었다.

"난 너하고는 어떤 거래도 하지 않아. 그게 검이라 할지라도……."

나는 당당하게 말했다.

니뮤에는 창백한 두 손을 꽉 움켜쥐었다.

"아, 글쎄, 정말 창피하군. 내 병사들한테 널 없애버리라고 명령해야겠는걸. 그리고 네 친구들도. 그러면 어쨌든 내가 열쇠를 갖게 되겠지."

"넌 마녀야, 니뮤에. 만약 우리 스승님이 알았다면……."

엑터가 불쑥 끼어들었다.

"너희 그 멍청한 스승은 이 문제에서 빼줘. 아니면 내 사수들이 당장 너를 향하게 할 테니까, 꼬맹이 심부름꾼."

엑터는 짜증스레 몸을 획 돌려 나를 바라보았다.

"그러지 마, 제발! 만약 서 여사가 열쇠를 갖게 되면, 모든 걸 잃게 될 거예요."

니뮤에는 교활하게 낄낄 웃음을 흘렸다.

"내가 말이지! 내가 너한테 자비를 하나 더 베풀어 주어야겠는걸, 응? 내 의도가 명예롭다는 걸 증명하기 위해서라도 말이야."

나는 콧방귀를 뀌며 말했다.

"너는 자비가 무슨 뜻인지도 모르잖아?"

"지금 내 말 의심하는 거야? 아, 그렇다면 듣기나 해. 네가 열쇠를 내게 건네주기 전에, 내가 너한테 그걸 사용할 기회를 주지. 그래, 널 치유하도록 말이야."

"안 돼요, 젊은 매! 그렇게 하면……"

엑터가 소리쳤다.

니뮤에는 마치 파리를 쫓아 버리기라도 하는 것처럼 허공을 찰싹 때렸다. 그러자 엑터가 뒤로 날아가, 언덕 아래로 떼굴떼굴 굴렀다. 그러다가 불꽃 바로 앞에서 멈추었다. 하지만 엑터의 소매에 불이 붙었다. 엑터가 흙으로 불을 끄려 버둥거리는 동안, 니뮤에는 신나는 표정으로 그 모습을 구경했다.

"누가 저 아이한테 예의범절을 좀 가르쳐줘야겠군."

니뮤에가 말했다.

니뮤에는 내게 돌아서며, 나를 구슬렸다.

"어서, 지금. 열쇠로 네 심장의 그 사소한 문제를 해결하도록 해. 내 마음이 바뀌기 전에 말이야."

니뮤에의 장미꽃 향이 나를 향해 휙 몰려왔다.

"기, 기다려, 왜 내가 그렇게 하게 해주는 거지?"

내가 더듬거리며 물었다.

"자비, 내가 말했잖아. 또한 감사."

"뭐에 대해서?"

둥근 불꽃이 커지며, 더 높이 솟구쳤다. 사방에서 불꽃이 이글이글 벌겋게 땅에 떨어졌다. 풀포기에 불이 붙어, 안개 속으로 가느다란 연기 자국을 남겼다.

"그거야 물론, 나를 귀중한 열쇠로 이끌어준 데 대한 보답이지. 왜냐하면, 나는 지금까지 꽤 오랫동안 그 열쇠를 찾아왔거든."

놀란 내 표정을 보며, 니뮤에가 비아냥거렸다.

"널 말하는 게 아니야, 애송이 마법사. 저기 있는 저 눈이 커다란 네 친구를 말하는 거야."

할리아는 깜짝 놀랐다.

"나? 난 널 이끌지 않았는데……."

"물론, 넌 몰랐겠지."

니뮤에는 상당히 만족스럽다는 듯 자기 머리카락을 매만졌다.

"알겠지만, 그게 바로 장점이지. 사슴 종족이 열쇠를 늪지로 가져갔다는 걸 알고 나서, 네가 결국 나를 그 열쇠로 이끌 거라고 난 확신했지."

니뮤에는 기다란 손가락으로 내 가슴을 가리켰다.

"특히 너한테 합당한 동기가 있다면 말이야."

니뮤에는 얼굴을 찡그리며, 어둑어둑한 모습의 병사들을 향해 손을 흔들었다.

"시간도 딱 맞추었어. 나는 저기 저 훌륭한 친구들에게 약간 짜증나기 시작했거든."

몇몇 늪지 유령들이 투덜거리며 화살을 당기려 하자 니뮤에가 유령들을 저지했다.

"저들은 원치 않는 침략자가 늪지에 발을 들여놓지 못하게 하는 일을 충분히 잘해왔어. 나도 인정해. 그리고 내가 열쇠를 수색할 수 있는 더 많은 공간을 확보하도록, 늪지의 경계를 넓히는 일도 잘해왔고. 하지만 저들은 내가 진정으로 원하는 걸 찾는 데는 영 형편없었어."

"그렇다면 숲과 마을을 전부 파괴한 건 다 너 때문이로군."

내가 불끈해서 말했다.

"아, 마을 한 곳 이상이라고 내가 감히 말해주지. 그리고 여기저기 있는 단지 몇몇 나무 이상이라고! 넌 감히 상상도 못 할 거야."

니뮤에는 스스로에게 무척 만족한 표정으로, 옷에 붙은 불꽃을 털어 냈다.

"아, 하지만 이 모든 건 말처럼 그렇게 쉽지 않았어. 내가 직접 늪에서 침략자들을 제거하려 했다면, 제대로 되지 않았을 거야. 그렇게 하면 의심을 너무 많이 불러일으키거든. 이 케케묵은 섬에 있는 몇 안 되는 적들은 차치하고 말이야."

니뮤에는 잠시 말을 멈추고, 은빛 망토의 옷매무시를 가다듬었다.

"물론, 그 해법은 내 힘의 전부가 아닌 상당 부분을 다른 자에게 주는 것이었지. 심각한 파괴를 불러일으킬 정도로 충분히 말이야."

니뮤에는 늪지 유령들을 잠시 살폈다.

"나만큼 총명하지 않을지라도, 되도록이면 아주 사악한 자들한테. 그렇게 하면 누구도 내가 관련되어 있다는 걸 의심하지 못할 테니까."

니뮤에는 이렇게 속삭이며 덧붙였다.

"그리고 늪지 유령들은, 내가 확신하는데, 내게 협력해서 무척 기뻐했어. 정말로 열정적이었지! 안 그러면 내가 어떻게 내 마법으로, 내 무기로 저들한테 임무를 맡겼겠어?"

니뮤에는 내 검의 칼날에 손가락을 튕겼다. 그 바람에 칼날이 쨍하고 살짝 소리를 냈다.

"그래서 지금 나는 고마움에 대한 보답으로 자그마한 자비를 베풀려고 하는 거야. 그러니까 이제 대답해봐. 열쇠를 사용하라는 내 제안을 받아들일 거야? 말 거야?"

할리아는, 불꽃 때문에 머리카락이 붉게 타올랐는데, 나를 향해 몸을 앞으로 기울였다.

"나도 저 여자 안 믿어. 하지만 네 목숨을 구할 수 있는 이 기회를 거부해서는 안 돼."

"현명한 말이군, 사슴 여인. 좋아, 그렇다면, 이제 선택을 해."

니뮤에가 두 손을 옆구리에 얹었다.

천천히, 나는 고개를 끄덕였다. 손이 부들부들 떨렸다. 나는 열쇠를 내 가슴에 가져다 댔다. 열쇠가 가까이 다가오자, 피의 올가미가 내 가슴을, 내 목숨을 단단히 쥐는 게 느껴졌다.

"네가 해야 할 일은, 네가 깨려고 하는 이미지를 분명하게 네 마음속에 단단히 품는 거야. 그러고 나서 열쇠를 돌려줘. 음, 어서 서둘러. 자비를 베푸는 게 점점 따분해지고 있으니까."

니뮤에는 반짝이는 사파이어를 눈여겨보며 말했다.

나는 숨을 깊이 들이쉬었다. 가슴이 쿵쾅거렸다. 이제 숨 쉬는 것조차 힘들었다. 나는 할리아의 눈을, 그러고는 열쇠를 들여다보았다. 마침내, 나는 내가 파괴해야 할 주문에 집중했다.

갑작스레, 나는 열쇠를 돌려 늪지 유령들을 겨누었다. 니뮤에가 깜짝 놀라 소리쳤다. 니뮤에가 뭔가를 더 하기 전에, 나는 열쇠를 돌렸다.

즉각, 새로운 소리가 허공을 가득 메웠다. 묵직한 쇠사슬이 끊어지며 땅에 쨍그랑 떨어지는 소리. 늪지 유령들이 환호하며 어른어른 춤을 추었다. 그 소리가 지옥에서 나오는 굉음을 꿀꺽 집어삼켰다. 동시에, 늪지 유령 중 일부가 활, 화살, 칼을 불꽃 속으로 내동댕이쳤다. 불꽃이 더 높이 솟구치며, 무기를 집어삼키면서 탁탁 식식 소리를 냈다. 그러는 사이, 늪지 유령들이 물안개로 녹아들었다. 니뮤에의 주문에서 영원히 자유로워졌다.

니뮤에는 주먹을 불끈 쥐었다.

"네가 어떻게 감히? 나한테 아직 저것들이 필요하단 말이야! 난 저들에 대해 더 많은 계획이 있었어. 그런데 지금 저것들은 자유롭게 떠돌아다녀, 내 힘을 갖고서!"

불현듯, 니뮤에의 분노가 사라졌다. 수수께끼 같은 미소가 얼굴 전체에 퍼졌다.

"일이 이렇게 되었군. 하지만 내 말 명심해, 애송이 마법사. 나를 해치려 하면, 너는 너 자신을 망치게 될 뿐이라고! 아, 그래! 네가 아는 것보다 훨씬 더 지독하게 말이야."

니뮤에는 망토를 그러모으며 능글맞게 웃어댔다. 그러더니 몸을 획 돌려 휘몰아치는 구름 속으로 성큼성큼 걸어갔다. 잠시 뒤, 니뮤에의 흔적은 감쪽같이 사라졌다. 오로지 장미꽃 향기만 남아 둥둥 떠다녔다.

19

거대한 힘

힘겹게, 나는 지팡이를 땅속 깊숙이 밀어 넣고 일어섰다. 긴장한 채 니뮤에와 겨루느라고 머리가 핑핑 돌았다. 어깻죽지가 그 어느 때보다 더 아팠다.

할리아가 나를 유심히 바라보며 당황스러워했다. 불빛이 할리아의 머리카락 끝자락에 닿아 빛났다.

"늪지 유령들한테 무슨 짓을 한 거야? 그리고 왜, 젊은 매, 네 자신을 치유하지 않은 거야?"

"나도 너처럼 저들의 분노를 느꼈어. 하지만 난 저들의 고통도 느꼈어. 니뮤에가 저들에게 쇠사슬을 묶어놨잖아. 그러고는 억지로 자기 말을 듣게 했어. 그래서 저들을 풀어주기로 선택했던 거야. 그리고 만약 그것이 니뮤에의 계획을 망치게 된다면, 그렇다면 그보다 더 좋은 일은 없는 거지."

나는 숨이 찼다.

"게다가, 만약 내가 나를 위해 열쇠를 사용하는 걸 니뮤에가 원했다면, 그건 분명 잘못됐다고 생각했어."

"그건 형 말이 맞아."

엑터가 우리를 향해 터벅터벅 걸어왔다. 얼굴은 검댕으로 잔뜩 더러워지고, 한쪽 소매에서 연기가 가느다랗게 피어오르고 있었다. 엑터도 나처럼 온몸이 축 늘어졌다.

"너 괜찮아?"

내가 물었다.

"내 몸? 괜찮아. 하지만 내가 찾던 열쇠가 망가졌어."

엑터는 뒤엉킨 머리카락 뭉치를 이리저리 흔들어댔다.

"뭐라고? 우리한테는 열쇠가 있잖아? 내가 이미 너한테 말했잖아. 내가 열쇠를 한 번 쓰고 나서, 넌 그걸 네 스승한테 가져다주면 된다고 말이야."

엑터가 한숨을 내쉬었다.

"형은 그걸 사용할 수 없어. 스승님도 사용할 수 없고."

"왜 안 된다는 거지? 니뮤에가 이 열쇠를 가져가지 않았는데."

나는 이 매력적인 물건을 들어 올렸다. 일곱 가지 현명한 도구의 마지막 보물을.

"그럴 만한 이유가 있어. 그것 좀 봐."

엑터가 뚱한 표정으로 말했다. 엑터가 시커멓게 변한 손으로 나한테서 열쇠를 확 낚아챘다.

나와 할리아는 모두 몸이 뻣뻣이 굳었다. 반짝반짝 빛나는 열쇠 머리에 박힌 사파이어가 더 이상 빛을 내지 않았으니까. 이제, 보물이 있던 자리에, 숯 덩어리가 자리 잡고 있었다. 열쇠는 광채를 완전히 잃었다. 그리고 광채보다 훨씬 더 소중한 것 또한 잃었다는 걸 나는 확실히 알 수 있었다.

엑터의 목소리가 공허하게 울렸다.

"그래서 우리 스승님이 그걸 아무도 사용하게 해서는 안 된다고 분명히 경고했던 거라고! 그 힘은 엄청나지만, 딱 한 번만 써먹을 수 있단 말이야. 이제 우리 스승님은 죽을 거야."

나는 끙 신음을 토해냈다. 내 몸이 서서히 아래로 가라앉았다. 마침내 내 무릎이 시커멓게 타버린 땅에 쿵 부딪쳤다.

"나도 곧 죽게 될 거야."

엑터는 입술을 깨물며, 자기 손을 내 어깨에 올렸다.

"형은 몰랐으니까!"

"내가 오만했어! 넌 나한테 말하려 했어. 이제 늪지 유령 떼거리만 마지막 현명한 도구의 혜택을 받았군!"

할리아는 입을 앙다물고, 나무를 둘러싼 채 이글이글 타고 있는 불꽃을 향했다.

"우리 아버지의 그 모든 노력은…… 무엇을 위한 거였지? 우리 아버지는 넌더리를 낼 거야. 늪지 유령들은 고마워하지 않을 거야. 고마움을 아는 건 늪지 유령의 본성에 맞지 않지."

할리아는 땅을 쿵쿵 밟았다.

나는 실의에 빠져 고개를 가로저었다.

"내가 정말 멍청했어!"

나는 시무룩하게 엑터에게 돌아섰다.

"용서해줘, 용서해줄 수 있다면."

엑터의 투명한 눈동자가 나를 유심히 살펴보았다.

"용서해줄 수 있어. 우리 스승님도 나를 용서해주면 좋겠어."

나는 쓸모없게 된 열쇠를 땅에 툭 떨어뜨렸다. 열쇠는 여전히 불꽃을 환하게 반사하고 있었지만, 그 자체의 불꽃은 사라지고 없었다.

"이제 우리 둘 다 죽게 될 거야."

"기다려. 둘 다는 아니야. 꼭 그렇지는 않을 거야."

엑터는 곱슬거리는 머리카락을 쓸어 넘겼다.

나는 숨을 거칠게 들이쉬었다.

"어떻게?"

"스승님이 아직 형을 구할 수 있을 거야. 만약 형을 거기로 제때 데려
갈 수만 있다면."

할리아와 나는 의심스러운 눈빛을 주고받았다. 나는 고개를 가로저
었다.

"네 스승이 뭐 하러 그러겠어? 내가 너희 스승한테 무슨 짓을 저질렀
는지 알잖아?"

엑터는 생각에 잠긴 듯 미소 지었다.

"왜냐하면, 스승님은 아주 좋은 분이니까. 그리고 치유의 기술은 스
승님의 전공이고. 만약 스승님이 형을 도울 수 있다면, 분명 그렇게 하
실 거야. 그건 내가 확실히 말할 수 있어."

엑터는 시커멓게 변해 버린 턱을 쓱쓱 문질렀다.

"게다가, 형한테는 뭔가가 있어, 젊은 매. 뭔가 다른 것이 있다고. 내
생각에, 스승님도 그걸 보게 되겠지."

할리아는 뒤엉킨 물안개를 뚫어져라 바라보았다.

"네 말이 맞기를 바라야지. 그게 우리에게 남은 유일한 기회이니까."

할리아는 나를 도와 일으켜주었다. 나는 지팡이에 의지해, 발을 절름
거리며 검을 향해 걸어갔다. 칼날은 밝게 빛났는데, 나를 옛 친구처럼
맞을 준비가 되어 있는 것처럼 보였다. 나는 검을 빼낼 수 있기를 기대

하며 손잡이를 잡아당겼다. 칼날이 약간 비틀거리며 잔디 안에서 삐걱거렸지만, 전혀 올라오지 않았다. 힘이 부족해서 실망스러웠지만, 나는 다시 시도해보았다. 하지만 마찬가지였다.

"잠깐만, 내가 해볼게."

엑터가 제안했다. 엑터는 손잡이를 감싸 쥐었다. 그런데 갑자기 엑터가 얼어붙었다. 두 눈에는 놀라운 표정이 가득했다.

"이 검은…… 왠지 이상한 느낌이 드네."

나는 고개를 끄덕였다.

"그 검은 그 자체의 힘을, 운명을 지니고 있거든."

힘껏 버틴 채, 엑터가 잡아당겼다. 놀랍게도, 그리고 당혹스럽게도, 검이 미끄러지듯 스스로 뽑혀 나왔다. 물 밖으로 튀어나오는 물고기처럼 부드럽게……. 엑터는, 여전히 빛나는 눈빛으로, 검을 내게 건넸다. 나는 검을 받아 들며, 엑터의 표정을 곰곰 들여다보았다. 그러고는 검을 칼집에 집어넣었다. 검이 다시 한번 내 손에 들어온 게 너무나 기뻤다.

나는 칼날 때문에 생긴, 땅바닥에 기다랗게 파인 구멍을 살펴보며 턱을 쓰다듬으며 말했다.

"왜 니뮤에가 이걸 남겨두고 갔을까?"

"간단해. 니뮤에한테는 그게 더 이상 쓸모없으니까. 니뮤에는 그냥 형을 유혹하려고 그게 필요했을 뿐이야. 형을 유혹해서 사악한 함정에 빠트리기 위해서. 형을 함정에 빠트리는 데 실패했으니, 그냥 던져 버린 거지. 니뮤에가 늘 그래왔듯이……. 니뮤에한테는 그게 더 이상 필요하지 않으니까."

엑터가 대답했다.

"니뮤에는 끔찍해."

할리아가 고함쳤다. 할리아의 둥근 눈이 나를 향했다.

"니뮤에가 했던 말 거짓말이지? 그렇지? 너희 둘 사이에 정말 아무 일도 없었던 거지?"

"물론 없었지! 한때 니뮤에가 나를 꼬드겨서 내 지팡이를 훔쳐가려고 했어. 그뿐이야. 니뮤에가 어떻게 그렇게나 나이가 들었는지 정말 모르겠어."

나는 당황스러워 이마를 찌푸렸다.

"그건 내가 설명할 수 있어. 니뮤에는 나랑 같은 곳에서 왔으니까."

엑터가 큰 소리로 말했다.

"거기가 어딘데?"

엑터의 목소리는 속삭임으로 줄어들었다.

"웨일스라고 부르는 곳에서, 우리 스승님이 그래머리(Gramarye)*라고 부르는 섬의 일부. 그리고…… 미래의 시간에서."

내 두 다리는, 이미 흐느적거리고 있었는데, 거의 꺾일 지경이었다.

"내가 제대로 이해할 수 있게 말해봐. 그러니까, 너랑 나이 든 니뮤에가 다른 시간에서 이 늪지대로 여행 왔다는 거야?"

엑터가 침착하게 고개를 끄덕였다.

"그러려면 엄청나게 거대한 힘이 필요했을 텐데."

"맞아. 하지만 그건 누군가의 힘은 아니야. 그건 거울의 힘이야. 그래서 내가 여기에 오게 된 거야. 그리고 그 거울의 힘으로 형을 그래머리로 데려갈 거야."

엑터의 두 뺨이 검댕 아래에서 불타올랐다.

---

*마술, 마법의 뜻을 지닌 단어.

3부

20

시간의 안개

우리는 그날 종일토록 늪지대를 터벅터벅 걸어갔다. 우리가 기운이 빠진 것처럼 햇빛도 점점 기운을 잃어가고 있었다. 할리아와 나는 지난밤 열매 몇 조각으로 저녁을 때운 이후 물을 조금 마신 것 말고는 아무것도 먹지 못했다. 엑터는 더 이상 배고픔을 느끼지 못하는 것 같았다. 하지만 음식이 부족한 건 걱정거리도 아니었다. 가슴 깊은 곳에서, 긴장감이 스멀스멀 피어올랐으니까.

힘이 빠지면서 온몸이 다 욱신거렸다. 걷는 것이, 심지어 숨 쉬는 것조차 점점 더 힘들었다. 두 눈과 목이 고통스럽게 지끈거렸다. 어린 시절, 열이 펄펄 끓어, 지푸라기 간이침대에서 발버둥치던 때가 떠올랐다. 어머니가 내 이마에 차가운 천을 대고, 달콤한 약을 먹여주면서, 부드럽게 불러주던 노랫소리가 들려오는 것 같았다. 그 기억을 떠올리자 어머니가 몹시도 그리웠다. 어머니의 그 어떤 치유 약초도 지금 나를 도울 수 없다는 걸 잘 알고 있었지만 말이다. 그런데 왜 나는 엑터의 스승이, 그 사람의 기술이 무엇이든, 뭔가를 더 잘할 수 있으리라 생각했을까?

신통하게도, 엑터는 늪지대를 가로질러 가는 길을 썩 잘 아는 것 같

았다. 우리를 산마루 아래로 이끌더니, 물이 흘러넘치는 들판을 가로질
렀다. 그곳에는 이끼 낀 나무둥치가 서 있었다. 마치 아무도 기억하지
못해 잊힌 무덤 같았다. 엑터는 일부러 가장 위험한 땅을 가로질러 터
벅터벅 걸었다. 우리 중 하나를, 그건 주로 나였는데, 도울 때에만 잠시
걸음을 멈출 뿐이었다. 불꽃이 이는 나무를 떠나온 순간부터, 엑터는
걸음걸이를 늦춘 적이 거의 없었다. 방향도 거의 바꾸지 않았다. 길을
잃어 갔던 길을 되돌아오지도 않았다.

한순간, 신발이 거름에 쑥 빨려 들어갔다. 어찌나 세게 빨려 들어가
는지, 신발이 완전히 벗겨져 나갔다. 나는 앞으로 고꾸라지며, 늪 속으
로 철버덩 빠졌다. 온몸으로 발버둥치느라 머리가 다 젖었지만, 지팡이
덕분에 가까스로 다시 일어설 수 있었다. 펄쩍펄쩍 뛰며 축축한 물기를
털어내고, 신발을 다시 빼내려 할 때, 엑터가 무거운 발걸음으로 다가와
도와주었다. 엑터는 물에 거의 잠겨 있는 가죽 신발 끝을 꽉 잡아당겼
다. 신발이 요란한 소리를 내며 드디어 펑 빠져나왔다.

"이제 조금만 더 가면 돼."

엑터가 진흙을 털어내며 자신 있게 말했다.

"어떻게 알지? 전에 이 길 와봤어?"

나는 가쁜 숨을 헉헉거리면서, 발을 다시 신발에 억지로 밀어 넣으며
물었다.

엑터가 고개를 끄덕였다.

"전에 이 길로 와봤어. 하지만 내가 우리를 이끄는 건 아니야. 거울이
이끄는 거야."

나는 여전히 숨을 헉헉거리며, 당혹스러운 눈초리로 엑터를 보았다.

"웬일인지, 거울은 누가 이미 지나갔는지 다 알고 있어. 거울이 가는

길을 찾도록 해줘. 마찬가지로, 우리가 다시 지나가면, 스승님이 그 나머지 길로 우리를 데려가는 거야."

엑터가 설명했다.

난 점점 더 혼란스럽기만 했다.

"지나간다고?"

엑터는 발걸음을 옮겼다. 더 이상 아무 말도 없었다. 사실, 뒤따라 걸어가는 동안, 이따금 우리 옷에 달라붙는 나뭇가지, 또는 우리의 폐를 따끔거리게 하는 유황을 잔뜩 품은 구름에 욕을 퍼부을 때를 제외하고는, 우리 중 누구도 입을 여는 이는 없었다. 우리의 침묵 한가운데, 늪지의 울음소리는 전보다 더 크게 들렸다. 하지만 나는 그걸 걱정할 만한 기운이 없었다. 내 몸은 점점 쪼그라들었다. 다리를 질질 끌었다. 내가 가지고 있는 모든 것, 내 지팡이, 신발, 심지어 검도, 발걸음을 뗄 때마다 더 무겁게 느껴졌다.

내가 열쇠를 사용해서 얼마나 끔찍한 실수를 저질렀나! 나는 엑터가 찾던 물건을 망쳐 버렸다. 나는 아마도 죽게 되겠지. 그런데 왜 그래야 하지? 니뮤에는 여전히 늪지대를 돌아다닌다. 늪지 유령과, 그게 뭔지는 모르지만 늪지 유령에게 준 힘이 없기에, 니뮤에는 어쩌면 힘을 좀 잃었을지도 모른다. 하지만 니뮤에는 전처럼 여전히 뭔가를 꾸미고 있으며, 복수심에 불타고 있다. 나는 니뮤에의 증오를 여전히 느낄 수 있었다. 내 지팡이만큼이나 가깝게 느낄 수 있었다. 나는 니뮤에가 늪지대에 대한, 아니, 사실, 나에 대한 자신의 계획을 아직 끝마치지 못했다는 느낌을 떨쳐버릴 수 없었다.

마침내, 우리는 대충 얼기설기 만들어놓은 아치 길에 이르렀다. 가로장*을 떠받치고 있는 돌기둥 두 개의 끝자락에는 보라색 잎이 달린 덩굴이 구불구불 달려 있었다. 꼭대기에는 흠뻑 젖은 이끼가 **빽빽하게** 붙어 있었다.

나는 일행에게 터벅터벅 걸어가 할리아 옆에 섰다. 내 시선이 아치에 끌렸다. 그리고 그 안에 든 변화무쌍한 거울에 눈길이 갔다. 기이하게 반짝이는 거울 표면에 우리 얼굴이 비쳤다. 그런데 그 모습이 어두컴컴하게 일그러져서 알아보기도 힘들었다. 그러는 내내, 거울이 휘어지면서 뽀글뽀글 거품이 일었다. 마치 거울이 아니라 안개의 장막 같았다. 사실, 시커먼 물안개가 거울 깊숙한 곳에서 사납게 움직이고 있었다. 하지만 늪지대의 물안개와는 상당히 달랐다.

거울 안의 안개는 일정한 모양으로 움직였다. 거의, 마음처럼 보였다. 구름이 똘똘 뭉치더니, 이내 흩어졌다. 그러고는 다시 배배 꼬이며 매듭처럼 둥글게 뭉쳤다. 이제는 반대로, 안개 낀 전망으로 활짝 열리며, 계곡, 집, 언덕 같은 게 살짝 보였다. 그러고는 그 모든 전망이 결합되며, 또 다시 흐르며, 하나의 매듭처럼 뭉쳤다. 이내, 매듭은 다시 풀리기 시작했다. 다시, 또 다시 이 과정이 반복되었다. 하지만 그럴 때마다 새로운 모습을 만들어냈다.

"저 거울은…… 살아 있는 것 같아."

나는 거울 속에 비친 내 일그러진 모습을 뚫어져라 바라보며, 입을 열었다.

엑터가 고개를 끄덕였다.

"스승님도 형 말이 맞다고 할 거야. 스승님은 거울이 진정으로 하나

---

*건축물에서 가로로 건너지른 막대기

의 통로, 하나의 출입구라고 말씀하셨어. 스승님이 '시간의 안개'(Mists of Time)라고 부르는 것으로 거울이 이끌어줘. 그런데 그것은 시대에 따라 이름이 달라진다고 말씀하셨어."

나는 지팡이에 몸을 기대, 두려움과 호기심이 뒤섞인 기분으로 아치 길을 뚫어져라 쳐다보았다.

시간의 안개.

나는 그 생각은 물론이고, 그 이름을 음미했다. 카이르프레가 내게 핀카이라와 다른 섬들의 지식을 가르쳐주면서 얼마나 자주 시간이라는 관념을 생각하며 말을 멈추었던가. 카이르프레는, 나처럼 시간의 마법과도 같은 힘을 알아차렸다. 또한 카이르프레는 내가 항상 시간을 초월해 이동하기를 갈망한다는 걸 잘 알고 있었다. 소년 시절, 나는 심지어 꿈을 꾸면서도, 시간을 거꾸로 여행하기를 갈망했었다. 주변의 세상은 나이를 먹지만, 나는 점점 더 젊어지는 것! 그것이 엉뚱한 생각이었다는 걸 나도 잘 알았다. 하지만 나는 그 생각을 여전히 은밀하게 가슴에 품고 있다.

거울이 부풀어 오르자, 그 안에 비친 우리 얼굴이 일그러졌다. 할리아의 한쪽 눈이 커지더니, 마침내 터지기 일보 직전이 되었다. 이윽고, 갑자기 열두 개의 자그마한 눈으로 나뉘어, 그 모든 눈이 우리를 노려보았다. 나는 미심쩍어, 엑터에게 물었다.

"정말 우리가 저기를 통과해 가야 하는 거야?"

엑터가 침을 꼴깍 삼켰다.

"반드시."

엑터는 진흙이 잔뜩 묻은 신발을 내려다보며 이렇게 덧붙였다.

"거울 맞은편으로 나와야 해. 하지만 맞은편에 뭐가 있을지는 나도 잘 몰라."

할리아와 나는 걱정스러운 눈빛을 주고받았다.

"네가 돌아가고 싶을 때, 네 스승은 어떻게 하라고 말했니?"

내가 조심스레 물었다.

엑터는 길게 한숨을 내쉬었다.

"그저 스승님을 부르라고 했어. 나를 집으로 데려오겠다고 하셨어."

내 머리가 지끈거렸다.

"네 스승은 네가 열쇠를 가져올 거라고 생각하고 있을 거야. 그렇다면, 네 스승이 널 저기서 찾아내려면 열쇠가 있어야 하는 거 아닐까?"

"나는, 음…… 잘 모르겠어."

갑자기 배가 찌를 듯이 아팠다. 나는 비명을 지르며, 무릎을 꺾고 진흙투성이 땅에 털썩 주저앉았다. 고통은 이내 줄어들었지만, 나는 사시나무 떨듯 온몸을 벌벌 떨었다. 힘이 더 빠져나간 느낌이었다.

할리아가 내 옆에 무릎을 꿇고 앉아, 내 이마에 손을 짚었다.

"너무 뜨거워! 아, 젊은 매, 이건 무모한 짓이야. 저 안으로…… 저 안으로 걸어 들어간다니. 저건 거울이라기보다는 끔찍하고, 성난 폭풍 같아! 게다가 살아서 돌아올 확률은 또 어떻고? 더 나은 방법이 분명 있을 거야."

나는 가슴에 통증을 다시 느끼며, 쿨럭쿨럭 기침을 했다.

"아니, 다른 방법은 없어."

할리아가 주춤했다.

"좋아, 그렇다면, 나도 너랑 같이 갈래."

"나라면 그렇게 안 할 거다."

가냘프게 흐느끼는 것 같은 그 목소리에, 우리는 얼어붙었다. 그 목소리는 근처 어딘가에서 흘러나왔다. 우리는 깜짝 놀랐지만, 돌로 된 아치 길과 그 안의 변화무쌍한 거울 말고는 아무것도 보이지 않았다.

"누구야?"

엑터가 소리쳤다.

나는 가까스로 일어나서, 지팡이와 할리아의 팔을 잡았다.

"누군지 모습을 드러내."

"난 내가 원할 때만 모습을 보인다."

목소리가 휘파람처럼 소리를 냈다.

갑자기, 아치 꼭대기의 이끼에서 고양이처럼 생긴 발이 쑥 튀어나왔다. 발이 뒤틀리며, 길게 쭉 앞으로 나왔다. 발톱을 오므려 허공을 긁어대며, 이내 두 번째 발이 위로 쭉 뻗었다. 그러고는 세 번째 발. 네 번째 발. 한참 동안, 발이 굼뜨게 뻗었다.

"야옹, 너희는 운이 좋은 줄 알아. 지금이 그때니까."

목소리가 말했다.

반쯤은 으르렁거리고, 반쯤은 가르랑거리는 것 같은 목소리를 들으며, 나는 불안에 떨었다.

"그리고 나는 네가 무엇을 생각하는지는 정말이지 아무 상관도 하지 않아."

마치 내 생각을 읽기라도 한 것처럼, 그 짐승이 이어 말했다.

"그리고 너, 사슴 여인은 부끄러워해야 해."

할리아의 얼굴에서 핏기가 싹 가셨다.

"나를 변장한 마녀라고 생각하다니! 내가 장미꽃 향기가 나는 인간이라니, 말도 안 돼. 어허. 완전 역겨운 생각이로군."

갑자기, 발이 오므라들더니, 귀 끝에 은빛이 흐르는 짐승이 이끼 숲에서 튀어나왔다. 나머지 얼굴도 따라 나오며, 천천히 위로 올라왔다. 그것은 정확히 고양이 얼굴을 닮았다. 은색과 갈색 점이 박혀 있었다. 딱 하나만 고양이와 달랐다. 눈이 없었다. 짐승은 유연하게 몸을 일으켜 세웠다. 이 짐승은 어깨를 둥글게 말아 근육을 쫙 펴고는, 아치 길 가로장 끝자락 근처에 앉았다. 그러더니 마치 우리가 거기에 없는 것처럼, 앞발을 핥기 시작했다.

이윽고, 눈 없는 고양이가 다시 말했다.

"그건 상관없어, 너도 알다시피. 너희 모두 알 필요가 있는 것은 내가…… 음, 거울의 친구라는 거야."

엑터는 입을 열려 했는데, 그때 고양이가 계속 말을 이어갔다.

"넌 내 말을 믿지 못하니?"

목소리는 전보다 훨씬 더 날카로운 바람소리를 냈다.

"난 정말이지 신경 쓰지 않아. 네가 믿든 말든."

고양이가 돌 위로 발을 질질 끌며, 발톱을 긁어댔다.

"하지만 넌 네 자신에게 물어봐. 만약 내가 거울과, 그리고 거울이 품고 있는 안개와 친하지 않다면, 그렇다면 내가 어떻게 그것에 대해 그렇게 잘 알고 있을까?"

머리가 어질어질했지만, 나는 몇 발짝 가까이 다가갔다.

"뭘 알고 있는데?"

고양이는 등을 둥글게 말아 올렸다. 눈이든 눈이 아니든, 그렇게 나를 똑바로 들여다보는 것 같았다. 잠시 뒤, 고양이가 등을 폈다.

"내가 말하고 싶어 하는 것 이상으로 알고 있지. 하지만 너한테 이 정도로만 말할게. 저 안개는 수많은 통로로 가득 차 있어, 야옹! 그곳에서 너는 수많은 목소리를, 수많은 그림자를 만나게 될 거야. 그건 네 발에 붙어 있는 하찮고 자그마한 그림자가 아니야, 아니고말고. 나는 지금 훨씬 더 거대하고, 훨씬 더 무시무시한 그림자를 말하는 거야."

드디어 고양이가 대답했다.

그 말에, 내 그림자가 팔을 빙글빙글 돌리며, 발아래 잔디를 마구 파헤치기 시작했다. 그림자의 의도는 너무나도 분명했지만, 아무 일도 일어나지 않았다. 아치 위의 동물에게 진흙 한 점 날아가지 않았다. 나는 내 그림자가 측은하게 느껴졌다.

하지만 고양이는 미수에 그친 공격에 아랑곳하지 않고, 차분히 앞발을 핥아댔다.

"저 통로는 한 사람이 살아 지나가기 힘들 거야. 어쩌면 둘은 해낼 수 있을지도 모르겠군. 비록 가능성은 희박하다 할지라도 말이야."

고양이는 느긋한 목소리로 말을 이었다. 숨을 내쉴 때, 반은 가르랑거리고 반은 한숨 섞인 소리를 냈다.

"하지만 셋은 절대로 성공하지 못할 거야. 너희 모두 죽게 될걸. 너희는 분명 바닥 모를 웅덩이에 빨려 들어갈 거야."

"하지만 스승님이 우릴 도와줄 거야."

엑터가 당돌하게 말했다.

"노력은 하겠지. 네 스승이라는 자는 자신의 보호막으로 널 감싸겠지. 네가 이곳으로 여행 왔을 때 그랬던 것처럼. 그래서 너희 둘이 살아날 수 있었던 거고. 두 사람…… 하지만 셋은 절대 아니야."

고양이가 휘파람을 불며, 눈 없는 눈으로 엑터를 바라보았다. 다시, 고양이가 다리를 쭉 뻗었다.

"물론, 난 정말이지 상관하지 않아. 그건 너희 운명이지 내 운명은 아니거든."

할리아는 온몸이 굳었다. 할리아가 천천히 내게 돌아섰다.

"저 고양이는 진실을 말하고 있어. 난 느낄 수 있어."

다리가 부들부들 떨렸다. 내 목소리는 그보다 더 떨렸다.

"나도 느낄 수 있어. 하지만 누가…… 뒤에 남아야 하지?"

"넌 아니야, 그리고 엑터도 아니고. 엑터의 스승이 널 치유할 수 있는 방법을 찾아줄 거라고 우리는 희망을 갖고 있잖아."

할리아가 대답했다. 눈동자에 자신이 없었다. 할리아가 내 팔을 움켜 잡고 힘을 주었다.

"내가 널 기다릴게, 바로 여기에서, 무슨 일이 있더라도."

고양이가 발톱으로 이끼를 긁으며, 자그맣게 가르랑거렸다.

내 두 팔이 나무둥치처럼 묵직한 느낌이었지만, 나는 할리아를 꼭 안아주었다.

"꼭 돌아올게. 약속해."

"내가 언젠가…… 언젠가 너한테 뭔가를 말하려 했던 거 기억나? 초원에서 말이야?"

할리아가 띄엄띄엄 말했다. 할리아가 가까이 다가왔다. 두 손이 내 머리카락을 헝클었다.

"음, 난 지금 너한테 그걸 말하고 싶어. 그 어느 때보다 더. 하지만 그건…… 여기서는 아니야, 이런 식으로는 아니야."

내가 할 수 있는 거라고는 침울하게 고개를 젓는 것밖에 없었다. 한참 있다가, 할리아가 뒤로 물러났다. 할리아가 손을 놓자, 나는 거의 쓰러질 뻔했다. 하지만 엑터가 재빨리 내 옆으로 다가와, 자신한테 기댈 수 있도록 자리를 잡고 버티고 섰다. 엑터는 숨을 깊게 들이쉬며, 어깨를 뒤로 젖히고 거울 안에서 일렁이는 안개를 똑바로 바라보았다.

"저, 가요, 스승님! 친구와 함께요. 제발, 제 말을 들어주세요. 우리를 집으로 돌아가게 해줘요."

반짝반짝하던 표면이 갑자기 부들부들 떨며, 금이 쩍쩍 가며 갈라졌다. 몸부림치는 기다란 안개의 촉수가 밖으로 흘러 나와, 엑터를 향해 뻗어갔다. 물안개가 엑터의 턱을 어루만지고, 귓가를 맴돌더니, 뒤로 물러났다. 즉각, 거울이 와장창 부서져 내렸다. 거울에 비친 우리 모습이 우리를 마주했다. 그 모습은 전보다 훨씬 분명했지만 그늘이 훨씬 깊었다. 동시에, 저 멀리서 들리는 종소리가 저 깊숙한 곳에서 굴러 나와, 표면 저 아래 어딘가에서 솟아올랐다. 그 소리가 내 검에 닿자, 검이 희미하게 울렸다.

"물론 내게는 아무런 의미 없지만, 너희 둘 손을 꽉 잡는 게 현명할지도 몰라."

고양이가 발을 매만지며 말했다. 고양이는 잠시 말을 멈추고는, 보이지 않는 눈을 내게 돌렸다.

"그리고 절대, 절대 손을 놓지 마. 영원히 잃어버리고 싶지 않다면 말이야."

고양이가 다시 발을 핥을 때, 나는 엑터의 손을 꼭 잡았다. 나는 돌아서서, 할리아를 흘끗 바라보았다. 내 가슴 속에 또 다른 깊은 고통이 일었다. 이윽고, 소리 없는 명령에 따라, 우리 둘은 거울 속으로 성큼성큼 걸어 들어갔다.

21

목소리

거울 속으로 걸어 들어가자, 거울에 비쳤던 우리 모습이 스르르 빨려 들어갔다. 뭔가 산산이 부서져 내렸다. 더불어 강력한 힘이 우리를 앞으로 확 잡아끌어, 어둠 속으로 내팽개쳤다. 공기는 점점 희박해지며 우리를 짓눌렀다. 그러다가 갑자기 서늘해졌다. 마치 눈으로 뒤덮인 산 밑에 파묻히기라도 한 것 같았다.

엑터가 내 손을 꽉 잡는 게 느껴졌다. 하지만 나는 몸을 돌려 엑터를 볼 수 없었다. 내 몸이 딱딱하게 굳어 있고, 우리 둘을 집어삼킨 묵직한 어둠에 짓눌려 있었으니까. 나는 벗어나려 발버둥치며, 두 팔을 들어 올렸다. 하지만 잘 되지 않았다. 숨을 쉬는 것이, 심지어 생각하는 것조차 점점 더 힘들어졌다.

그때, 기적과도 같이, 거울의 힘이 느슨해졌다. 나는 어깨를 비틀었다. 머리를 움직일 수 있었다. 폐에 다시 공기가 찼다. 공기가 따뜻해지더니 재빨리 안개처럼 부드러워졌다. 대기는 흐물흐물 느슨해졌지만, 우리 몸무게를 지탱할 정도로 견고했다. 동시에, 모든 게 점점 밝아졌다. 엑터를 흘끗 바라보니, 나를 바라보고 있는 엑터의 얼굴이 불안과 걱정으로 가득했다.

우리는 물안개가 피어오르는 땅에 서 있었다. 땅은 사방으로 끝 모를 곳까지 뻗어 나갔다. 휘몰아치는 안개구름이 우리를 향해 돌진해왔다가, 갑자기 휙 물러났다. 구름에서 기둥과 첨탑이 튀어나왔다. 마치 숲의 잘 자란 키 큰 고목과도 같았다. 그러더니 다시 감쪽같이 사라졌다. 알아보기 힘든 모습들이 계속해서 솟아나, 우리 주위를 잠깐 동안 맴돌았다. 안개 구멍이 계곡만큼이나 커져갔다. 계곡은 산으로 바뀌었다. 산은 곧장 사라져 버렸다.

우리 주변에는 온통 알 수 없는 모습들이 나타나 그 모양을 바꾸었다가 이내 사라졌다. 내가 그 무엇도 알아볼 수 없는 사이, 왠지 익숙한 감정이 몰려드는 느낌을 받았다. 어떤 모습은 나를 잡아당기며 유혹했다. 마치 내가 불러오고 싶어 하던 꿈처럼. 어떤 모습은, 더욱 어지러웠는데, 나를 항상 따라다니던 은밀한 두려움처럼 나를 꽉 움켜잡았다.

가만히 서 있었지만, 우리는 안개 깊숙한 곳으로 끊임없이 나아갔다. 무슨 파도에 올라탄 것 같았다. 우리를 신비한 목적지로 끌어들이는 파도. 그곳이 우리의 목적지일까, 아니면 파도의 목적지일까? 나는 궁금했다. 그게 무엇이든, 내가 그렇게 힘이 없다고 느끼지는 못했지만, 그렇게 무지막지하게 나를 끌어당기는 힘에 나는 조금도 저항할 수가 없었다.

물안개가 우리를 더 깊숙이 잡아당기는 동안, 나는 내 삶에서 만났던 수많은 안개의 모습을 떠올렸다. 귀네드에 살던 어린 시절에도, 나는 초원과 숲, 또는 눈 덮인 '얼 위드바'의 정상에서 피어오르는 아침 안개의 광경을 음미했었다. 내가 허공 위로 흐르는, 이 순식간에 사라지는 강을 얼마나 느껴보고, 또 얼마나 움켜쥐고 싶어 했던가! 하지만 나는 결코 충분히 가까이 다가갈 수 없었다. 손으로 가까스로 잡으려 할 때마다, 안개는 내게서 스르르 빠져나갔다.

　내가 핀카이라로 처음 항해했을 때, 경이로운 안개의 벽이 나를 맞이하며 에워쌌었다. 그리고는 마침내 내가 지나가도록 길을 내주었다. 그리고 나중에, 내가 리아의 정령과 축 늘어진 몸뚱이를 안고서 사후 세계로의 비밀 통로를 따라갔을 때, 또 다른 안개가 내 주위로 휘몰아쳤다. 안개는 내가 한 걸음 한 걸음 내디딜 때마다 점점 더 밝아지면서 빛을 발했다. 마침내 내 주변의 모든 것이 광이 나는 조개껍데기 더미와 함께 빛났다. '영혼의 나무'(Tree of Soul)조차도, 그 나무의 거대한 뿌리가 사후 세계로부터 올라와서 그 위의 땅을 지지했는데, 안개에서 툭 튀어나왔다. 그 나무의 이슬 맺힌 나뭇가지에는 구름이 앉아 있었다. 그리고 할리아가 처음 내게 자기 종족의 전설을 말해주었을 때, 그 이야기는 안개처럼 매혹적인 실로 짜여 있었다.

　이제 엑터와 나는 또 다른 안개의 세계로 들어서고 있었다. 갑자기 파도와 같은 강력한 물안개가 점점 속도를 더하며 구르듯 우리를 향해 다가왔다. 또 한번 엑터가 내 손을 꽉 잡았다. 나도 엑터의 손을 움켜잡았다. 파도가 우리를 덮쳤다. 순식간에, 내가 가지고 있던 물건이 거의 전부 사라져 버렸다. 안개 말고는 사방에 아무것도 보이지 않았다. 서늘한 안개가 내 피부에 닿는 것 말고는 아무것도 느끼지 못했다. 불현듯, 파도가 슬며시 녹아들었다. 나는 전과 마찬가지로 일어섰다. 한 손은 내 지팡이를 움켜쥐고, 다른 손은…….

　아무도 없었다. 엑터도 없었다. 나는 혼자 서 있었다.

　눈 없는 고양이의 경고가 내 마음 속에서 울려 퍼졌다.

　절대, 절대 손을 놓지 마. 영원히 잃어버리고 싶지 않다면 말이야.

　나는 비틀거렸다. 거의 쓰러질 뻔했다. 나는 희미해져 가는 내 힘을 쥐어짜내 똑바로 섰다. 나는 안개가 파도처럼 내 곁을 흐르고 있다는 걸 느낄 수 있었다. 파도와 같은 안개가 나 홀로 데리고 갔다. 그런데 어디로 가는 거지? 어두운 물안개가 내 마음 속에 흐르며, 내 생각을 덮어 버렸다. 여기가 내 무덤이 되리라는 확신이 점점 커져갔다.

마침내, 휘몰아치던 움직임이 잦아들었다. 내 마음속에서는 물론이고 내 주변 세상에서도, 파도는 점점 약해지는 것 같았다. 나는 뒤뚱거리면서, 내 앞의 안개가 어두워지며 세밀하고 다채로운 이미지와 합쳐지는 걸 바라보았다. 바위투성이 언덕, 그리고 끊임없는 바람에 휘는 나무들이 있었다. 산사나무, 물푸레나무, 참나무. 여기에 가시금작화 덤불이, 저기에 무너져 내리는 초가지붕 오두막이 모여 있는 마을이 있었다. 그것은 또렷하게 규정할 수 있는 풍경이었다. 그것은 내가 기억하고 있는 풍경이었다.

귀네드! 엑터의 시간에서는 웨일스라고 불리게 될 장소. 그런데 내가 엑터의 시간에서 보고 있는 것일까? 아니면 아주 오래전 내 자신의 시간에서 보고 있는 것일까?

쓸쓸해 보이는 누군가가 숲에서 배회하듯 걸어 나왔다. 소년이었다. 소년의 움직임이 서툴렀다. 기다란 검은 머리카락에는 잎사귀와 잡초가 둥지를 틀었다. 소년은 허리를 숙여 노란색 자그마한 꽃을 살펴보고 있었다. 이윽고 조심스레 그 꽃을 꺾어, 꽃잎에 대고 부드럽게 후 하고 바람을 불었다. 그러자 꽃잎이 나풀거렸다. 나는 소년을 지켜보다, 갑작스레 지팡이를 꽉 쥐었다. 내가 어떤 시간을 보고 있는지 알아차렸다. 왜냐하면 난 이 소년을 잘 알고 있었으니까.

나는 내 자신을 보고 있었다.

깜짝 놀라, 수년 전의 내 자신의 삶을 지켜보았다. 안개에서의 이미지는, 가장자리 주변으로 흐릿하기는 했지만 나름 상당히 또렷했다. 그 당시의 고통만큼이나 날카로웠다. 소년은 마을 끝자락에 있는 오두막 하나를 미심쩍게 바라보았다. 나는 소년이 자신이 방금 찾아낸 꽃을 자신과 함께 오두막을 쓰고 있는 여인에게 주어야 할지 고민하고 있다는 걸 알았다. 그 여인은 자신을 엄마라고 주장했는데, 소년의 과거에 대해, 또는 자신의 과거에 대해 이야기해주지 않으려 했다.

갑자기 소년의 몸이 뻣뻣하게 굳었다. 아주 천천히, 소년은 오두막에서 시선을 돌렸다. 그리고 나를 향했다. 소년의 두 눈은, 어두운 달처럼 어렴풋이 보였는데, 나를 유심히 살폈다. 내 투시력도 소년을 유심히 살폈다. 이윽고 갑작스레, 소년을 살피던 내 투시력이 무척이나 약해졌다. 소년의 주변이 하나도 보이지 않았다. 손에 들린 꽃조차도. 오직 소년의 얼굴뿐. 나는 얼굴을 뚫어져라 바라보았다. 나보다 훨씬 어리고 멋졌다. 마치 마법의 거울을 들여다보고 있는 것 같았다.

갑자기, 소년의 이목구비가 달라지기 시작했다. 눈동자의 반짝임이 사라졌다. 한때 부드럽던 턱과 이마에 울퉁불퉁한 상처가 깊이 파였다. 코는 아래로 굽었다. 다부지던 턱이 길어졌다. 하지만 소년의 표정만큼 극적으로 변한 건 없었다. 겁을 집어먹은 소년은 자신의 두 뺨을 움켜쥐었다.

"돌아가!"

소년이 소리쳤다. 목소리는 내 목소리와 너무도 똑같았다.

"넌 아직 어려. 그리고 넌 상처 입었어. 영원히 앞을 보지 못해. 여기 있으면, 넌 오직 고통만 발견하게 될 거야. 갈 수 있을 때 빨리 돌아가!"

"하지만 난 돌아갈 수 없어. 난 도움이 필요해. 그리고 내가 곧 도움을 찾지 못한다면, 나는 죽게 될 거야."

나는 지팡이에 기대 휘청거리며 소리쳤다.

"여기는 아니야. 여기서 넌 분명, 아, 불꽃. 돌아가, 저들이 널 다시 불 태워 버릴 거야!"

소년이 목소리를 높였다.

본능적으로, 나는 두 손을 얼굴로 가져갔다. 내 앞에 있는 소년처럼, 얼굴에 깊이 파인 상처를 움켜잡았다. 그 상처를 가릴 만큼 턱수염을 길게 기른다 해도, 나는 언제까지나 그 흉터를 느낄 것이다. 내가 그날 의 공포를 항상 느끼는 것과 똑같이 말이다.

바로 그때, 또 다른 목소리가 내 이름을 불렀다. 균형을 잡으려 버둥 거리며 몸을 돌려 보니, 안개의 장막에서 새로운 모습 하나가 나타났다. 물안개가 갈라지며, 내가 익히 알고 있는 또 다른 얼굴이 드러났다. 어 머니의 얼굴.

"엠리스, 내 경고를 들어, 아들! 넌 상처를 입게 될 뿐이야. 만약 네가 핀카이라에서 너무 멀리 벗어난다면, 넌 다시 불의 상처를 입을 거야."

어머니는 애원했다. 사파이어빛 눈동자로 나를 꼼꼼히 살펴보았다.

힘없이, 나는 뱀처럼 내 팔을 휘감고 있는 안개를 찰싹 내리쳤다.

"하지만 저는 치유받기 위해 떠나야만 했어요."

"아니야, 아들. 너는 스스로 그렇게 할 힘이 충분히 있어. 아직도 그걸 모르겠니?"

어머니가 고개를 가로저었다. 그러자 황금빛 머리카락이 둥글게 둘러 싼 구름을 쓸어내렸다.

"엄마, 아니요. 이건 너무 중요해요."

어머니는 사랑스럽게 미소 지었다.

"아, 하지만 넌 치유자야, 아들. 그래, 넌 정말 그래, 그리고 언제나 그럴 테고. 엄청난 재능을 지닌 치유자라고."

어머니가 안개 사이로 내게 손짓했다.

"지금 내가 있는 집으로 오렴, 이리로 와. 내가 널 이끌어줄게. 내가 아주 오래전에 그랬던 것처럼."

혼란에 빠진 채, 나는 두려움에 떠는 소년의 얼굴을 돌아보았다.

"저 여자 따라가지 마. 저 길은 고통으로 이끌 뿐이야. 더 많은 고통으로."

소년이 간청했다.

갑자기, 이번에는 내 쪽의 구름 속에서 또 다른 얼굴이 나타났다. 그 짙은 그림자 같은 얼굴이 스르르 내려오며, 내 발 근처에서 떨고 있는 자그마한 그림자를 덮어 버렸다. 나는 조심스럽게 올려다보며, 안개의 밝은 소용돌이 속을 흘끗 바라보았다.

"멀린, 널 부른 건 바로 나, 네 아버지다. 내가 명하노니, 내 말에 복종해라."

남자의 얼굴이 으르렁거렸다. 그 얼굴은 조각한 돌처럼 근엄했다.

나는 지팡이에 힘겹게 기대서서, 몸을 약간 들어 올렸다. 그러고는 얼굴을 치켜들었다.

"당신은 나한테 이래라저래라 절대로 명령할 수 없어요."

"영원히 상처입고 싶으냐! 너는 너무 오랫동안 나른 사람들의 밑에 너무 많이 귀를 기울였다. 네가 마법사가 될 운명이라고 말하는 사람들 말이다."

남자가 소리쳤다. 입은 변함없이 굳게 일그러져 있었다.

"저 아이는 치유자예요. 위대한 치유자라고요."

어머니가 재빨리 말을 낚아챘다.

"마법사, 치유자, 모두 같다. 넌 아무것도 아니다! 내 말 들어라, 스탕 마르의 아들이여! 넌 오직 한 가지 운명을 타고났다. 네 앞에 있는 네 아비가 했던 것과 같은 운명을."

아버지가 큰 소리로 말했다. 아버지가 고개를 앞으로 숙이자, 이마의 황금 장식이 드러났다.

나는 약간 몸을 굽혀 들여다보며 물었다.

"그게 뭐죠?"

"실패하는 것. 넌 패배자다, 아들. 그 어떤 것도 그걸 바꿀 수는 없다. 네 모든 꿈은, 네 모든 목표는 안개만큼이나 움켜잡기 힘든 것이다."

아버지의 말은 주변을 둘러싼 구름 속에서 울려 퍼졌다. 그럼에도 아 버지는 험상궂게 그대로 있었다. 한순간, 얼굴에 깊은 슬픔이, 그리고 여전히 더 깊은 후회가 드러났다.

한참 동안, 나는 아버지를 올려다보았다. 온몸이 더 무겁게 느껴졌다. 피로가 쌓인 내 몸의 무게 때문이기도 하고, 그 말의 무게 때문이기도 했다. 나는 내 몸을 간신히 지탱해주고 있는 지팡이를 잡고 손을 스르 르 내렸다.

"이리 오거라. 내가 무엇을 할 수 있는지 네게 가르쳐주마. 그러면 적 어도 너는 준비를 할 수 있을 것이다. 네가 실패할 운명이라 할지라도, 너는 알아야 하니까……."

아버지가 선언하듯 말했다.

"마법사가 되는 법을."

다른 목소리가 그 말을 받았다. 이번에는 내 뒤에서 소리가 났다. 나 는 돌아보았다. 안개가 내 다리를 감싸며 늪지대의 뱀처럼 단단히 죄어 오고 있었지만 스승, 카이르프레가 눈앞에 있었다.

"넌 마법사다, 얘야. 네가 내 동굴로 들어온 첫날부터……. 그래, 당시에도 난 네 힘이 자라는 걸 느낄 수 있었단다."

물안개가 카이르프레 주변을 헤엄치며, 카이르프레의 무성한 잿빛 머리카락 주변을 빙글빙글 맴돌았다.

"난 지금 힘이 없어요. 기운이 너무 없어서 서 있을 수조차 없어요."

나는 숨이 차 헉헉거리며 대답했다.

"그렇다면, 내게로 오거라. *내가 보는 빛이 널 자유롭게 해주리라.* 내가 과거에 언제나 널 잘 이끌어주지 않았더냐? 그리고 나는 네 안에서 마법사를, 위대한 마법사를 본다."

카이르프레가 조언했다.

"지금도요?"

"지금도, 얘야, 네 마법은 이제 꽃피기 시작했을 뿐이야."

"그런 말 하지 마세요. 그건 더 큰 고통으로 이끌 뿐이라고요."

얼굴에 상처가 난 소년이 간청했다.

"그건 치유할 수 있어. 지금은 집에 가자. 널 먼저 치유해야 해. 그러고 나서 다른 사람들을 고쳐주러 되돌아가면 돼."

어머니가 자신 있게 말했다.

주저하며, 나는 어머니를 향해 다가가기 시작했다. 나를 구불구불 휘감고 있는 안개 때문에 다리를 들어 올리는 것소차 몹시 힘들었지만, 나는 힘겹게 발걸음을 뗐다. 안개가 끊임없이 위로 솟아올라 내 허리를 향해 스멀스멀 뻗어오는 게 보였지만, 내게는 안개를 떼어낼 힘조차 남아 있지 않았다. 내가 할 수 있는 거라곤 또 한 발짝 내딛기 위해 발을 들어 올리는 것뿐이었다.

"넌 실패할 거다."

아버지가 무심하게 읊조렸다.

"저 아이는 실패하지 않을 거야. 저 아이는, 무엇보다도……."

카이르프레가 반박했다.

"젊은 매!"

새로운 목소리가 끼어들었다. 그 어떤 때보다 정신이 번쩍 드는 목소리였다.

"할리아, 어떻게 하면 좋을지…… 도와줘."

나는 다정스러운 갈색 눈동자를 돌아보며 속삭였다.

"내게로 와, 젊은 매. 넌 내게 마법사가 될 필요가 없어. 치유자가 될 필요도 없어. 어떤 것도 필요 없어. 그냥 내 친구가 되어줘. 이제 내게 돌아와, 그러면 모든 게 괜찮을 거야."

할리아가 애원하며 내게 손을 내밀었다.

"하지만…… 아니야. 넌 직접 봤잖아. …… 피의 올가미를."

내가 쉰 목소리로 말했다.

"내게로 와. 내 옆에 서. 곧 우리는 발굽으로 땅을 차며, 함께 다시 달릴 거야."

할리아가 재촉했다.

머리가 핑핑 돌았다. 안개는 내 몸 위로 높이 기어올랐다. 안개가 나를 잡아당기며, 나를 아래로 짓눌렀다. 또 다른 목소리가 점점 짙어지는 안개 사이에서 희미하게 나를 불렀다. 멀리서 들려왔지만, 그 목소리는 삼림지대의 바람처럼 신선한 충격이었다. 난 그 목소리를 너무도 잘 알고 있었다. 리아!

"너에게는 위대한 마법이 있어, 멀린. 하지만 넌 지금 그걸 잃어버릴 위기에 처해 있어."

리아가 나뭇잎 덩굴 팔찌 낀 손을 내게 힘차게 흔들며 경고해주었다.

"네 마법은, 네 힘은, 항상 초원에서, 숲에서, 노래하며 흐르는 시냇물에서 흘러나왔어. 그 땅으로 돌아가, 멀린. 너무 늦기 전에. 이 안개를 떠나. 지금 당장 나랑 같이 가자!"

리아의 말이 옳았다. 그렇다, 나는 느낄 수 있었다. 나는 리아를 따라가려 했다. 그때 엄하게 꾸짖는 묵직한 목소리가 나를 사로잡았다.

"아니야, 아니야. 마법사는 달아나지 않아."

그건 우리 할아버지, 투아하의 목소리였다. 할아버지를 향해 돌아설 만큼 힘이 남아 있다 해도, 굳이 그 존재가 지닌 힘을 알기 위해 할아버지의 얼굴을 볼 필요는 없었다.

"난 네 할아버지다. 네 운명은 이곳에, 나랑 함께 있다."

투아하가 엄하게 말했다.

"저 아이는 실패할 겁니다. 내가 그랬던 것처럼."

아버지가 낮은 소리로 고함쳤다.

"아니요, 하지만 저 아이의 힘은 땅에서 나온다고요."

리아가 이의를 제기했다.

"내게로 오거라! 네 핏속에는 이미 마법사의 힘이 흐르고 있어. 투아하의 그 모든 힘은 물론이고 그 이상이⋯⋯. 와라, 얘야, 그러면 마법사의 길을 따라가도록 내가 널 도와줄게."

카이르프레가 소리쳤다.

나는 어떤 길로 가야 할지 혼란스러웠다. 누구 목소리를 믿어야 할지 알 수 없었다. 안개에 그림자가 모이기 시작했다. 더 가까이 압박하며, 주변의 얼굴들을 전부 감춰 버렸다. 덩굴손이, 시간이 지날수록 점점 더 묵직해지며, 내 가슴을 감싸 쥐었다. 내 무릎은 언제라도 꺾일 듯 후들거렸다. 내 가슴은 언제든 무너질 듯했다. 뭘 하든, 나는 이제 움직일 수 없었다.

온갖 목소리가 연신 나를 부르며, 내 관심을 끌려 했다. 하지만 내가 힘겹게 숨을 쉴 때마다, 목소리들은 점점 희미해졌다. 안개 사이에 한때 흩어져 있던 빛도 이제는 희미해져 갔다. 나는 그 모든 간청과 명령을 더 이상 들을 수 없었다. 목소리가 전부 순식간에 희미해졌다. 내 힘, 살려는 내 의지 또한 희미해져 갔다.

그 순간, 다른 목소리보다 크지는 않지만 훨씬 더 귀에 거슬리는 목소리가 아주 가까운 곳에서 내게 말했다. 거의 귀에 대고 말하는 것 같았다.

"내가 예언한 대로, 너 애송이 마법사, 넌 죽을 운명에 처했어."

순간 내 몸이 뻣뻣하게 굳었다. 니뮤에의 목소리가 킬킬거렸으니까.

"이제 나는 아무데나 나대는 너를 영원히 없애주겠어. 나는 기다리는 데 지쳤거든. 네 그 알량한 목숨을 내 손으로 끝내주겠어."

안개의 차가운 손가락이 내 목을 감싸는 게 불현듯 느껴졌다.

"바로 여기서, 지금 당장."

니뮤에가 만족스럽다는 듯이 말했다.

목에 닿은 안개의 서늘함에, 내 안에 남아 있던 힘이 한꺼번에 터져 나왔다. 나는 뒤로 비틀거리며, 내 두 팔로 다가오는 구름을 호되게 내리쳤다. 다리에 힘을 주고 나를 옭아매는 안개에서 빠져나오려고 했다. 흐릿한 구름 속에서 거의 아무것도 보이지 않았다. 하지만 내가 추락하는 건 확실히 느낄 수 있었다. 속절없이 아래로 굴러 떨어지는 건 느낄 수 있었다.

추락하면서도, 엄청난 피로감이 나를 덮쳤다. 나는 니뮤에의 손아귀를 피했을지도 모른다. 하지만 지금, 분명히, 나는 어쨌든 죽게 될 거다. 내 질식해가는 가슴은 후회로 고동쳤다. 하지 못하고 남겨둔 일이 너무나 많았다. 배워야 할 일이 너무나 많았다. 그리고 내가 다시는 보지 못할 얼굴들이 너무나 많았다.

나는 안개가 변하고 있다는 걸 어렴풋이 눈치챘다. 그냥 내 상상에 불과한 걸까? 아니, 아니다. 그건 사실이었다. 안개는 그저 변하는 게 아니라, 모습 안에 또 다른 모습을 만들고 있었다. 전에도 수없이 그랬던 것처럼…… 녹아내리고 있었다. 그렇다, 그랬다. 사방에서 안개가 사라지고 있었다.

저것이 빛일까? 그럴 수도. 그것은 희미하게 흔들리며, 저 위 어딘가에서 다가오고 있었다. 움직일 수는 없었지만, 나는 뭔가 딱딱한 게 내 아래에서 만들어지고 있다는 걸 느낄 수 있었다. 안개라기보다는 차라리 바위 같았다. 그렇다 할지라도 상관없었다. 지금 어디에 있든, 나는 그 어느 때보다 죽음에 가까이 있다는 걸 느꼈으니까. 무기력하게, 나는 마지막 거친 숨을 몰아쉬었다.

22

이름

깨어나 보니, 밤보다 더 짙은 커다란 눈동자 두 개가 나를 내려다보고 있었다. 나는 바짝 긴장했다. 등 아래 바위만큼이나 내 몸은 뻣뻣했다. 저건 니뮤에의 눈동자일까?

아니, 아니다. 니뮤에의 눈이 아니었다. 내가 누워 있는 이 방의 빛이 희미하긴 해도, 그 정도는 알 수 있었다. 흰 이마 밑에 검은 딸기처럼 짙은 두 눈이 한 번 깜빡였다. 아주 천천히 그것이 다시 눈을 떴다. 그 눈은 어떤 땅굴보다 더 깊어 보였다. 신비하고 놀랍고, 그럼에도 왠지 모르게 기이할 정도로 익숙했다. 갑자기 그 눈이 실눈을 뜨고 나를 노려보았다.

깜짝 놀라, 나는 몸을 굴려 후다닥 멀리 달아났다. 그러다 다른 누군가와 쿵 부딪치고 말았다. 이번에는, 짙은 청회색 푸른 눈동자가 나를 내려다보았다. 그 순간, 나는 알아차렸다. 엑터!

"너구나."

나는 여전히 일어날 힘이 없었지만, 새로운 기운이 천천히 내 안으로 스며들며, 내 몸을 채우고 있었다. 마치 떨어지는 빗방울이 하늘을 향해 벌린 잎사귀의 홈을 가득 채우는 것처럼……. 즉각, 안개 속에서 나와 마주했던 수많은 얼굴들이 떠올랐다. 나는 몸을 움츠리며 물었다.

"넌…… 진짜야?"

엑터는 씩 웃었다. 엑터의 곱슬머리에 한 줄기 빛이 지나갔다.

"물론, 난 진짜지. 저 피의 올가미가 진짜였던 것처럼."

"아주 제때 뽑아냈어, 젊은이. 딱 맞추었지."

힘없이, 나는 목소리를 향했다. 깊이를 알 수 없는 저 깊은 눈동자. 그건 노인의 눈동자였다. 겉으로 쓱 봐도 무척 늙었다는 걸 알 수 있었다. 노인은 바위 위에 다리를 꼬고 앉아 있었다. 방 안의 희미한 빛 속에서도, 물결치듯 나부끼는 머리카락과 턱수염이 무척이나 하얗게 보였다. 거의…… 활활 타오르는 듯했다. 헝클어지고 제멋대로 얽힌 턱수염이 넓적다리 위로, …… 그리고 바닥 위까지 내려왔다. 마치 빛나는 망토 같았다.

"아, 젊은이, 저 불가사의한 안개가 자네를 뱉어냈을 때……."

노인은 말을 이었다. 노인의 말은 부러지는 나뭇가지처럼 툭툭 끊어졌다. 노인은 말을 하다말고, 갑자기 당혹스러운 표정을 지었다.

"보다 정확히 말해, 안개는 뭐라 묘사할 수 없지. 자네도 동의하는가? 게다가 지칠 줄도 모르지. 만약, 지속성을 위해서라면, 우리는 라틴어 접두사 in을 계속 사용해야 할 거야. 카이사르(시저)의 지속적인 공헌 중 하나이지. 아니면, 내 생각에 자네는 말할 수 있을지도 모르지. 갈피를 잡지 못한 안개가 자네를 뱉어냈다고. 아니 오히려, 안개를 뱉어낸 게 자네였던가? 소화하기 어려운 안개? 아니, 아니, 그건 어리석어. 어떻게 누가 안개를 뱉어낸단 말인가? 분수라면 그렇게 할 수 있을지는 몰라도……. 그럼, 그럼!"

엑터가 말을 꺼내려 했지만, 노인이 고개를 가로저었다. 그러자 귀 위에 내려앉은 노란색 자그마한 나비 한 마리가 팔랑거리며 날아갔다.

"아 참, 그럼, 그럼이라는 영어 문구에는, 자네도 알겠지만, 그 어떤 언어적인 논리도 없네! 영어가 원래 그렇거든. 정확하게 이해하기 힘들고, 때로는, 일관성이 없지. 자네도 알겠지만, 나는 그래머리의 왕궁에 있으면서 그걸 이해했지. 그럼, 그럼!"

노인은 눈썹을 찡그렸다.

"자 그런데, 내가 뭐라고 말했지? 그리고…… 내가 그걸 지금 말하고 있었나? 아니면 아까 말했나?"

노인의 표정이 점점 더 당혹스러워졌다. 노인은 턱수염을 한 움큼 움켜쥐고는, 자기 입 안에 넣어 질겅질겅 씹다가 다시 뱉어냈다.

"그러니 내게 말해보게. 우리 어디까지 이야기했지?"

나는 고개를 들어 올렸다. 이 수다쟁이 노인이 점점 더 의심스러웠다.

"우리 얘기하고 있었어요. 여기 제 친구가 죽을 뻔했다고요."

엑터가 대답하고는, 침울하게 나를 살펴보았다.

"형은 거의 숨이 끊길 뻔했어, 젊은 매. 확실해. 어떻게 그렇게 했는지는 모르지만, 우리 스승님이 그 피의 올가미를 형한테서 깨끗이 빼내주었어."

엑터의 눈동자는 동정으로 빛났다. 그러고는 이내 얼굴을 찡그렸다.

"그건 밧줄보다 두꺼웠어. 피에 흠뻑 젖어 있었다고."

몸서리치며, 나는 손을 가슴에 가져다 댔다. 마치 내 흉곽이 심하게 부딪힌 것처럼, 가슴팍뿐만 아니라, 그 아래 뼛속까지 얼얼했다. 하지만 가슴은 다시 건강해진 것 같았다. 아주 오랫동안 그 어느 때보다 더 건강해진 것 같았다.

엑터는 노인을 자랑스럽다는 듯 바라보았다. 노인은 자기 입에서 아무렇게나 턱수염을 빼냈다.

"저분은 치유자라고 내가 말했잖아."

"네 말은, 저 사람이 그렇게 했다는 거니?"

엑터가 고개를 끄덕였다.

"저 사람이 네 스승이야?"

엑터는 어색한 미소를 띠며 나를 바라보았다.

"형이, 용기는 갓 태어난 산토끼 정도이고 지혜도 수탕나귀만큼도 없다고 말했던 바로 그 분이야."

나는 뜨끔했다. 다행히도 노인은, 아직도 자신의 턱수염에 집중해 있느라 엑터의 말을 듣지 못한 것 같았다. 나는 끙끙대며 팔꿈치로 몸을 지탱했다. 심장이 갈빗대 안에서 힘차게 뛰는 게 느껴졌다. 경탄보다는 감사의 마음을 보여주기 위해 최선을 다하며, 나는 노인을 똑바로 바라보았다.

"당신이 제 목숨을 구해주셨군요. 정말 고맙습니다."

노인은 무심코 코를 긁적였다.

"별거 아니네, 젊은이. 난 내 집 바닥에서 죽어가는 사람들 때문에 항상 힘이 든다네. 자네도 알겠지만, 그건 정말로 예의에 어긋나는 짓이지. 점잖지 못하기도 하고. 아무것도 아닐세! 그러니까…… 하지만 난 자네가 이해할 거라 확신하네. 정말이지 고약한 일이지. 그럼, 그럼!"

여전히 노인에 대해 확신이 없었지만, 나는 예의바르게 고개를 끄덕였다.

"아, 네, 이해해요."

"좋아, 대부분의 시간 내내 나 혼자 말하는 것보다는 훨씬 낫군."

256

노인이 기다란 코끝을 긁적이며 말했다. 노인은 쭈글쭈글한 두 손을 움켜잡고는 기대에 차 엑터를 바라보았다.

"자, 이제 그럼……."

노인의 얼굴에 또 한차례 혼돈의 물결이 살짝 스치고 지나갔다.

"어쨌거나, 이제, 이런 젠장! 이런, 그냥 나한테 말해, 제발. 한 가지만, 아주 중요한 것."

당혹스러운 표정이 사라지며, 대신 기대에 찬 표정이 나타났다.

"엑터, 열쇠는 어디 있지?"

엑터의 어깨가 축 늘어졌다. 만약 엑터가 바위의 갈라진 틈 사이로 살짝 숨을 수 있었다면, 엑터는 분명 그렇게 했을 거다. 엑터의 말은, 비록 그냥 속삭임에 불과했지만, 크게 소리치는 것 같았다.

"실패했어요, 스승님."

한참 동안, 노인은 꼼짝하지 않았다. 나는 처음에 노인이 이해하지 못했다고 생각했다. 하지만 이내 노인의 눈동자에 살짝 고인 눈물을 알아차렸다.

"그러니까, 네 말은……."

"열쇠를 못 가져왔어요."

내 배가 옥죄어왔다. 나는 가까스로 낑낑거리며 일어서, 두 사람 사이로 나아갔다.

"그건 저 아이 잘못이 아니에요. 만약 누군가 당신을 실망시켰다면, 그건 저 아이가 아니라 접니다."

노인이 나를 유심히 살펴보았다. 노인은 꼼짝하지 않았다. 뒤얽힌 눈썹을 그저 아주 천천히 치켜떴다.

노인의 눈빛이 무서워 나는 시선을 피했다.

"저 아이가…… 내게 말해주려 했는데, 제가 그 말을 좀 더 귀담아들 었어야 했어요."

노인은 주름진 손으로, 바닥을 톡톡 두드렸다. 어두컴컴한 방 안에 그 소리가 잠시 울려 퍼지다, 마침내 사라졌다.

"알겠네. 너무 안달하지 말게, 젊은이. 내가 살아오면서 좀 더 귀담아 들어야 했던 때가 너무 많았었지. 그러니 어찌 내가 자네를 탓하겠나."

노인이 마침내 말했다. 노인은 한숨을 내쉬었다.

노인의 기품 있는 말에 내 마음도 한 단계 더 고상해진 것 같았다. 하지만, 동시에, 노인의 얼굴에 새겨진 진정한 분노에 목이 메어왔다.

노인은 한 손으로 옷깃을 잡아당겼다. 확실하지는 않지만, 무척 우울 해 보였다.

"아, 귀담아듣는 것. 그 모든 기술 중에서도 가장 어렵지. 내 생각에, 그것보다 좀 더 힘든 일은 자신의 그림자를 길들이는 것 같아."

노인은 억지로 웃음을 지어 보였다.

나는 슬프게 고개를 끄덕이며 말했다.

"무슨 말씀을 하시는지 저도 잘 알아요."

노인은 몸을 꼿꼿이 세우고, 등을 쭉 폈다.

"어쨌거나, 자 이제, 우리 서로 소개하는 게 좋지 않을까?"

노인이 기묘한 표정으로 엑터를 바라보았다.

"우리 서로를 소개하기 전이지, 안 그러냐?"

"네, 스승님. 여기는 젊은 매라고 합니다."

엑터는 나를 향해 손을 흔들었다.

방 안 어딘가에서, 자그마한 새된 소리와 날갯짓 소리가 들려왔다. 하지만 노인은 알아차리지 못한 것 같았다. 노인은 그저 나를 지켜보았다.

희미한 빛이 노인의 얼굴과 헝클어진 턱수염을 가로질러 잔물결을 일으켰다.

"희한한 이름이로군. 다른 이름은 없나?"

나는 노인의 짙은 눈동자를 뚫어져라 바라보았다.

"많은 이들이 멀린이라고 불러요."

다시, 새된 소리가 울려 퍼졌다. 이번에는 훨씬 더 컸다. 노인은 동요하는 듯했다.

"아니, 젊은이. 난 자네의 이름을 원하네, 내 이름말고!"

나는 몸이 굳어졌다.

"그게 제 이름인데요."

"멀린이라고? 그럴 수는 없지. 아니, 상상도 할 수 없는 일이야."

노인이 몸을 바짝 기울이며, 앙상한 손가락을 바닥에 두드렸다.

엑터는, 찢어진 옷 아래에서 손을 내밀어 내 무릎에 얹으며 말했다.

"형이…… 정말로 멀린이야?"

당황해서, 나는 단호하게 말했다.

"물론이지! 왜 내 이름이 멀린이 아니어야 하는 거지? 왜 저 노인이 자기 이름이 멀린이라고 하는 거지?"

"멀린이니까. 물론이고말고. 정말이라고! 스승님은 형하고 이름이 같아. 왜냐하면 스승님은, 저의 훌륭한 스승님은, 정말로 형이니까."

갑자기 엑터의 얼굴이 횃불처럼 활활 타올랐다.

"나?"

나는 어리둥절한 채 물었다.

"형의 나이 든 모습이야."

나는 입을 쩍 벌렸다.

노인은 멍하니 나를 응시했다.

그러는 사이, 엑터는 우리 둘을 얼떨떨한 표정으로 바라보았다.

"모르겠어? 두 사람 다 멀린이야. 하지만 서로 다른 시간에서 왔지. 형한테 뭔가 이상한 게 있다는 걸 난 알았어, 젊은 매. 이상하게도 우리 스승님을 닮았다 했다니까! 형한테 말하지 않은 건 미안해. 내 진짜 이름도 말하지 않았어. 저분은, 그러니까, 나이 든 형은 나한테 말했어. 늪지대에서 만나는 누구도 믿지 말라고."

엑터가 씩 웃었다.

나는 현기증이 났다.

"그러니까, 네 이름이 엑터가 아니라는 거니?"

엑터는 곱슬머리를 손으로 쓸어 넘겼다.

"응, 아니야. 우리 아버지 이름이 엑터야. 소바주 숲(Forest Sauvage)의 엑터 경. 내 진짜 이름은…… 아서야."

처음 들어보는 이름이었지만, 왠지 내 안 저 깊숙한 곳에서 뭐라 형언할 수 없는 흥분이 일었다.

"그런데 왜 넌 저 사람을, 아니, 나를, 네 스승이라고 부르는 거지?"

"왜냐하면, 가정교사라든가 선생님이라는 말보다 그게 훨씬 듣기 좋으니까. 스승님은 나한테 온갖 것들을 가르쳐주었어. 그 중 일부는, 그러니까, 대단한 것들이었어. 정말 희한한 것도 있었거든."

아서는 당혹스럽다는 듯 미소 지었다.

"있잖아, 스승님은 심지어 나한테 말해주었어. 어느 날 검을 뽑는 법을 보여주겠다고. …… 음, 형은 절대 믿지 못하지?"

나는 깜짝 놀랐다. 마치 보이지 않는 과거의 손이 내 허벅지를 꽉 잡는 것 같았다.

"더 이상 말하지 마라."

노인의 엄격한 명령이 떨어졌다.

"저 젊은이는 자신의 미래에 대해 조금도 모른다. 앞으로 있을 그 모든 일을. 내 생각에, 그 점에 있어서는 저 젊은이도 너랑 비슷하구나."

노인은 생각에 잠겨 고개를 갸우뚱했다.

23

춤추는 빛

노인은 놀라울 정도로 민첩하게 자리에서 벌떡 일어났다. 동시에, 팔을 허공에 휘두르며, 손가락을 쫙 폈다. 그러자 허공에 옷자락이 펄럭거리며, 어두운 방 안에 쾅쾅 소리가 울려 퍼졌다. 마치 천둥이 내리치는 것 같았다. 제아무리 오랜 시간이 흐른다 해도, 저 사람이 정말 나일까? 나는 의심스러웠다.

그런데 크게 휘두르던 팔이 금세 멎었다. 노인의 손가락이 뭉친 턱수염에 걸렸기 때문이다. 하지만 노인은 손가락이 걸린 것에, 그리고 자신이 손가락을 빼내면서 수염을 더 엉키게 했다는 것에 전혀 신경 쓰지 않는 듯했다. 그런데도 노인의 얼굴에서 새로운 빛이 뿜어져 나왔다.

드디어, 턱수염에 엉겼던 손가락을 풀고 나서, 노인이 나를 내려다보았다.

"이제, 젊은이, 우리가 미래의 일에 대해 이야기하기 전에, 아니 과거의 일이었던가? 우리 식사나 하세. 진짜 식사 말일세, 그러겠는가? 어쨌거나, 실컷 먹을 일은 그리 자주 없으니까."

"네, 그래야지요! 그런데, 음……."

아서가 손뼉을 치며 소리쳤다. 그러고는 한 손을 내게 흔들어 보이며 말했다.

"형이 숲에서 나한테 준 거 있잖아, 그게 뭔지는 모르겠는데, 그걸 먹은 이후로 3일 동안 아무것도 먹지 못했어."

"그건, 네 또래의 사내아이에게는 마치 300년처럼 느껴질 게다. 그리고 그건, 내 나이의 남자에게는, 거의 아무것도 아니지. 아, 하지만 그건 인생에 대한 시각을 얻는 정말 멋진 방법이란다. 끊임없는 삶 말이야! 지칠 줄 모르는 삶이라고 말하는 게 더 나을 것 같군. 오직 화석만이 자네한테 더 많은 걸 말할 수 있을 거야. 사실, 화석이 말할 수 있다면 말이야."

노인은 앙상한 손가락 두 개를 탁 튕겼다.

"화석이라고요?"

"그렇다네, 젊은이. 자네는 수명이나 세기와 같은 용어가 아니라 지질 학적 용어로 생각하는 법을 배우게 될 걸세. 사실이라네! 기간은 너무나도 광활하지. 그래서 현재의 시기, 그러니까 신생대*조차도, 6500만 년 전에 시작했지."

당혹스러워하는 내 표정을 바라보며, 노인은 계속 말을 이었다.

"물론, 나도 동의하네. 시간에 대해 무기력하게 될 수 있다는 것을. 그리고 혼란스러울 수 있다는 것을. 특히 자네가 뒤로 거슬러가는 삶을 덧붙인다면 말일세."

나는 헉 소리가 절로 나왔다.

"뭐라고요?"

---

*중생대에 이어지는 가장 새로운 지질 시대. 약 6500만 년 전부터 현재까지의 시대를 이르며, 그 말기에 인류가 나타났다.

"나중에, 젊은이, 나중에. 우린 이제 좀 먹어야겠네. 하지만 먼저, 우리는 빛이 좀 필요해. 그럼, 그럼!"

노인은 턱수염이 덥수룩한 턱을 쓰다듬었다.

노인이 다시 한번 팔을 흔들었다. 이번에는 손가락이 턱수염에 걸리지 않았다. 이윽고 빛이 갑자기 밝아지며, 방 전체를 밝혔다. 이내 주변의 잡다한 물건들이 반짝였다.(그 물건의 상당수를 켜켜이 덮고 있는 먼지에도 불구하고 말이다.) 물건은 돌바닥, 가죽으로 제본한 책들이 수북이 쌓인 높다란 책꽂이, 화려하게 장식한 벽, 심지어 천장에도 붙어 있었다. 나는 그 중 일부를 즉각 알아차렸다. 말린 뿌리, 약초, 나무껍질을 매단 줄. 이것들은 백향목 잔가지로 묶여, 우리 머리 위에 대롱대롱 매달려 있었다. 어머니가 약초를 신선하게 보관하기 위해서 항상 그렇게 했던 것처럼 말이다. 하지만 다른 물건들은 뭔지 잘 모르겠다. 은으로 된 술잔이 하나 있었는데, 손잡이 두 개가 끊임없이 떨고 있는 것처럼 보였다. 나지막한 그릇에는 나선형의 빨간색 화살 두 개가 담겨 있었다. 그리고 우리 옆에 놓인 참나무 탁자 위에는 너덜너덜한 필사본이 하나 있었는데, 필사본의 페이지는 저절로 분주하게 넘어가고 있었다. 처음에는 눈에 띄지 않던 수많은 병과 단지에 뭔지 모를 형형색색의 기이한 화학 물질이 부글부글 끓고 있었다.

불현듯, 내 관심은 방 안의 물건으로부터 방 그 자체로 옮겨갔다. 벽, 천장, 구석진 곳, 모두 강력하게 고동치는 빛으로 빛났다. 위엄에 눌려, 나는 벌떡 일어섰다. 그러다가 바닥에 놓인 내 지팡이에 걸려 넘어질 뻔했다. 천천히, 나는 가장 가까운 벽으로 다가갔다. 비비 꼬인 파란색 뱀과 은녹색 잎사귀로 장식된, 비단처럼 부드러운 휘장을 밀쳐낼 때, 심장이 두근두근 방망이질쳤다. 왜냐하면 휘장 뒤에서 반짝이는 게 무엇인지 이미 짐작하고도 남았으니까.

수정. 수천수만 개의 수정. 밸리맥의 지하 집에 있던 수정과는 완전히 달랐다. 이 수정은 엄청나게 다양한 모양으로 자리를 잡고 있었다. 색, 모양, 크기에서 내가 한 번도 본 적이 없는 것이었다. 나는 손가락으로 그 표면을 살짝 만져봤다. 어떤 수정은 날카롭게 모가 나서 따끔거리기도 했다. 어떤 수정은 부드럽게 아치 모양을 이루었는데, 고드름처럼 매끄러웠다. 수정은 제각각의 색으로 빛을 냈다. 때로는 동시에 여러 색으로 빛나기도 했다. 모두가 반짝이며 끊임없이 빛을 뿜었다. 벽 자체가 빛과 움직임으로 춤을 추었다. 무지개처럼 밝게, 폭포처럼 변화무쌍하게…….

수정은 항상 나를 감동시켜, 내 안에서 빛을 환하게 불타게 했다. 하지만 이곳의 빛나는 수정은 내가 상상하던 것 그 이상이었다. 수정이 나를 둘러쌌다. 너무 깊고, 너무 풍부하고, 영원한 가치가 있었다. 수정은 그 자체의 신비와 빛으로 축복받았다.

"자 이제, 맘에 드는가?"

노인이 나를 보며 말했다.

노인은 방의 가장 가까운 벽 옆에 서 있었다. 흐르는 듯한 머리카락과 턱수염이 수정만큼이나 환하게 빛났다. 노인은 내 것과 무척 흡사했지만 훨씬 더 울퉁불퉁하고 상처가 많은 지팡이에 기대 있었다. 놀랍게도, 나는 그게 내 지팡이라는 사실을 깨달았다. 룬 문자와 상징 여러 개가 더 있었다. 그리고 이빨 자국처럼 보이는 것도 있었다. 하지만, 새로운 표식 아래, 내가 고군분투하며 얻어낸 지혜의 일곱 상징을 나는 확실히 알아볼 수 있었다.

"어때, 맘에 드는가? 어쩌면 약간 뒤섞여 있을지도 모르겠네. 하지만

265

아주 성가신 것은 아니라네."

　노인이 손을 흔들며 반복해 말했다.

　"정말 대단해요. 그 무엇과도 비교할 수 없을 것 같아요."

　내가 살짝 웃으며 말했다.

　노인이 살짝 고개를 끄덕이더니, 짙푸른 망토의 주름을 확 펼쳤다. 망토에 수놓인 별이 반짝였다. 그런데 더 인상적인 것은 노인 뒤에 있는 커다랗고 어두운 형체의 움직임이었다. 노인의 그림자. 그림자는 반대편 벽을 가로질러 위엄 있게 움직였는데, 거의 천장까지 솟아올랐다. 더욱더 놀랍게도, 그림자가 무척이나 순종적인 것처럼 보였다. 그림자는 노인과 정확히 똑같이 고개를 끄덕였다.

　마법사와 똑같이. 그 점에서, 노인은 진정한 마법사라는 걸 나는 이제 깨달았다. 그리고 나도 언젠가 진정한 마법사가 될 수 있다는 걸 깨달았다. 나는 내 그림자를 흘끗 바라보았다. 노인의 그림자보다 훨씬 작았다. 애석하게도, 내 그림자는 자기 손을 내게 흔들며 흉내를 냈다. 내 두 눈은 복수심으로 일그러졌다. 하지만 난 더 이상 할 수 있는 게 없었다. 나의 날이 오기를 기다려야 할 뿐, 여전히. 그 기다림이 아무리 오래 걸려도 언젠가 보상을 받았으면 좋겠다.

　"자, 식사부터 하지."

　마법사가 선언했다.

　아서가 힘차게 고개를 끄덕이자, 노인은 두 손바닥을 비비며 뭔가 비밀의 주문을 속삭였다. 잠시 뒤, 소나무 탁자 하나가 바닥 한가운데에 나타났다. 모든 게 둥글었다. 탁자 옆에는 반짝반짝 빛나는 등받이 없는 의자 세 개가 놓여 있었다. 노인은 새로 생긴 자신의 가구를 만족스럽게 바라보며, 다시 손바닥을 비볐다. 종 모양의 파란색 꽃다발이 탁자 한쪽에 나타났다. 맞은편으로 먹음직한 황금빛 사과 바구니가 나타났다. 노인이 계속 손을 움직이자 수많은 향이 갑자기 쏟아져 나왔다. 구운 닭, 얇게 저민 고기로 만든 파이, 버터 바른 송어, 김이 모락모락 나는 뜨거운 빵, 심지어 어린 시절 내가 좋아하던 브레드 푸딩 냄새도 났다. 그런데 냄새는 났지만, 눈에 보이지는 않았다. 냄새만 도착했기 때문이다.

"이런 젠장!"

미래의 나이 든 나는 실망감에 빠져 투덜거리며 두 손을 다시 움직였다. 이번에는 아주 강하게 움직였기에, 어깨가 들썩이고 뺨이 시뻘겋게 달아올랐다. 아무런 효과가 없는 걸 보고, 노인은 동작을 멈추었다. 그러고는 헉헉거리며 고함쳤다.

"가끔은 나도 궁금해. 왜 내가 전통적인 방식으로 요리하지 않는지 말이야."

아서는 배가 몹시 고픈 듯, 얼굴을 찡그렸다.

"스승님은 요리할줄 몰라요. 그래서 그런 거죠."

"어…… 그래, 제대로 짚었구나. 어쨌거나 나는 전통하고 잘 맞은 적이 한 번도 없었지."

노인이 고개를 가로저었다. 노인의 눈썹이 한데 모였다. 노인은 탁자를 노려보며, 몇 마디 중얼거리고는 손을 다시 움직였다.

이번에는 음식이 소나무 탁자 위에 떡하니 나타났다. 내가 냄새만 맡았던 그 모든 음식들이 모습을 드러냈다. 그밖에 몇 가지 더 있었다. 물과 와인이 담긴 기다란 병 여러 개.(게다가 짙고, 거품이 이는 술도 담겨 있었는데, 그런 걸 어떻게 삼킬까 도저히 상상이 안 갔다.) 나무 접시에는 김이 모락모락 나는 뜨거운 빵 조각이 몇 개 있었다. 모두 슬란토스 스타일로

구운 것이었다. 나는 맨 처음 암브로시아* 빵에 손을 가져다 댔다. 견과 케이크와 채소 수프 그릇, 꿀 바른 밤과 크림 바른 딸기, 으깬 비트와 딜로 싼 치즈, 구운 순무와 다양한 채소. 모두 탁자에 쌓였다. 즉각, 아서와 나는 의자로 달려들어 우리의 만찬을 즐겼다.

노인은 잠시 우리를 흐뭇하게 바라보고는, 의자를 끌어당겼다. 그리고는 거품이 이는 액체가 담긴 병에 손을 뻗어 머그에 따라, 놀랍게도 꿀꺽꿀꺽 들이켰다. 머그를 내려놓는 노인의 시선이 나와 마주쳤다. 너그러운 표정으로, 내게도 마시라고 권했다.

"아니에요. 음, 저한테 맞지 않는 것 같아 보여요."

나는 뺨에 묻은 고기 국물을 닦아내며 대답했다.

노인은 주저 없이 또 한 모금 마셨다. 머그를 기울이자, 거품이 수염에 묻어났다.

"아, 정말인가, 젊은이? 난 이걸 무척이나 좋아한다네."

나는 고개를 저었다.

"네. 그래도 나머지 음식들은 정말 대단하네요."

"내 생각에, 그건 후천적으로 얻은 입맛이네. 설명할 수 없는 현상 중하나지. 몇 세기 동안 익숙해지는 것, 그뿐이라네."

노인은 머그를 내려놓았다. 그러다 하마터면 비트 접시를 쓰러트릴 뻔했다.

아서는 치즈를 씹으며 한 손에 닭다리를, 다른 손에는 커다란 당근을 든 채, 고개를 끄덕였다.

"지금껏 최고의 성찬이에요, 스승님. 저, 그것 좀 주실 수 있으세요?

---

*그리스 신화에서 신들의 음식으로 묘사되는데, 꿀·물·과일·치즈·올리브유·보리 등으로 만들어진다.

저기, 그거 뭐라고 부르지요? 차가운 크림?"

아서는 고개를 부탁하듯 기울였다.

노인이 환하게 웃었다.

"아, 아이스크림을 말하는구나. 헬리콥터 다음으로, 20세기의 가장 놀라운 발명품이지."

노인은 골똘히 사려 깊게 생각에 빠져 귀를 매만졌다.

"그렇더라도, 헬리콥터는 여전히 벌새와 비교가 안 돼! 자네는 벌새의 자그마한 날개가 일초에 50번 이상 날갯짓한다는 걸 아는가? 그리고 내 손바닥보다도 작은 멧비둘기는 해마다 거의 만 천 킬로미터 이상을 이동할 수 있다는 사실도 알고 있나?"

"어…… 아니요."

나는 솔직하게 대답했다. 노인이 무슨 이야기를 하는지 도통 감이 잡히지 않았다.

"음 그렇다면, 아이스크림은 어떤가?"

노인이 힘주어 말했다. 노인이 눈을 깜빡거리자, 나무 그릇 세 개가 나타났다. 갈색 푸딩 같은 부드러운 음식이 그릇에 담겨 있고, 그 위에는 소스가 얹어 있었다. 우리 것은 밝은 갈색, 그리고 노인 것은 황금빛 노란색이었다. 아서는 닭다리를 내려놓고 곧장 그릇으로 달려들더니, 그 그릇을 들어 올렸다. 조심스럽게, 나는 내 것을 먼저 손가락으로 만져봤다. 너무 차가웠다! 음식이라기보다는 눈처럼 보였다. 나는 손을 빼내고는, 머뭇거리며 얼굴을 찌푸렸다.

"커피 향이란다. 자네 것에는 벌집을 얹었지. 그리고 내 것에는 아르메니아 코냑을 한 방울 떨어트렸고."

노인이 숟가락 한 가득 입에 밀어 넣고는 환하게 미소 지었다.

"아르메니아 뭐요? 뭐라고 말씀하신 건가요?"

"코냑, 젊은이, 천 년 뒤에 발견하게 될 걸세. 그리고 내 말 믿게나, 그건 기다릴 가치가 분명 있어. 하루 종일 힘들게 버스를 타고 포도밭으로 갈 만한 가치도 충분하고."

나는 이마를 찌푸렸다.

"버스를 탄다고요?"

노인이 대답하기도 전에, 아서가 자기 그릇을 내려놓았다. 벌집 소스가 턱, 뺨, 코에 묻어 있었다. 아서는 늪지대에서 내게 접근했던, 그 겁을 집어먹던 소년의 모습보다 훨씬 더 차분해 보였다.

"이럴 수가! 내가 어떻게 그걸 잊을 수 있지? 풍악도 없이 식사를 할 수는 없지, 그럼, 그럼!"

노인이 소리쳤다.

노인은 자그마한 침대인지 둥지인지, 그 위쪽 벽에 매달려 있는 우아한 하프 하나를 가리켰다. 솜털 같은 깃털로 짠 하프가 곧장 벽 위로 올라가더니, 빛나는 줄을 드러냈다. 통나무 울림통은 물푸레나무 밴드로 장식되어 있었다. 심장 모양의 틀은 살아 있는 덩굴로 만들어, 각각 단단하게 묶여 있었다. 덩굴에 붙은 싱싱한 초록색 가느다란 잎사귀들이 하프의 끝자락에 축 늘어져 있었다. 마법사가 손가락으로 툭 치자, 잎사귀가 아래로 오므라들었다. 그리고 줄이 움직이기 시작했다. 부드러우며 바람에 날리는 듯한 멜로디가 유유히 흘렀다. 멜로디는 물을 튕기며 흐르는 시냇물처럼 감미롭게, 수정 동굴을 가득 채웠다.

잠시, 나는 줄을 튕기는 잎사귀들을 바라보았다. 그러고는 탁자 맞은편에 앉아 있는 노인으로 시선을 돌렸다.

"저 하프를 직접 만드셨군요. 그렇지요?"

"그렇다네. 하지만 오로지 훨씬 더 위대한 힘이 음악을 만들어낼 수 있지."

노인이 생각에 잠긴 듯 대답했다.

바로 그때 푸드덕거리는 날개가 우리에게 내려왔다. 오동통한 흰 거위 한마리가 탁자 끝자락에 내려앉았다. 구운 닭에서 그리 멀지 않은 곳이었다. 거위는 목을 구부려 마법사를 마주보았다. 누런색 눈동자로 마법사를 노려보았다. 거위는 한 번 꽥 소리치고는 코맹맹이 소리로 한마디 내뱉었다.

"역겨워."

순간, 나는 그릇을 떨어트렸다.

"거위가 말을 해요?"

노인은 눈썹을 치켜떴다.

"당연하지."

노인은 소스를 떨어트리지 않으려, 조심조심 아이스크림을 한 스푼 뜨면서 거위한테 말했다.

"자, 메리(Mary), 네가 저걸 직접 먹을 필요는 없어."

흰 날개가 사납게 퍼덕거리며, 바닥에 리크*를 떨어트렸다.

"메리곤스(Marigaunce)라고 불러줘. 낯선 자가 와 있네."

"알았어, 메리곤스. 내가 그 이름을 직접 지어주었지? 하지만, 음유시인을 비롯한 몇몇 사람들이 말했듯이, 이름 안에는 뭔가가 있어, 그럼, 그럼! 게다가, 낯선 자가 아니라 손님이야. 어린 아서는 이미 잘 알 테고. 그리고 이 잘생긴 젊은이는, 사실, 젊은 시절의 나란다."

---

*백합과의 파 비슷한 식물.

271

거위는 나를 향해 고개를 휙 돌리며, 목을 길게 쭉 내밀었다.

"음, 잘생겼다고는 말할 수 없겠는걸. 난 그저 네가 저기 있는 저 늙은 얼간이보다는 덜 멍청했으면 좋겠어."

거위가 중얼거렸다. 거위가 나를 곁눈질로 흘끔거렸다.

당황스러워, 나는 빈말이나마 마음에 없는 인사말을 건네야 할까 생각했다. 하지만 마법사가 먼저 말을 했다.

"저 거위 말은 신경 쓰지 말게, 젊은이. 내 마지막 올빼미가, 아마 19번째 올빼미였지, 그 새가 결국 기나긴 여정을 통해 다그다에 합류했을 때, 나는 다시는 새를 갖지 않겠노라고 맹세했다네. 새들은 수 세기 동안 나와 한 지붕에서 살았지. 그리고 곰곰 생각해보니, 내 모자 밑에도 살았어. 하지만 그만하면 됐어. 머리카락 안에, 수프 안에, …… 온통 똥천지였거든. 아 글쎄, 자네도 이해하겠군. 그러고는 메리가 왔지. 갓 태어났을 때였어. 게다가 거의 굶주려 있었지. 버르장머리는 눈곱만큼도 없었지만, 너무 가여웠어."

"흥! 내가 당신을 가여워했지. 입은 비뚤어졌어도 말은 바로 하라고."

거위가 쏘아붙였다.

노인은 부리처럼 생긴 코끝을 긁으며, 곰곰 생각에 잠겼다.

"나는 궁금했다네, 젊은이, 자네가 과연 이곳에 올지……."

"뭐라고요?"

"나의, 아니 자네 것인가? 아니, 아니…… 우리의 수정 동굴을 자세히 봐주지 않겠나?"

나는 노인에게 방긋 웃어 보였다.

"네, 그러죠."

"좋아 그럼. 함께 좀 둘러보지 않겠나?"

노인은 내 어깨에 팔을 둘렀다.

우리는 함께 여러 가지 색상과 모양, 그리고 다양한 두께의 책이 꽂혀 있는 높다란 책장으로 성큼성큼 걸어갔다. 가까이 다가갈수록, 케케묵은 가죽 냄새가 점점 짙어졌다.(하프 줄의 소리 또한 커져갔다. 잎사귀가 감싼 악기가 책꽂이 옆에 매달려 있었기 때문이다.) 손가락 끝으로, 먼 훗날의 나는 책 표지를 만지작거리며, 오래된 친구처럼 책들을 반갑게 맞았다.

나는 책꽂이 위에 놓인 책의 다양한 종류와 엄청난 양에 입을 쩍 벌리고 서 있었다. 전에 봤던 그 어떤 것보다 서너 배나 큰 책장이 벽의 상당 부분을 차지하고 있었다. 책꽂이와 그 위에 놓인 책은, 나무의 갈라진 틈 사이로 새어 나오는 수정 빛을 받아 빛나고 있었다. 가까이 다가가며, 나는 책이 주제별로 분류되어 있지 않다는 걸 알 수 있었다. 책은 뚜렷한 순서 없이 책꽂이에 아무렇게나 꽂혀 있었다. 식물학 책이 아리스토텔레스의 논문 옆에 놓여 있었다. 갠지스 강이라고 불리는 곳의 화보집 역사책이 『천체 물리학 : 장기적 전망』이라는 제목의 책 두 권 사이에 놓여 있었다. 바다 여행, 희귀 새, 구름의 모양, 레오나르도 다빈치라는 이름의 남자에 관한 책도 있었다. 치유의 약초. 그리고 『버드나무에 부는 바람(The Wind in the Willows)』이라는 책도 있었다. 그것은 분명 강바닥을 따라가는 날씨 유형에 대한 책일 것 같았다. 내가 이해할 수 없는 언어로 제목이 적힌 책들도 무척 많았다. 그 책들은, 그 언어가 익숙하다 할지라도, 내가 이해할 수 없을 것 같다는 느낌이 들었다.

그럼에도…… 노인은 분명 그 책들을 이해하는 것 같았다. 옆에서 책꽂이를 감상하고 있는 흰 수염의 노인을 보면서, 나는 살며시 전율이 일었다. 나도 언젠가 정말로 많은 걸 알게 되겠지?

"어떻게 저 책이 전부 다 어디에 있는지 찾아내세요?"

노인은 한 손으로 턱수염을 매만지며 내게 돌아섰다.

"저 책들이 어디에 있는지 아는 건 어렵지 않다네, 젊은이. 모든 책을, 모든 주제를 계속 추적하면 되는 거라네. 그건 전혀 어렵지 않아."

"하지만 당신은 책이 이렇게나 많이 있잖아요. 게다가 모두 뒤죽박죽이고요."

나는 그 엄청난 책을 향해 손을 흔들어 보이며 채근했다.

노인의 입가에 미소가 살포시 피어올랐다.

"그건 왜냐하면, 젊은이, 우주 그 자체가 모두 제멋대로 뒤죽박죽이기 때문이지. 지식의 영역에서 유일하게 구분할 수 있는 건 우주 그 자체가 아니라 우리가 만든 거라네. 물리학, 시, 생물학, 철학, 그것들은 모두 같은 수정의 단면이라네. 그러니까, 다른 시대에는, 원자 속의 입자에 대해 자신들이 제기한 동일한 질문을 은하계의 시초에도 적용할 수 있다는 사실을 과학자들이 깨닫게 될 거야! 많은 사람들이 놀랄 거라고, 그럼, 그럼!"

나의 당황하는 모습을 보고, 노인은 내게 몸을 기울이며 말했다.

"걱정 말게, 젊은이. 그것이 진짜 사물의 방식이라네. 우주는 언제나 우리를 놀라게 하지. 우리가 스스로 아무리 똑똑하다고 생각하더라도 말일세. 그것이 우주의 본성이야. 마치 인간의 본성이 그것을 이해하려고 끊임없이 노력하는 것처럼 말이야."

나는 이마를 찌푸렸다. 노인의 말을 어떻게 받아들여야 할지 몰랐다.

"그러니까 우리는 진정으로 우주를 이해할 수 없다는 말씀인가요?"

노인의 미소가 커졌다.

"완전히 이해하지는 못하지."

"그렇다면 우리는 뭘 할 수 있나요?"

"우주의 경이로움을 느낄 수는 있지. 자네가 아무리 나이가 들더라도, 젊은이, 경탄해 마지않는 외경심을 절대 잃지 말게나."

우리를 둘러싼 빛보다 훨씬 더 환한 빛이 노인의 눈동자 안에서 반짝였다.

노인은 근처 책꽂이 끝자락에 놓여 있는 얇은 금속관에 불쑥 손을 뻗었다.

"여기, 경탄해 마지않는 마음이 약해질 때마다, 나는 이렇게 한다네."

나는 금속관을 두 손 안에 놓고 빙그르르 돌려보았다.

"제가 뭘 하면 되나요?"

"이런, 물론 그 속을 들여다봐야지 않겠나. 자네 얼굴이 이쪽을 향하게 하고."

노인이 한쪽을 두드렸다.

주저하며, 나는 내 투시력으로 금속관을 훑었다. 깜짝 놀라, 나는 뒤로 펄쩍 물러났다. 그 바람에 책꽂이에 쿵 부딪치고, 금속관이 쨍그랑 돌바닥에 떨어지고 말았다.

"커다란 거위! 저기 보이는 건……."

"메리, 그래 그거야."

거위는, 아서가 계속 먹고 있는 진수성찬 탁자에서 나를 노려보며, 큰 소리로 꽥꽥거렸다.

마법사가 몸을 굽혀, 금속관을 주워 올렸다. 뼈마디에서 우지끈 소리가 났다.

"이건 망원경이라는 거네. 멀리 있는 걸 훨씬 가까이 데려다주지. 하지만 자네가 정말로 가져오고 싶어 하는 건 가져올 수 없어."

마법사의 얼굴에 살짝 그늘이 드리웠다.

나는 마법사를 지켜보았다. 마법사는 두 팔을 쭉 뻗었다. 내가 모든 핀카이라 사람들의 짐이라고 할 수 있는 어깻죽지 사이의 알 수 없는 고통을 덜기 위해서 하는 것처럼. 잠시 뒤, 나는 과감하게 질문했다.

"우리 조상들이 아주 오래전에 자신의 날개를 잃어버렸다는 이유만으로, 우리는 항상 이 고통을 느껴야만 하나요? 우리가 날개를 되찾을 수 있는 방법을 찾아야 하지 않을까요?"

마치 내 말을 못 들은 것처럼, 노인은 동굴 깊숙이 걸어 들어갔다.

노인을 따라가보니, 노인은 부드럽게 굽은 연보라색 수정에 매달린 식물 상자 하나를 곰곰 살펴보고 있었다. 즉각, 나는 그 안에 든 식물을 알아차렸다. 거머리말, 할리아의 종족에게 가장 귀중한 풀. 진녹색 새싹을 보고 있자니, 내 혀에 닿은 거친 조직이 느껴지는 듯했다. 그리고 할리아의 오빠, 에르먼이 사슴 종족이 그 풀을 얼마나 다양한 목적으로 사용하는지 설명해주던 목소리가 들리는 듯했다. 거머리말은 바구니와 커튼을 짜는 실로 사용된다. 개암 오일에 적셔, 겨울을 나기 위한 불쏘시개로 사용된다. 그리고 서로 얽힌 수많은 세상과 사슴 종족의 연결의 상징으로도 사용된다. 그리고 새로 태어난 아이가 처음 덮는 담요로, 세상을 떠난 친구의 장례용 망토로……. 할리아가 생명이 꺼진 에르먼의 몸에 거머리말로 엮은 싱싱한 녹색 장례용 망토를 덮어주던 모습을 지켜보던 때를 떠올리자, 내 입이 바짝 말랐다.

불현듯, 나는 자그마하고 가느다란 것이 풀 한가운데 누워 있는 걸 알아차렸다. 그것은 머리카락 묶음이었다. 연보라색 수정빛 속에서도 고동색 머리카락은 또렷하게 빛났다.

"저건…… 저건 할리아 머리카락 아닌가요?"

276

내가 말했다. 목구멍이 막히는 듯했다.

"그렇다네."

노인이 생각에 잠긴 목소리로 대답했다.

나는 노인을 돌아보며 얼굴을 살폈다.

"할리아에게 무슨 일이 있는 거죠?"

노인은 아무 대답이 없었다.

"제발요, 잃어버린 날개에 대해 저한테 말해주지 않아도 돼요. 아니, 제가 두 눈으로 다시 볼 수 있는지 말해주지 않아도 돼요. 제가 당신에게 물어보는 어떤 것도 말해주지 않아도 돼요! 하지만 이것만은 꼭 말해주세요. 할리아에게, 우리한테 뭔가 나쁜 일이 일어난 건가요?"

나는 간청했다.

노인은 나를 쳐다보지 않고, 머리카락 묶음만 바라보았다. 우리 뒤, 하프의 리듬이 서서히 느려졌다. 그러면서 멜로디는 전보다 좀 더 우울해졌다.

"꼭 그런 건 아니라네."

노인이 마침내 말했다. 천천히, 노인은 나를 바라보았다.

"내가 더 이상 말하면, 그건, 음, 자네에게, 또한 할리아에게 상황을 어지럽힐 뿐이야. 그저 모든 순간을 음미하는 게 좋다네."

"순간이라고요?"

나는 쉰 목소리로 물었다.

"모든 삶은 그저 순간의 흐름일 뿐이야, 젊은이. 순간은 각각 그 자체의 선택, 자체의 불가사의, 자체의 신비를 품고 있다네. 그리고 자체적인 위험을 지니고 있다는 게 나는 두려워. 하지만 때로는 한순간에 저주로 보이는 것이 결과적으로 축복으로 바뀔 수 있다는 걸 나는 배웠다네."

나는 거머리말 줄기를 가볍게 만져봤다.

"그 반대는요?"

노인이 고개를 끄덕였다.

"그 반대도. 그리고 그 순간이 지나갈 때까지 우리는 그걸 절대 알 수 없어."

노인은 튼튼하고 커다란 양날 도끼에 손을 뻗어, 돌바닥에서 살짝 들어 올렸다. 이내 도끼는 쿵 소리를 내며 바닥에 떨어졌다.

"이 끔찍한 무기를 예로 들어볼까? 정말이지 죽음의 도구처럼 보이지, 안 그런가?"

"물론이에요. 전투용 도끼처럼 보이는데요."

내가 대답했다.

노인의 눈썹이 떠오르는 구름처럼 올라갔다.

"음 그렇다면, 이 전투용 도끼가 자네 목숨을 구했다는 걸, 아니 구할 거라는 걸 자네가 안다면 정말 흥미로울 걸세. 논의의 여지가 없지! 생각해보니, 내 목숨도 구한 거지. 정말이지 예상치 못한 방식으로 말이야."

내가 좀 더 자세히 말해달라고 부탁하기도 전에, 노인은 손가락으로 내 검의 은빛 손잡이를 매만졌다.

"이 검이 저기 있는 저 젊은 아서의 목숨을 구하게 될 것처럼 말이야. 그것도 여러 번."

나는 어깨 너머로 흘끔 아서를 바라보았다. 아서는 남은 수프를 마저 비우며, 견과 케이크 덩어리를 뜯어먹고 있었다.

"내 뼈 깊숙이, 저 아이가 그 아이라는 걸 저는 알아차렸어요."

"바로 그 아이라네. 그리고 자네는 저 아이를 이끌게 될 걸세. 자네가 할 수 있는 한 최선을 다해서. 저 아이가 전설적인 성배를 찾는 것이든, 또는 자신의 진정한 자아를 찾는 것이든……. 성배는 흰 늑대 일곱 마리의 눈 속을 들여다보는 것처럼 경이롭지."

노인은 내 어깨를 가볍게 토닥였다.

그 말을 들으니 목이 말랐다. 나는 침을 꿀꺽 넘기며 물었다.

"저 아이가 성배를 찾나요?"

"아니. 하지만 그럼에도 불구하고 그것을 찾으려는 의도는 성공했지."

노인이 대답했다.

"그건 말이 안 되잖아요?"

노인은 턱수염에 손가락을 밀어 넣었다.

"아, 하지만 말이 된다네. 사실이야. 고귀한 아이디어에 고무되어, 정의와 법에 대한 완전히 새로운 개념의 도래를 알리려는 저 아이의 훨씬 더 위대한 시도처럼, 그것은 저 아이의 시대에는 실패할 운명이지. 왜냐하면 노력은 덧없지만 그럼에도 불구하고 살아 있는 승리를 낳기 때문일세. 비극보다 오래 가는 승리 말일세."

노인은 슬픔과 애정이 뒤섞인 표정으로, 아서를 내려다보았다. 아서는 견과 케이크를 입 안에 더 집어넣고 있었다.

"그래서 다가올 시대에, 저 아이는 그래머리의 왕 중 가장 위대한 왕이라고 불릴 걸세, '과거와 미래의 왕'(King Once and Future)이라고 말일세."

나는 고개를 가로저었다.

"어떻게 아서가 실패하지만 결국에는 승리할 수 있다는 거죠?"

"나는 저 아이가 승리할 거라고 말하지 않았네, 젊은이. 그럴지도 모른다고 했지. 자네와 내가 그럴지도 모르는 것처럼."

수정 벽의 빛에 비쳐, 노인의 눈이 빛났다.

심장이 덜컥 내려앉았다. 나는 거기 조용히 서 있었다. 더 많은 걸 알고 싶었지만 감히 엄두가 나지 않았다.

노인은 천천히 느릿느릿 숨을 쉬었다.

"자네도 알겠지만, 나는 젊은 아서를 늪지로 보냈네. 이유는 단순해. 그것이 나를, 자네를, 우리를 구할 수 있는 유일한 방법, 유일한 희망이었으니까."

24

멀린의 섬

노인은, 그러니까 먼 훗날의 나는, 옷소매로 이마를 쓱 문질렀다. 그러고는 차분하게 고백했다.

"이건 설명이 좀 필요할지도 모르겠네. 우리 자리에 앉을까?"

대답을 기다리지도 않고, 노인은 손가락을 기이하게 움직였다. 즉각, 우리 뒤의 바닥이 일어나더니, 동굴 바닥으로 돌 조각이 흩날렸다. 나는 옆으로 펄쩍 뛰었지만, 노인은 꿈쩍도 하지 않았다. 돌아보니, 다 자란 너도밤나무 한 그루가 바닥에서 불쑥 솟아나왔다. 나뭇가지는 이쪽 벽에서 저쪽 벽까지 둥글게 지붕을 그리며, 양쪽 벽의 수정에 닿았다.

놀라움에, 나는 나무를 뚫어져라 바라보았다. 튼튼한 나무뿌리는 이제 깨진 돌을 꽉 움켜쥐고 있었다. 전에 내가 알던 나무들과 달리, 그 나무둥치는 뿌리에서 바짝 솟아나, 곧장 옆으로 크게 휘었다. 이윽고, 수평으로 조금 떨어진 곳에, 나무둥치가 다시 위로 솟아, 이파리가 주렁주렁 달린 나뭇가지를 천장으로 쭉 뻗었다. 한숨을 푹 내쉬며, 노인은 평편한 곳에 걸터앉아, 나뭇가지 한 쌍에 몸을 기댔다. 노인의 발이 바닥 위에서 살짝 흔들렸다.

"아, 난 언제나 나무에 앉는 걸 좋아했지."

노인이 생각에 잠긴 듯했다.

"저도 그래요. 그래도 집 안에서는 보통 안 그랬어요."

내가 대답했다.

내 말을 무시한 채, 노인은 부드러운 회색 나무껍질에 손을 올렸다.

"그리고 너도밤나무는, 왠지 항상 내 마음을 평안하게 해준다네. 요즘에는 마음의 평안이 더욱더 절실해."

노인의 목소리는 살짝 잦아들었다. 계속해서 방 안을 가득 채우고 있던 하프 소리도 낮아졌다.

"말씀해주세요. 당신에게, 아니 우리에게 무슨 일이 있었나요?"

나는 가까이 다가가며 물었다.

"때가 되면, 젊은이. 하지만 먼저 자리에 앉게나. 그런데 이 의자에 두 명이 앉기에는 정말이지 좁군. 바닥 공간에 문제가 좀 있어, 그럼, 그럼! 아, 여기 해결책이 있군!"

노인의 이마에 주름이 잡혔다. 노인은 아서 옆의 빈 의자들을 가리켰다. 아서는 닭다리 하나를 게걸스럽게 먹고 있었다. 앞에 놓인 음식 말고는 관심이 없는 듯했다.

"저 의자 하나 가져오겠나?"

내가 막 움직이려 하자, 놀랍게도, 뭔가가 그 의자를 냉큼 가지러 샀다. 그건 바로 노인의 그림자였다! 나무 그 자체만큼이나 크고 넓적한 모습이 수정 동굴의 벽을 가로질러 바닥으로 내려가, 음식이 차려 있는 탁자로 스르르 미끄러져갔다. 아무런 소리도 없이, 그림자는 의자를 들어 올려, 허공으로 날아 그걸 내 옆에 내려놓았다. 수줍어 우물쭈물하는 내 그림자 바로 위에 말이다. 그 모습을 보니, 왠지 통쾌했다.

거대한 그림자가 자기 자리로 돌아가, 주인 옆 나뭇가지에 자리를 잡자, 노인은 승낙의 고개를 끄덕였다.

"고맙네, 오랜 친구."

오랜 친구.

나는 생각했다. 내 미래에서 이 부분은 분명 달라지겠지! 그리고 여전히…… 의자에서 벗어나려 버둥거리는 내 자그마한 그림자를 흘끗 내려다보았다. 문득 궁금했다. 가능할까? 가능하지 않다고 확실하게 느꼈지만, 나는 의자를 잡고 한쪽으로 밀었다. 의자가 더 이상 내 그림자를 누르지 못할 정도로 충분히 멀리. 예상대로, 나는 감사의 인사를 전혀 받지 못했다. 뻔뻔스러운 발길질만 돌아올 뿐이었다.

노인이 나를 지켜보고 있다는 걸 알았다.

"어떻게 당신 그림자가 저렇게 얌전하게 굴도록 하신 거지요? 저도 제 그림자를 당신 그림자처럼 바꾸고 싶네요."

내가 물었다.

노인이 고개를 가로젓자, 물결처럼 흐르는 듯한 흰 머리카락이 수정 불빛에서 희미하게 어른거렸다.

"그건 자네의 나뉘어질 수 없는 일부라네, 젊은이. 밤이 하루의 일부분인 것처럼 말일세."

"저 그림자가 제 일부분이 아니었으면 좋겠어요."

나는 투덜거리며 의자에 앉았다.

"이제 말해주세요. 왜 아서를 늪지대로 보내셨죠? 아서의 설명에 의하면, 당신은 감옥에 갇혀 있다고 했어요. 곧 죽을 거라고요! 하지만 당신은 여기, 당신의 수정 동굴 안에 있잖아요."

노인은 침울하게, 나를 눈여겨보았다.

"아서의 설명은 모두 진실이라네. 반박할 수 없는 진실이지."

"하지만 이곳은, 경이로움으로 가득 차……."

"또한 내 감옥이기도 하다네."

노인이 단호하게 말했다. 그러더니 부드러운 나무둥치로 손을 미끄러트리며, 숨을 깊이 들이쉬었다.

"여자 마법사 니뮤에. 니뮤에가 나를 유혹해서, 나를 속여서, 내 가장 강력한 주문을 알아냈네. 그러고는, 이 방의 힘을 사용해 자신의 힘을 키웠어. 니뮤에는 그 주문을 내게 외워, 나를 이곳에 영원히 봉인해 버렸지."

마지막 말이 나를 돌처럼 내리눌렀다.

"그러니까, 당신은 완전히 갇혔다는 건가요?"

노인의 눈꺼풀이 굳게 감겼다.

"그렇다네."

"니뮤에 짓이로군요! 이건 당신한테 정말 엄청난 고문이겠네요."

내가 소리쳤다.

"그 이상이라네. 저 벽 너머에서 해야 할 중요한 일이 있으니까."

오랫동안, 노인의 말이 허공에 맴돌았다. 이윽고, 노인은 눈을 다시 뜨더니, 머리 위의 무언가를 바라보았다. 호기심 어린 표정으로, 노인은 그것을 항해 한 손을 들어 올렸다. 길색의 가느다란 물건이 나뭇가지에 매달려 있었다. 고치! 자신이 처한 문제에도 불구하고, 마법사는 고치에 집중했다. 마법사가 손을 대자 고치가 바르르 몸을 떨었다. 마법사는 고개를 끄덕였다. 얼굴에서 험상궂은 표정이 살짝 풀리는 것 같았다.

노인은 손을 내리더니, 다시 나를 향했다.

"하지만 니뮤에는 한 가지를 잊었다네. 아주 중요한 한 가지를. 거울!

나는 여전히 거울의 통로를, 그러니까 시간의 안개를 사용할 수 있어. 다른 사람들을 내게로 데려오거나 다른 곳으로 보낼 수 있지. 내가 직접 그곳을 통과해 여행할 수는 없지만, 거울은 내게 바깥세상과 이어진 창문이라 할 수 있다네."

마법사는 다시 침착한 표정이 되었다.

"그리고 적어도 한순간, 거울은 내게 탈출할 기회를 주었다네."

내 온몸을 타고 전율이 찌릿 흘렀다.

"열쇠."

"그렇다네. 열쇠는 니뮤에의 마법을 풀 정도로 강력한 힘을 지닌 물건이야. 아니, 물건이었지."

노인은 바람을 후 불어 입술에 묻은 턱수염을 떼어냈다.

"나는 그 열쇠가 늪지대에 숨어 있다는 걸 기억해냈어. 그래서 아서를 보내 열쇠를 찾아 가져오게 시켰지. 하지만 니뮤에가 그 사실을 알아차리고, 자신이 그 열쇠를 먼저 찾으려고 했어. 그래서 니뮤에도 안개 속으로 들어갔던 거라네. 의심의 여지없이, 니뮤에는 늪지대를 샅샅이 뒤졌지. 아, 니뮤에는 자네를 유혹해서 자신을 돕게 만들었어. 그 과정에서 우리의 역사가 바뀌게 되었다네."

"그러니까 당신은, 내 나이 때 유령의 늪에서 시간을 보내지 않았다는 말씀인가요?"

"전혀, 젊은이. 니뮤에는 모든 걸 정말 끔찍하게 엉망으로 만들어 버렸다네."

노인이 얼굴을 찌푸렸다.

"모든 걸 엉망으로 만든 건 바로 저예요!"

갑작스레 나는 분노가 치솟았다.

"이제 이해가 가요. 니뮤에가 나를 속였어요. 당신을 속인 것처럼 말이에요. 니뮤에는 열쇠를 오직 한 번만 사용할 수 있다는 걸 알고 있었어요. 니뮤에는 내가 열쇠로 늦지 유령을 풀어주는 게 아니라 열쇠로 피의 올가미를 끊기를 기대했지만, 어쨌거나 니뮤에는 자신이 가장 원하던 결과를 얻었다고요."

내 목소리는 외치듯 울부짖고 있었다.

"제가 열쇠를 사용해서, 당신의 운명을, 미래의 제 자신의 운명을 봉인해 버렸어요. 니뮤에는 떠나면서 이렇게 말했어요.

넌 죽을 운명에 처했어.

니뮤에는 그렇게 말했다고요! 니뮤에 말이 맞았어요. 정확했어요."

"적어도, 자네는 니뮤에한테 맞서 싸웠어."

노인이 말했다.

나는 침울하게 머리를 떨구었다.

"그게 무슨 소용이에요? 그래봐야 결국 니뮤에가 이겼는데요."

나는 노인을 날카롭게 쏘아보았다.

"그리고 당신이 아서에게 그 모든 고귀한 이상을 가르치는 게 무슨 소용이 있나요? 이 왕국이 결국에는 실패할 거라는 걸 당신은 이미 알고 있잖아요? 아서가 결코 살아서 그 고귀한 이상이 번성하는 걸 보지 못하리라는 걸 알고 있잖아요?"

마법사는 너도밤나무 나뭇가지 하나를 꽉 움켜잡으며 나를 응시했다. 마침내, 무척이나 부드러운 목소리로 말했다.

"무슨 소용이냐고? 나는 말해줄 수 없다네. 누구도 그걸 말해줄 수 없어."

나는 어깨를 으쓱해 보였다.

"제가 생각했던 대로군요. 좋은 의도라고 해도 먼지 한 줌만큼 가치가 없어요."

"내 말 잘 듣게나. 이것만은 변함이 없어. 땅에서 추방당한 왕국도 마음속에서는 고향을 찾을 수 있다네."

노인이 엄격하게 말했다. 두 눈이 다시 빛났다. 노인이 등을 곧추세웠다. 노인은 내가 지켜보는 사이 몸이 좀 커지는 것 같았다.

"그리고 마법사든 왕이든, 시인이든 정원사든, 재봉사든 대장장이든, 삶은 그 길이가 아니라 그 행동의 가치에 의해, 그리고 그 꿈의 힘에 의해 평가된다네."

나는 우리를 둘러싼 반짝이는 수정의 단면을 무심코 훑어보았다.

"꿈이 당신을 자유롭게 해줄 수는 없어요."

노인이 쭈글쭈글한 손을 쭉 뻗어 내 팔뚝을 움켜잡았다.

"아, 젊은이, 하지만 꿈은 자유롭게 해줄 수 있다네. 확신하네, 그럴 수 있어."

노인은 나를 보지 않고 나를 지나쳐 저 멀리 뭔가를 바라봤다.

나는 노인의 얼굴을 살펴보았다. 짙은 눈동자는 웃는 것 같으면서도 동시에 우는 것 같기도 했다. 큰 입은 너무 늙었지만 너무 활기찼다. 주름진 이마에는 내가 감히 깊이를 잴 수 없는 생각과 경험이 각인되어 있었다. 그리고 헝클어진 기다란 턱수염에서는 빛이 흘러나왔다. 그 얼굴이 내게 희망을 갖게 했지만, 나는 여전히 좌절감에 빠져 있었다.

"이것 또한 알고 있지, 젊은 마법사. 내가 내 제자 아서에게 가르치고, 또 앞으로 가르칠 모든 것은 결국 이것이라네. 진정한 자아를, 진정한 이미지를 찾아라. 그러면 보다 위대한 선(善)에 다다를 것이다. 모든 것에 생명을 불어넣는 고귀한 힘에 이를 것이다. 내 장담하지! 그리고 자

287

네가 자신의 시간과 장소에서 인정받지 못할지라도, 자네의 노력은 연못에 이는 파문처럼 밖으로 퍼져 나갈 거네. 위대한 선의 기운을 받아, 그것은 저 먼 해안에 닿을 거야. 자네가 죽고 난 아주 오랜 뒤에 그 운명을 바꿀 거야."

노인이 친절하게 말했다.

"하지만 제 어리석음 때문에, 운명을 바꿀 수 없어요. 그래서 저는 이 동굴에 영원히 갇히게 될 거라고요."

내가 이의를 제기했다.

노인은 내 말을 잠시 생각하더니 말했다.

"자네는 자네의 운명이 있어, 젊은이, 그건 진실이야. 하지만 자네는 또한 선택할 수 있어, 그래. 선택은 창조의 힘보다 절대 약하지 않아. 선택을 통해 자네의 삶을, 자네의 미래를, 자네의 운명을 창조할 수 있어."

나는 믿을 수 없어 노인을 물끄러미 바라보기만 했다.

노인은 손가락 사이로 잎사귀를 무심코 매만졌다. 그러자 하프 줄이 약간 더 빨리 튕기는 것 같았다. 좀 더 가벼운 멜로디가 벽을 타고 울려 퍼졌다.

"자네 선택에 의해서, 자네는 완전히 새로운 세상을 창조해낼 수도 있다네. 그 세상은 과거의 폐허에서 새롭게 불쑥 튀어나올 거야."

노인은 말을 이었다. 노인은 보일 듯 말 듯 혼자 미소 지었다. 마치 자신이 말한 것보다 훨씬 더 많은 걸 알고 있기라도 한 것처럼……

"테니슨(Tennyson)이라는 시인이 있다네. 아직 오지 않은 시대에 사는 시인이지. 그 사람은 그런 세상을 묘사했어. 그 이름은 바로 아발론(Avalon)이야. 테니슨은 아발론을 이렇게 노래했네.

우박도 비도 눈도 내리지 않는 곳,

바람 또한 사납게 불어대지 않는 곳, 하지만 그곳은

과수원-잔디밭과 초원이 무성하며, 행복하고, 아름답다.

그리고 여름 바다로 장식한 나뭇잎이 무성한 골짜기가 있다.

마치 따뜻한 여름비처럼, 그 말이 내게 쏟아져 내렸다. 하지만 여전히 나는 노인의 말을 믿을 수 없었다.

"나는 저 초라한 제 그림자조차도 내 마음대로 움직이지 못해요. 아무리 노력해도요. 그런데 어떻게 제 선택이 바깥 세상에 진정한 변화를 만들어낼 수 있단 말이에요?"

"음, 자네 그림자로 말하자면, 시도는 잠시 멈추고 그저 존재하게 내버려두게나."

노인이 자신을 떠받치는 나뭇가지를 훑어보면서 가볍게 한숨을 내쉬며 말했다.

"존재하게 내버려두라고요? 뭘 존재하게 내버려둬요?"

"그리고 자네 선택으로 말하자면, 자네는 이미 자네 선택으로 세상에 영향을 주었다네. 씻어 버릴 수 없을 정도로 말일세. 그걸 생각해보게나, 젊은이! 자네가 핀카이라에 살던 짧은 시간에, 얼마나 됐지? 3년? 자네는 숨어 있던 거인들을 깨우고, 새롭게 보는 방법을 깨닫고, 성을 완전히 무너트리고, 신탁의 수수께끼를 풀었어. 마법을 삼켜 버리는 사악한 짐승들을 물리치고, 자네 누이동생의 정령을 데려오고, 상처 입은 용을 치유하는 등 많은 일을 했지. 하지만 그건 시작에 불과하다네! 자네는 사슴, 돌, 날개 달린 매, 나무, 바람 한 점이, 그리고 심지어 물고기가 되기도 했어. 내가 정확히 기억하고 있다면 말일세."

노인은 이어 말했다.

그러더니 잠시 말을 멈추고, 아서를 흘끗 바라보았다. 아서는 과일 파이 하나를 다 먹고 또 다른 파이로 옮겨가는 중이었다.

"물고기, 그래, 그래. 이 단계에서 저 아이에게 아주 옳은 것일지도 모르지."

노인은 혼자 중얼거렸다. 노인의 밝은 눈동자가 다시 나를 향했다.

"자네는 선택할 수 있다네, 젊은이. 그리고 선택과 함께 힘, 헤아릴 수 없는 힘이 있지."

나도 모르게, 나는 내 안 어딘가에서 뭔가 회복되는 것 같은 기운을 어렴풋이 느꼈다. 내가 정말로 그 모든 일을 해냈던가? 니뮤에의 배신이 나를 망가트렸다는 건 알고 있었다. 그것은 영원할 듯했다. 하지만 나는 기묘하게 달라지는 느낌이 드는 내 자신을 발견했다. 왠지, 좀 더 기운이 생기는 것 같았다. 나는 몸을 들썩여 의자에 똑바로 앉았다.

그때 내게 의심이 파도처럼 밀려왔다.

"저는 핀카이라에서 그런 일들을 했을지도 몰라요. 하지만…… 여기서는 어떻죠? 이곳을 그래머리라고 부르나요? 이곳은 당신이 구하고자 한 땅이에요. 하지만 지금 그럴 수 없잖아요?"

노인이 나를 살펴보는 사이, 벽과 천장에 나란히 박혀 있는 수정들이 조금 더 밝아지는 듯했다.

"내게 또는 자네에게 무슨 일이 일어나든, 젊은이, 우리는 이곳을, 이 땅을 영원히 바꾸게 될 거야. 마치 자네가 지금 자네의 집인 그 섬을 영원히 바꾼 것처럼 말이야. 그럼, 그럼! 나는 몇몇 사람들이 이곳을 그래머리라고, 그리고 근대의 용어로 브리튼이라고 더 이상 부르지 않는다는 것도 알게 되었어. 대신 사람들은 이곳을 '멀린의 섬'이라고 부르기를 좋아하지.”

노인은 살며시 미소 지었다.

“자네는 내 말이 의심스럽지? 그렇다면 이 말을 들어보게. 화이트 (White)라는 시인이 쓴 거야. 앞으로 천 년 뒤에나 태어날 사람이지.

그곳은 평범한 땅이 아니다.
물도 나무도 공기도.
하지만 멀린의 그래머리 섬,
그곳에서 당신과 내가 살아가리라.

노인은 울퉁불퉁 튀어나온 손가락 하나를 들어 동굴 저 멀리를 가리 켰다. 그 깊은 곳에서, 자그마한 도자기 컵 하나가 노인을 향해 붕 떠올 랐다. 노인은 그 컵을 허공에서 조심스레 잡아당겨, 컵 안으로 손을 넣 어, 자그마한 둥근 물체를 꺼냈다. 짙은 갈색의 그 둥근 물체는 으스스 한 빛을 뿜었다. 그리고 살아 있는 심장이라도 되는 듯 맥박치는 것 같 았다. 나는 그것이 씨앗이라는 걸 단번에 알아차렸다.

“이 씨앗의 경이로움은 무척이나 신비롭고 훌륭해서 이름을 지을 수 없다네. 수년 동안 수많은 음유시인들이 시도해봤지만 소용없었지.”

노인이 단호하게 말했다.

노인은 그 씨앗을 만지작거리며 말했다.

“이 씨앗의 역사 또한 헤아릴 수 없어. 그래서 자네한테 지금 조금만 알려주지. 이 씨앗은 고대 로그레스(Logres)의 깊은 호수 바닥에서 발 견됐다고 해. 그걸 드루이드 중 누군가가 이넨 섬(Isle of Ineen)으로 은 밀하게 옮겨왔어. 그곳에서 수년 동안 머물러 있었다네. 그러다 사악한 여왕이 훔쳐갔지. 하지만 결국 잃어버렸어. 찾았다가 다시 잃어버렸어. 그리고 바로 이곳 그래머리에서의 치열한 캄란(Camlann) 전투가 끝난 뒤, 어느 젊은 시종이 다시 발견했다네."

노인은 살짝 웃었다. 나는 그것이 유쾌한 웃음인지 슬픈 웃음인지 알 수 없었다.

"아, 젊은이, 나는 더 많은 걸 말해줄 수 있네. 하지만 이것보다 더 중요한 건 없다네. 이 씨앗은 뭔가 위대하고 숭고한 것으로 자랄 힘을 품고 있다는 사실을. 진정으로 위대하고 숭고한 것으로 말이야."

노인은 자그마한 그 둥근 씨앗을 손바닥에 놓고 이리저리 굴리면서 계속 말을 이었다.

나는 의자에 앉아 가까이 몸을 기울였다.

"그게 뭔지 저한테 말해줄 수는 없나요?"

"말해줄 수 없다네."

나는 노인을 향해 얼굴을 찌푸렸다.

"그리고 당신은 잃어버린 날개에 대해서도 말씀 안 해주시겠지요?"

노인은 흰 머리를 설레설레 저었다.

"하지만 이 씨앗에 대해서 한 가지 더 말해주지. 만약 자네가 이 씨앗을 심을 적당한 장소를 찾는다면, 이 씨앗은 언젠가 자네가 상상할 수 있는 그 어떤 것보다 더 진기한 열매를 맺을 걸세. 하지만 아무리 최고의 땅이라 할지라도, 이 씨앗이 싹트기까지 적어도 수 세기가 걸릴 거야."

노인은 내게 씨앗을 건넨 뒤, 내 손을 그 위에 포갰다. 손바닥으로 씨앗의 움직임이, 내 피부에 닿는 막연한 박동이 느껴졌다. 나는 씨앗을 내 가죽 가방 안에 조심스레 넣었다.

그러고는 고개를 들어, 먼 훗날의 내 얼굴을 올려다보았다.

"만약, 당신이 말한 것처럼, 싹을 틔우기까지 수 세기가 걸릴 거라면, 그리고 그전에 이것을 어디에 심어야 하는지 찾기까지 시간을 생각한다면, 그렇다면……."

"그렇다면?"

"정말 그렇다면 저는 곧 시작하는 게 좋을 것 같네요, 어떻게 생각하세요?"

노인이 고개를 끄덕였다. 그러자 망토에 박혀 있는 별들이 빛났다.

"자네가 좋다면 빠를수록……, 젊은이."

노인은 자신의 턱수염에서 바짝 마른 잎사귀 하나를 떼어내 저 멀리 획 던져 버렸다.

"이 씨앗에 대해, 그리고 마법에 대해 이것만은 명심하게나. 이 씨앗이 세상을 바꿀 수 있어. 아 그래. 하지만 이 씨앗을 지니고 있는 자가 변화하는 정도까지만 바꿀 수 있는 거네."

노인이 이마에 힘을 주었다.

"그리고 자네가 알아야 할 게 한 가지 더 있네."

노인은 내게 머리를 바짝 가져다 대고 속삭였다.

"그 모든 음모, 그 모든 배반에도 불구하고, 니뮤에는 이 사건이 이렇게 될 줄은 전혀 고려하지 못했다네. 우리는 만났지, 자네와 나! 그리고 우리가 만났기에, 우리는…… 알게 되었다네."

"무슨 말인지 이해가 안 가요."

노인은 입술을 적셨다.

"자네는 앞으로 엄청나게 긴 삶을 살게 될 거야, 젊은이. 자네가 시간을 거슬러 사는 법을 배웠기에 덧붙이게 될 시간을 고려하지 않더라도 말일세! 그것은 자네에게 니뮤에를 이길 수 있는 무기를 줄 거야. 제아무리 강력한 주문이라 해도 깰 수 있는 무기 말일세. 그것은 어떤 매듭이든 녹일 수 있고, 어떤 업적이든 파괴할 수 있고, 어떤 왕국이든 불태울 수 있고…… 아니면 폐허 속에서 새로운 왕국을 건설할 수 있는 무기라네."

나는 벽에 비스듬히 기대놓은 전투용 도끼를 흘끗 바라보았다. 도끼는 아른거리는 불빛 속에서 번쩍 빛났다.

"어떤 무기를 말하는 건가요?"

"시간. 시간은 자네에게……, 우리에게……, 기회를 줄 걸세. 그 이상도, 그 이하도 아니네. 내 운명은, 자네도 보다시피, 자네의 것이 아닐지도 모르네! 자네한테는 여전히 선택의 자유가 있어, 내가 그랬던 것처럼. 하지만 지금 자네는 내가 갖지 못한 무언가를 알고 있네. 그러니 어쩌면, 정말 어쩌면, 자네는 나보다 훨씬 더 현명한 선택을 할 수 있을 걸세. 그리고 니뮤에의 함정을 피할 수 있을 거야. 아무리 유혹적이어도, 마침내 때가 되면."

노인은 앉아 있던 나무둥치를 툭 내리쳤다.

한 가닥 희망을 느끼며, 나는 노인이 뻗은 손을 잡았다. 훨씬 더 부드럽고 둥근 내 손가락이 노인의 손가락을 감싸 쥐었다. 우리 손은 아주 달라 보였다. 하지만 결국 같은 손이었다. 고동치는 열정이 느껴졌다. 동시에 불확실성이 느껴졌다. 젊음의, 그리고 깊은 지혜의, 그리고 시간의 또 다른 불확실성……. 비극의 무게, 나를 기다리고 있는 상실의 분노가 느껴졌다.

그리고 그 이상의 무언가가 느껴졌다. 너무나도 희박한 기회의 호흡…….

마법사가 갑자기 손을 단단히 움켜쥐었다. 머리를 갑자기 휙 움직이더니, 마치 저 멀리서 들리는 목소리에 귀 기울이듯 꼼짝 않고 있었다. 몇 마디, 혹은 몇 문장을 들을 수 있기를 희망하면서……. 드디어, 노인이 내 손을 놓았다.

"이런 말을 해서 애석하지만, 이제 자네가 가야 할 시간이네."

나는 노인의 고뇌에 찬 이마를 유심히 살펴보았다.

"뭐가 잘못 됐나요?"

"할리아, 할리아가 위험해. 몹시 위험하다네."

노인이 속삭였다. 노인은 움츠러들며, 자신의 관자놀이를 어루만졌다.

나는 자리에서 벌떡 일어났다.

"그럼 빨리 저를 돌려보내주세요."

"노력해보겠네. 하지만 그게 그렇게 쉬운 일은 아니야. 성공하기 위해서는, 자네의 도움이 필요하네. 왜냐하면 그곳에 제때 가기 위해서는, 자네는 거울의 살아 있는 안개 속으로 다시 돌아가서, 거기서 무엇을 발견하든, 그것과 대결해야 하거든."

노인이 앉아 있던 나무에서 스르르 미끄러져 내려오며 대답했다.

내 두 다리가 마치 너도밤나무처럼 바닥에 착 달라붙은 느낌이었다.

"안개라고요? 저는…… 저는 그곳으로 돌아갈 수 없어요. 그 얼굴들, 당신은 그 얼굴들이 어떤지 몰라요."

"아, 나도 안다네."

노인은 내 지팡이를 향해 손짓했다. 그러자 지팡이가 내 옆으로 가까이 날아왔다. 망설이며 나는 지팡이를 움켜쥐고, 지팡이 끝을 돌바닥에 내려놓았다. 동시에, 내 그림자가 지팡이 그림자를 향해 손을 뻗었다. 하지만 이내 마음을 바꾸기라도 한 듯 물러났다.

"그 얼굴들은, 이번에도 역시 무시무시할 걸세. 어쩌면, 훨씬 더 무시무시할지도 모르지. 하지만 오직 자네만이, 그 얼굴들 사이에서 자네의 길을 찾을 수 있어. 오직 자네만이."

마법사가 경고했다. 노인의 시선이 나를 꿰뚫었다.

"자네가, 그러니까 우리가 다룰 수 없는 건 아무것도 없어, 젊은이."

나는 두려워 침을 삼켰다.

"우리라는 말이 훨씬 듣기 좋네요."

노인의 손이 내 울퉁불퉁한 지팡이를 꽉 움켜잡았다.

"그렇다면 그렇게 하지, 언제나."

나는 고개를 끄덕였다.

"언제나요."

노인은 손을 빼내며, 손가락으로 내 가방을 툭 쳤다.

"이제, 씨앗을 명심해."

"그럴게요."

"그리고 잃어버린 날개에 대한 소문은……."

"네?"

노인의 눈이 실룩 꿈틀거리는 것 같았다.

"자네는 그 고약한 소문을 절대로 확실히 알 수는 없네. 추측만 난무하지, 그럼, 그럼!"

나는 이를 부드득 갈았다.

"정말 아무것도 말해줄 수 없나요?"

"없다네, 젊은이. 자네가 아서에게 그 검에 대해 말해줄 수 없는 것과 똑같은 이유라네. 아서가 찾아낼 거야, 올바른 방법으로, 곧."

노인은 껄껄 웃음을 터트렸다.

"자네도 찾아낼 테고."

"아, 하지만 당신은 할 수 없어요……."

"뭘 할 수 없다는 거지?"

"제가 궁금한 채 내버려두는 거요!"

숱 많은 눈썹이 위로 올라갔다.

"무엇에 대해서?"

잠시, 나는 노인을 응시했다. 그러는 사이 노인은 나를 연민에 찬 시선으로 바라보았다. 문득, 노인은 음식이 차려진 탁자를 향해 손을 크게 휘둘렀다. 탁자는 완전히 사라져 버렸다. 음식을 비롯해 그 모든 게 사라졌다. 거위만 남겨두고. 거위는 바닥에 툭 떨어지며 꽥꽥 비명을 질러댔다. 하지만 아서는 이미 실컷 배를 채웠다. 아서는 조금 전까지만 해도 맛좋은 자두가 놓여 있던 허공을 그저 덥석 물어뜯었다. 아서가 거위를 지나쳐, 우리를 향해 발걸음을 옮겼다. 얼굴에는 만족스러운 미소가 퍼져 있었다. 잠시 멈추어서 너도밤나무를 감탄하며, 나무뿌리를 쓰다듬고는 우리에게 다가왔다. 내가 지팡이를 들고 있는 걸 보고, 아서는 턱에 묻은 자두 주스를 닦아내며 물었다.

"떠나려고?"

"응, 가서 할리아를 도와주어야 해."

내가 대답했다.

아서는 긴장했다.

"그렇다면 나도 같이 갈래."

아서는 단호한 어투로 말했다.

"아니, 아니, 네가 할 일은 여기 있어."

나는 아서의 어깨에 손을 얹고 대답했다. 나는 잠시 아서를 빤히 쳐다보았다.

"그리고 네가 겪는 그 많은 일들이 위대한 순간을 불러오리라는 사실을 믿어 의심치 않아."

아서는 입을 굳게 다물었다.

"형을 다시 만날 수 있을까, 젊은 매?"

나는 고개를 가로저었다.

"아주, 아주 오랫동안은 못 만나겠지."

그러고는, 아서의 스승을 향해 고개를 기울이며 덧붙였다.

"내 관점에서는 그래. 네 관점에서는, 그러니까, 넌 이미 만났잖아."

아서가 다시 한번 환하게 웃어보였다. 수정 빛이 아서의 황금빛 곱슬머리에 머물며 노닐었다.

"그런 것 같아. 비록 오랜 시간 함께 하지 못했지만, 서로 만났다는 게 정말 기뻐, 아주 기뻐."

아서가 내게 손을 내밀었다.

나는 아서의 손을 꽉 잡았다.

"그래, 친구, 잘 만났지."

나는 노인을 향해 고개를 들었다. 노인은 우리를 따뜻하게 바라보고 있었다.

"이제 저 분을 잘 보살펴줘. 그럴 가치가 있는지 없는지 모르지만."

아서는 순간 당황하는 것처럼 보였지만, 고개를 끄덕였다.

"그럴게, 약속해."

갑자기, 짙은 안개가 우리 곁을 소용돌이치기 시작했다. 안개는 수정이 박힌 동굴 벽과 천장을 금세 희뿌옇게 물들였다. 나는 마지막으로 빛나는 수정을 바라보았다. 내가 몇 번의 생애 동안 저 수정을 다시는 보지 못하리라는 걸 알았다. 잠시 뒤, 너도밤나무가 사라지며, 아서도 함께 사라졌다. 곧 오직 어둡고 희미한 노인 마법사의 실루엣만 남았다. 노인은 너무도 많은 안개, 너무도 많은 시간 너머에서 손을 들어 흔들었다. 이윽고, 갑작스레, 노인은 사라졌다.

25

터널

일렁이며 성큼성큼 다가오는 안개의 바다 한가운데 서 있는 돌기둥처럼, 나는 그렇게 우두커니 서 있었다. 안개구름이 금세 시커메지며 나를 가까이 밀어붙였다. 너무 가까워서 한순간 구름이 나를 질식시킬까 두려웠다. 그래도 나는 계속 숨을 쉴 수는 있었다. 게다가 두려움이 점차 커져가는 가운데도, 나를 둘러싸고 끊임없이 넘실대는 파도를 볼 수 있었다.

예전처럼, 소용돌이치는 물안개가 정교한 무늬를 만들었다. 세상 안에 또 다른 세상……. 그것이 사방으로 끝없이 뻗어 있었다. 하지만 예전과 달리, 그 무늬를 제대로 알아볼 수 없었다. 내가 아는 장소나 배경도 아니었을 뿐만 아니라, 사실 그 어느 곳도 아니었다. 계곡도 아니고, 숲도 아니고, 마을도 아닌 무언가가 겹겹이 쌓인 안개에서 니티났다. 내 기억을 잡아끄는 은밀한 꿈 혹은 막연한 두려움에 대한 그 어떤 암시도 없었다. 내가 어떤 식으로든 회상할 수 있는 그 어떤 형태나 감정도 아니었다.

오직 안개뿐.

그리고 한 가지가 더 있었다. 내 두려움. 두려움은 막 피어나는 구름처럼 내 안에서 마구 부풀어 올랐다. 나는 할리아가 제대로 헤아릴 수조차 없는 위험에 빠지지 않았을까 두려웠다. 제때 할리아한테 갈 수 있을까? 갈 수 있다 하더라도, 내가 도와줄 수 있을까? 나는 내 자신이 두려웠다. 안개 그 자체만큼이나 제대로 알아차릴 수 없을 정도로 막연하게. 심지어 내 발 근처에서 움츠리고 있는 내 그림자는 완전히 겁을 집어먹은 것처럼 보였다.

이윽고, 구름이 모여 다른 모양을 만들어내기 시작했다. 나는 내 앞의 물안개가 둥글게 변하는 모습을 지켜보았다. 머릿속에는 공포가 북소리처럼 둥둥 커져갔다. 그건 구멍이었다. 구멍은 내가 서 있는 곳 너머 어둠 속으로 깊이 터널을 뚫고 나아갔다. 그러고 나서, 왼쪽에 또 다른 구멍이 나타났다. 또 다른 구멍이 머리 위쪽에서 열렸다. 왼쪽에는 구멍 두 개가 더 나타났다. 앞쪽으로 몇 개가 더 나타났다. 순식간에, 나는 끝없이 이어진 벌집 같은 터널에 둘러싸여 있었다.

갑자기, 어떤 터널 안쪽에서 빙빙 도는 움직임이 보였다. 희미한 불빛이 어두컴컴한 모습을 비추었다. 그 모습이 천천히 시야에 들어왔다. 그것은 얼굴이었다. 나는 두려움에 떨며 그 얼굴을 바라보았다. 내 얼굴! 거기에는 두 눈이 있었다. 터널만큼이나 어두웠다. 머리카락이 온통 옆으로 흩날렸다. 뺨과 이마에는 상처가 나 있었다. 얼굴이, 내 자신의 완벽한 이미지가 나를 골똘히 지켜보았다.

그러고 나서, 다른 터널들 안에서, 더 많은 얼굴이 나타나기 시작했다. 하나씩 하나씩, 얼굴이 모두 물안개 밖으로 모습을 드러냈다. 모두 나를 노려보고 있었다. 모두 뭔가가 일어나기를 기다리고 있는 것 같았다. 그런데 그 얼굴이 모두 내 얼굴이었다. 사방에, 위는 물론이고 아래에, 내 자신의 이미지가 보였다. 얼굴은 모두 나를 조용히 지켜보고 있었다. 모두 똑같은 얼굴이었다. 이제 나는 무한한 안개의 바다가 아니라, 수많은 단면을 지닌 수정을 바라보았다. 각각의 단면은 거울이었다. 거울에 내 자신의 모습이 비치고 있었다.

불쑥, 얼굴 하나가 말했다. 그 목소리는 분명 내 목소리였다.

"이리 와라, 젊은 마법사. 내 터널로 들어와라, 여기가 너를 집으로 이끌어줄 유일한 통로다."

대답하기도 전에, 또 다른 얼굴이 위에서 나를 불렀다.

"너는 마법사가 아니다, 하지만 훌륭한 아들이다. 그리고 여기가 네가 찾는 통로다! 너는 오래전에 바위투성이 해안가에서 엄마의 목숨을 구한 용감한 소년이 아니더냐? 이리 오너라, 이제 나를 따라라. 네 시간이 다하기 전에."

또 다른 얼굴이 불쑥 튀어나왔다.

"저 말을 듣지 마! 난 네가 진정 누구인지 잘 알고 있다. 마법사가 아니라, 아들이 아니라, 자연의 정령이다. 시냇물과 하늘, 들판과 숲의 형제다. 이제 날 따라와. 이리 가야 집이 나온다고!"

"진실을 말해주지. 너는 저 모든 것들이 되기를 갈망했지. 하지만 넌 그 모든 것에서 실패했어. 그리고 너는 네가 영원히 실패할 걸 잘 알고 있어. 왜냐하면 너는 실수만 하니까. 그 약점이 항상 네 최고의 의도를 망칠 거야. 이제 말해보거라. 내가 진실을 말하는가?"

다른 얼굴이 비웃었다.

유감스럽지만, 나는 고개를 끄덕일 수밖에 없었다.

"그렇다면 너는 날 따라와야 해. 진실의 길이 너를 집으로 데려다줄 것이다. 이제 서둘러라, 시간이 다하기 전에!"

그 얼굴이 고집을 부려댔다.

"아니, 너는 마법사다. 그리고 언젠가 너는 위대한 마법사가 될 것이다.

년 지금 그걸 알고 있다! 이리 오너라."

맨 처음 말한 얼굴이 이의를 제기했다.

"그보다 먼저, 너는 여전히 실수만 하고 있다. 이제 오너라. 더 깊은 진실을 따라라! 네 자신의 허영에, 그 알량한 생각에 우롱당하지 말아라."

반대의 목소리가 나왔다.

다른 얼굴들이 내게 소리쳤다. 모두 내 목소리였다. 하나는 치유자로서, 찢어진 힘줄과 잘린 조직을 고치는 사람으로서 내게 호소했다. 다른 하나는 탐험가로서, 아주 오래전 물에 떠다니는 나뭇조각으로 뗏목을 만들어 지도에도 없는 핀카이라로의 길을 발견한 외로운 모험가로서 내게 소리쳤다. 여전히 다른 얼굴은 나를 챔피언으로 치켜세웠다. 도움이 필요한 사람들을 구원해준 구원자로서 말이다. 목소리가 모두 한데 어우러져 내 두 귀를 마구 두드려댔다. 나는, 각기 다른 얼굴에, 씨앗을 뿌리는 자였다. 수많은 언어에 통달한 자였다. 할리아 옆에서 끝없는 날을 보내고자 갈망하는 열정적인 젊은이였다. 놀라게 만들 기회를 음미하는 책략가였다. 그리고 그 밖에 또 다른 무엇이었다.

목소리들이 커지자, 나는 더욱 혼란스러웠다. 할리아를 구할 기회에 대한 내 확신 또한 급속히 사라져갔다. 만약 이 터널 중 하나가 나를 데려다줄 수 있다면, 나는 어디로 따라가야 할지 결정해야 한다. 빨리 결정해야 한다.

두렵게도, 터널들이 직접 움직이기 시작했다. 주변의 물안개 속에서 위아래로 미끄러지듯 움직였다. 옆으로 미끄러지고 기이하게 춤을 추었다. 재빨리, 얼굴의 움직임이 모두 빨라졌다. 동시에, 얼굴은 간청하고, 부추기고, 사납게 명령을 내렸다. 제대로 된 얼굴을 고르는 건 고사하고, 나는 도대체 어떤 얼굴이 말을 하는지 쫓아갈 수조차 없었다.

불협화음이 점점 커지는 가운데, 또 다른 목소리가 들려왔다. 내 기억 속 깊숙한 어딘가에서 나오는 소리였다. 먼 훗날 미래의 내 모습의 목소리였다.

자네만이, 그 얼굴들 사이에서 진정한 자네의 길을 찾을 수 있어. 오직 자네만이.

노인은 그렇게 말했다. 하지만 어떤 길을 찾으란 말인가? 어떤 길을, 어떤 나를?

얼굴들이 더욱 사납게 움직여댔다. 이제 그 수많은 얼굴이 오직 흐릿한 움직임과 소리에 불과했다.

너는 그저 존재하는 것으로 시작할 것이다.

나이 든 마법사의 목소리가 재촉했다. 하지만 무슨 존재? 내 마음은 마구 내달리고 있었다. 노인이 뭐라고 말했었지? 자신이 젊은 아서에게 가르친 것이 모두 무엇으로 귀결된다고 했었지?

진정한 자아를 찾아라.

그래, 노인은 이렇게 말했었다. 그리고 이렇게도 말했다.

진정한 이미지를 찾아라. 그러면 보다 위대한 선(善)에 다다를 것이다. 모든 것에 생명을 불어넣는 고귀한 힘에 이를 것이다.

내 진정한 자아. 내 진정한 이미지. 하지만 내 곁을 떼지어 움직이고 있는 이 모든 얼굴 중에서 어떤 게 진정한 걸까? 어쩌면 이 가운데 어떤 얼굴, 아니면 모든 얼굴이 어느 정도 진짜일지도 모른다. 하지만 어떤 게 올바른 선택일까? 어떤 게 내 모습을 제대로 비치고 있는 걸까?

터널들이 그 안에 있던 얼굴과 함께 물러나며, 휘몰아치는 안개 속으로 빨려 들어갔다. 외침은 더욱 더 높아갔지만, 그 모습은 천천히 희미해지기 시작했다. 이제 어떤 목소리는 거의 들리지도 않았다. 어떤 목소리는 희미하게 남아 있었지만, 점점 침범해 들어오는 물안개 때문에 모습은 거의 보이지 않았다. 이 모든 것이 사라지기 전까지 기껏해야 몇 초밖에 남지 않았다.

올바른 모습.

도대체 어떤 게 내 모습을 제대로 비치고 있는 걸까? 하나의 이미지, 하나의 형태가 내 시야에서 뒤로 물러났다. 하지만 내가 저기에 있었던가? 거울에 비친 거울? 또는 다른 무엇이었을까? 내가 아닌 다른 무엇? 거울의 본성은, 결국, 실제의 형태를 보여주지 않았다. 진정한 자아가 아니었다. 오그라들고 말을 듣지 않는 내 그림자가 진정한 내가 아니듯, 거울에 비친 그 어떤 이미지도 내 진정한 자아가 될 수 없었다.

하지만…… 내 그림자는 달랐다. 적어도 딱 한 가지. 내 그림자는, 이게 좋은 건지 나쁜 건지 모르겠지만, 나와 연결되어 있었다. 마치 먼 훗날 나의 그림자가 그 노인에게 연결되어 있는 것처럼. 거울을 치우면 사라져 버릴 거울 속의 얼굴과는 달리, 내 그림자는 나의 일부였다. 평생 함께 할 동반자였다. 그렇다. 인정하는 게 너무 싫었지만, 내 그림자는 나의 것이었다. 그리고 나는 내 그림자의 것이었다.

섬광처럼, 나는 깨달았다. 내가 찾아야 할 거울은, 내가 봐야 할 얼굴은, 지금 내 곁을 맴돌고 있는 모습 중 하나가 아니었다. 그것은 내 밖에 있는 게 아니었다. 오히려, 그것은 내 안 어딘가에 존재했다. 내 존재의 가장 깊숙한 늪지대에, 가장 어두운 곳에. 햇빛이 절대 닿지 않는 곳에, 몸과 그림자가 하나로 합쳐지는 곳에.

얼굴들이, 목소리들이, 갑자기 한꺼번에 사라졌다. 안개의 물결이 나를 덮치며, 나를 완전히 꽉 감싸 안았다. 아래로, 아래로, 아래로, 안개의 물결이 나를 끌어당겨, 물안개 터널로 데려갔다. 겹겹이 쌓인 안개의 깊숙한 곳으로 나는 떨어져 내렸다. 추락을 멈출 힘이 내게는 없었다. 주변이 어두워지자, 나는 내가 선택했다는 걸 알았다. 그리고 내가 어디로 떨어지든, 내 그림자도 나와 함께 떨어지고 있다는 걸 알았다.

26

충성심 테스트

어둠이 짙어지며 점점 추워지고, 사방에서 뭔가가 나를 짓눌렀다. 뼈와 내 모든 핏줄이 고통에 울부짖었다. 그런데 한순간, 그 모든 압력이 순식간에 사라져 버렸다. 불빛이 돌아왔다. 뭔가 산산조각 깨지는 소리. 그러고는 뭔가가 내 머리 옆쪽을 세게 내리쳤다. 아주 잠시 뒤, 나무 작살이 내 뒤의 돌기둥에 맞고 팅겨 나갔다. 작살 자루가 내 관자놀이에 부딪혔다. 나는 정신을 잃고 앞으로 휘청거렸다. 하마터면 지독한 악취를 풍기는 물웅덩이로 거의 고꾸라질 뻔했다.

늪! 나는 되돌아왔다. 나는 머리를 긁적이며, 아치 길과 그 안의 거울을 흘끗 들여다보았다. 수 세기 동안 그래왔던 것처럼, 구름 같은 안개가 변화무쌍한 표면 아래에서 소용돌이쳤다.

"할리아! 어디 있어⋯⋯."

나는 소리쳤다. 무슨 일이 벌어지고 있는지 내가 알아차리기도 전에, 손가락 세 개짜리 손이 내 목을 움켜잡아 나를 뒤로 내동댕이쳤다. 나는 바닥을 구르며, 늪지 물을 사방으로 튀겼다.

나는 진창을 구르며, 무지막지하게 나를 공격한 자를 올려다보았다. 놈의 가늘게 찢어진 눈은 뾰족한 헬멧 아래에서 반짝반짝 빛났다. 갑옷이 녀석의 가슴 대부분을 덮고 있었다. 놈의 암녹색 피부에서 땀이 줄줄 흘러내렸다. 고블린 전사였다! 도대체 어디서 왔을까? 나는 궁금했다. 슈라우디드 성이 붕괴되고 살아남은 고블린 전사들은 지금 섬 저 먼 변방에 흩어져서 숨어 살고 있었다. 누군가가 보호해주겠다고 제안하지 않고는, 고블린 전사는 모습을 드러내지 않을 것이다. 분명 사악한 누군가가 말을 들어주는 대가로 고블린 전사를 불러들인 게 확실했다.

"여기 또 하나 있군."

고블린 전사가 씩씩거리며 내 옆구리를 세게 걷어찼다. 곧이어 넓적한 칼을 쓱 뽑았다.

옆구리를 움켜쥐고 있었기에, 나는 검을 뽑을 수 없었다. 옆으로 몸을 휙 돌려, 고블린 전사의 칼날을 피했다. 칼날은 진흙에 처박혔다. 고블린 전사가 칼을 다시 들어 올리기 전에, 나는 내 지팡이 끝을 잡고 휘둘렀다. 지팡이 머리가 고블린 전사의 머리에 쩡 부딪치며, 헬멧이 벗겨져 나갔다. 고블린 전사가 고함을 치며, 늪지 풀밭 속으로 쓰러졌다. 그러고는 꼼짝 않고 누워 있었다.

멍하니, 나는 가까스로 일어나 아픈 갈빗대를 손으로 눌렀다. 불현듯, 향기가 났다. 달콤한, 너무나도 달콤한 향기가 내 폐를 가득 채웠다. 마치 그 냄새가 내 폐를 공격하는 것 같았다. 나는 몸서리쳤다. 마지 끔찍한 기계가 내 숨통을 조이는 것 같았다. 그게 무슨 향기인지 곧장 알아차렸으니까. 그것은 바로 장미꽃 향기였다.

"이런, 이런, 드디어 나타나셨군."

니뮤에의 싸늘하고 무미건조한 목소리가 고블린 전사의 발길질보다 더 세게 나를 내리쳤다.

"너 어디 있어? 할리아는 어디 있고?"

나는 아치 길을 둘러싼 늪지 물안개를 향해 소리쳤다.

육체에서 분리된 목소리가 거침없이 이어졌다.

"넌 정말 날 깜짝 놀라게 하는구나, 이 애송이 마법사. 나는 네가 그 어리석은 꼬맹이 심부름꾼을 따라 거울 속으로 들어간 건 아닐까 걱정했거든."

나는 거의 대답할 뻔했다. 그러다 꾹 참았다.

"네 명줄이 어마어마하게 줄었을 거야, 안 그래? 넌 내가 직접 네 명을 줄일 기쁨을 나한테서 빼앗았어."

니뮤에는 나지막하게 으르렁거렸다.

"언젠가 저 거울 또한 내 분노를 느끼게 될 거야! 왜냐하면 내가 저 안개 낀 복도를 통해 이곳으로 오는 여정에서 살아남았을 때, 나는 무척이나 아팠거든. 그리고 나는 저걸 다시 열고 싶지 않아. 네가 내게서 빼앗아가려 그렇게 무정하게 버둥거렸던, 내 남은 힘이 회복될 때까지, 아니, 강화될 때까지 말이야! 그래서 나는 네 사랑스러운 자그마한 섬에 잠시 머물기로 결정했어. 내 힘을 키우기 위해, 게다가 몇 가지 소중한 장신구를 모으기 위해. 음, 그래, 네 지팡이 같은 것 말이야."

나는 여전히 물안개를 노려보며, 지팡이를 더 꽉 움켜쥐었다.

니뮤에가 만족스럽게 낄낄 웃었다.

"하지만, 그런 건 중요하지 않아. 사실, 나는 문제 해결을 즐기지. 특히 몇 세기 미리 말이야. 그래서 나는 내가 널 해결할 수 있다고 생각해, 애송이 마법사. 여기서 지금 당장."

그 말과 함께, 니뮤에는 허공에서 불쑥 모습을 드러냈다. 니뮤에의 흰색 옷이, 그 어느 때보다 새하얗는데, 펄럭펄럭 나부꼈다. 한편, 까만 눈동자가 나를 빤히 쳐다보았다. 니뮤에 옆에는, 칼을 뽑아 든 고블린 전사 8~9명이 서 있었다. 그리고 니뮤에의 발 근처에는, 젊은 여자의 굳은 몸이 진흙 속에 쓰러져 있었다.

"할리아! 도대체 할리아한테 무슨 짓을 한 거야?"

내가 소리쳤다.

니뮤에는 입맞춤 하듯 입술을 오므렸다.

"마음이 아파서 못 봐주겠군."

니뮤에는 소매에서 자그마한 실밥 하나를 뜯어냈다.

"걱정 마, 살아 있으니까. 적어도 지금은. 저 여자아이가 마지막으로 분노하며 일으키는 몸부림을 네가 목격할 수 있게 남겨두었거든."

니뮤에가 근처에 있는 고블린 전사에게 고개를 끄덕여 보였다.

"저 계집애 머리를 없애버려. 조금씩 여러 번 잘근잘근 잘라주라고!"

"안 돼!"

고블린 전사는 낄낄 웃으며, 두 손으로 칼을 꽉 잡았다. 우람한 두 팔의 근육에 힘이 들어갔다. 한 번의 잽싼 동작으로, 놈은 머리 위로 칼을 높이 치켜들었다. 곧, 힘껏 할리아를 향해 내리쳤다.

그 순간, 내 팔에서 새로운 힘이 불끈 솟아났다. 나는 그것이 뭔지 몰랐다. 어디서 나온 건지도 몰랐다. 그 힘은 하늘에서 곤두박질치는 매의 속도로 내 몸을 타고 흘렀다. 그리고 그 힘이 내 몸의 모든 부분, 몸과 영혼으로부터 흘러나와 한꺼번에 움직였다. 전에 결코 그런 적이 한 번도 없었다. 생각할 겨를도 없이, 나는 두 팔을 들어 올려, 하나는 고블린 전사를, 다른 하나는 니뮤에를 가리켰다.

갑작스레 지글거리는 소리가 허공에 가득 찼다. 푸른 불빛이 번개처럼 내 손가락에서 번쩍 튀어나왔다. 하나는 고블린 전사의 가슴에 닿았다.

놈은 자기 무기로 그 불꽃을 막을 여유가 없었다. 고블린 전사의 갑옷이 홀러덩 벗겨져 나갔다. 푸른 불빛이 터지면서 놈이 칼과 함께 뒤로 날아가 버렸다. 또 다른 불빛은 여자 마법사를 향해 날아갔다. 그런데 니뮤에가 손을 쭉 뻗자, 불꽃이 갑자기 멈추었다. 눈 깜짝할 사이에, 니뮤에는 불꽃을 꼼짝 못하게 했다. 그러더니 자신의 손바닥을 나를 향해 마구 흔들었다. 그러자 번개 같은 불빛이 번쩍 허공을 가로질러 내게로 곧장 날아왔다. 나는 고개를 숙였다. 화살은 내 머리 위를 스치듯 지나가, 거칠게 조각한 기둥 한 귀퉁이를 날려 버렸다. 돌기둥에 붙어 있던 덩굴이 시들어 재가 되었다.

니뮤에가 나를 노려보았다. 약간 당황해하는 눈치였다.

"그게 최선이냐, 같잖은 녀석아? 저런, 정말 안됐구나. 넌 좀 더 잘하는 방법을 배울 시간을 못 갖게 될 테니까."

나는 화가 치밀어 올라, 지팡이를 마구 휘두르며 니뮤에를 향해 돌진했다. 니뮤에는 그저 숨을 한번 쉴 뿐이었다. 그러자 거대한 벽과 같은 공기가 내게 몰려와, 나를 이끼 낀 관목의 덤불로 내동댕이쳤다. 나는 나뭇가지 사이를 날아, 물웅덩이 끝자락에 있는 죽은 버드나무 나무등치에 쿵 부딪쳤다. 내가 늪지 속으로 빠지는 순간, 부러진 잔 나뭇가지들이 내 위로 비처럼 우수수 쏟아져 내렸다.

나는 힘없이 고개를 들었다. 니뮤에는 고블린 전사 둘을 가리키며 사납게 명령을 내렸다.

"사슴 계집애 없애 버려. 너희들 맘대로 해도 좋아. 하지만 이 녀석은 내게 넘겨."

칼 한 쌍을 들어 올리는 모습이 보였다. 즉각, 니뮤에의 머리와 나부끼는 검은 머리카락만 보일 뿐이었다. 니뮤에의 웃음이 점점 커져갔다. 니뮤에는 계속 다가왔다. 나는 더듬더듬 손으로 나무에 몸을 지탱하고, 후들거리는 다리로 버둥버둥 몸을 일으켜 세웠다. 불쑥, 내 신발이 벗겨져 나가고, 나는 물웅덩이 속으로 철퍼덕 빠졌다.

"불쌍한 녀석, 내가 네 불편함을 끝내주지."

니뮤에가 야비하게 속삭였다. 이제 거의 내 코앞까지 다가왔다.

나는 가까스로 거름 웅덩이 안에서 무릎을 꿇고 앉을 수 있었다. 찐득찐득한 분비물이 내 목과 팔을 타고 줄줄 흘러내렸다. 하지만 나는 단호하게 말했다.

"넌 절대 이길 수 없어. 절대로."

니뮤에가 눈을 가늘게 뜨며 잔인한 표정을 지었다. 천천히, 니뮤에는 한쪽 팔을 들어 올리더니, 굽은 손가락으로 내 가슴을 겨누었다.

"아, 애송이 마법사, 넌 이제 끝났어. 완전히 끝났다고. 내가 벌써 이겼단 말이다."

니뮤에 목에서 낄낄 웃음소리가 흘러나왔다.

"그리고 흠, 네가, 네 늙은 몸으로 내게 가르쳐준 바로 그 주문을 익혀서 내가 이겼다는 건 정말 기막힌 아이러니 아니니?"

니뮤에가 손가락을 쫙 폈다.

"네 시간은……"

쿵.

바위보다도 거대한 것이 하늘에서 떨어졌다. 그것은 니뮤에 뒤로 곧장 떨어지며, 진흙과 부스러기를 사방으로 엄청나게 날렸다. 니뮤에는 꺅 날카롭게 비명을 내지르며 나를 향해 굴렀다. 검댕이 파도처럼 우리 둘 위로 밀려왔다.

나는 진창에서 머리를 빼내며, 니뮤에를 흘끗 바라보았다. 니뮤에는 늪지의 찐득찐득한 분비물을 뚝뚝 흘리고 있었다. 함부로 욕설을 퍼부으며, 몸을 빼내려 안간힘을 썼다. 갑자기, 거대한 머리통 하나가 보였다. 빛나는 오렌지색 세모난 눈이 나를 내려다보고 있었다. 자주색과 보라색 비늘이 얼굴 전체에 덮여 있었다. 단, 바람에 날린 깃발처럼 돌출되어 나온 기다란 푸른색 귀만 빼고.

"귀니아!"

나는 귀니아의 커다란 코에 팔을 두르며, 귀니아의 얼굴에 내 얼굴을 가져다 댔다. 그러고는 고블린 전사들을 손으로 가리켰다. 놈들은 그 자리에 털썩 주저앉았다.

"이제 할리아를 구해줘! 저기야!"

귀니아는 천둥처럼 으르렁거리며 몸을 휙 돌렸다. 귀니아의 꼬리가 채찍처럼 휙 날카롭게 울려 퍼졌다. 그러고는 쓰러져 꼼짝도 않는 할리아 근처의 고블린 전사를 내리쳤다. 고블린 전사는 곧장 거울을 향해 날아갔다. 순식간에, 거울이 산산조각 나며, 시커먼 빛을 뿜었다. 시간의 땅에 있는 바닥 모를 구멍처럼, 거울은 고블린 전사를 완전히 집어삼켜 버렸다. 와장창 깨지는 소리가 사라지기도 전에, 거울 표면이 다시 일그러지며, 예전에 그랬던 것처럼 구름으로 소용돌이쳤다.

한편, 용은 호리호리한 목을 할리아를 향해 쭉 내밀었다. 낑낑거리며, 귀니아는 친구의 몸을 코끝으로 쿡쿡 찔렀다. 가죽 날개가 등 뒤에서 초조하게 펄럭거렸다. 하지만 할리아는 꼼짝하지 않았다. 아무 소리도 내지 않았다.

나는 비틀비틀 물웅덩이 밖으로 나왔다. 지팡이를 다시 찾아 들고, 니뮤에를 노려보았다. 니뮤에는 머리카락에 달라붙은 진흙 덩어리와 잔가지를 떼어내면서 자기 머리카락까지도 뜯어내고 있었다. 나를 보자, 분노의 소리를 내지르며 팔을 마구 휘둘렀다. 활활 타는 불덩이가 손에서 피어나, 녹은 용암처럼 공기를 불태웠다. 니뮤에는 "불꽃에 타 죽어라, 이 무례하고 아니꼬운 마법사야!"라고 소리치며, 뒤로 물러나 불덩이를 나를 향해 내던졌다.

불덩이가 나를 향해 쉭쉭 소리를 내며 날아왔다. 그 열기 때문에 내 두 뺨의 상처가 따끔거렸다. 나는 가까스로 지팡이를 들어 올렸다. 지팡이에, 무엇이 되었든 나는 내가 모을 수 있는 힘을 보냈다. 그것이 날 보호해주기를 기대하면서……. 충돌의 순간, 울퉁불퉁한 손가락 같은 불꽃이 지팡이 머리에서 튀어나왔다. 불꽃은 활활 타오르는 불덩이를 감싸, 근처의 이탄 언덕으로 빗나가게 했다. 불꽃의 벽이 굉음을 내며 위로 솟구치면서 그 자리에 있는 갈대, 이끼, 부러진 나무뿌리를 마구 집어삼켰다.

귀니아는 할리아가 아무런 움직임이 없자 마구 화를 냈다. 발톱만큼이나 가느다란 보라색 혓바닥으로 친구의 얼굴을 부드럽게 핥았다. 할리아의 팔이 꿈틀거리는 듯했다. 그러고는 다시 힘없이 툭 떨어졌다. 팔이 저절로 올라간 것인지, 나는 알 수 없었다.

"전사들! 저 녀석들을 모조리 죽여 버려라. 지금 당장!"

니뮤에가 소리쳤다. 니뮤에는 웅덩이에서 터벅터벅 걸어 나왔는데, 아직도 헝클어진 머리카락을 잡아당기고 있었다.

고블린 전사들은 미친 듯이 으르렁거리며, 우리를 향해 달려들었다. 몇몇은 묵직한 창, 칼, 도끼를 휘두르며, 귀니아에게 돌진했다. 다른 둘은 내게 뛰어왔다. 나는 놈들의 치명적인 칼날을 피하는 것 말고는 할 수 있는 게 없었다. 그러면서도 나는 할리아에게 가까이 다가가려 애썼다. 한쪽에서, 귀니아가 꼬리를 허공에 가르며, 쓰러진 친구를 고블린 전사들로부터 보호하고 있었다. 다른 한쪽에서, 니뮤에가 타오르는 불덩이를 다시 내게

던질 준비를 하고 있었다.

칼이 내 머리 바로 위, 허공을 갈랐다. 창은 내 신발 바로 옆 진창에 박혔다. 이제 나는 아치 길의 검게 그을린 기둥까지 물러섰다. 아주 잠깐, 안개 속으로 뛰어들어 도망가 버릴까 하는 생각이 들었다. 하지만 할리아를 남겨두고 갈 수는 없었다. 니뮤에의 웃음이 그 모든 소음 위로 도드라졌을 때, 팔꿈치 위에 빨간색 완장을 찬 거대한 고블린 전사 한 놈이 내 앞에 섰다. 놈은 헉헉 숨을 몰아쉬며 고함을 치더니, 전투용 도끼 두 개를 내 머리를 향해 휘둘렀다.

나는 머리를 숙이지 않고, 녀석이 전혀 예상하지 못한 행동을 했다. 나는 기둥을 발판삼아 녀석을 향해 튀어 올랐다. 내 가슴이 고블린 전사의 어깨에 쿵 부딪치자, 강철판이 떨어져 나갔다. 도끼 하나가 기둥에 부딪치며, 허공에 불꽃을 일으켰다. 두 번째 도끼는 또 다른 고블린 전사의 등에 박혔다. 그러는 사이, 나는 속절없이 늪지 풀밭을 데구루루 굴렀다.

마침내, 나는 멈추었다. 머리가 핑핑 돌았다. 나는 용의 꼬리 아래 있었다. 비늘 덮인 꼬리의 그림자가 내 위를 지나갔다. 용이 우리를 공격한 녀석 한 놈을 향해 꼬리를 휘둘렀다. 하지만 나는 용이 싸우는 모습을 더 이상 지켜보지 않았다. 왜냐하면 내 관심은 그 옆에 축 늘어져 있는 할리아에게로 향했으니까. 나는 할리아 옆으로 기어가, 할리아의 머리를 내 쪽으로 돌렸다.

"할리아……."

할리아가 힘없이 두 눈을 떴다. 갈색의 깊은 눈동자, 그리고 그 안의 불꽃을 다시 보자, 내 심장이 마구 뛰었다. 하지만 불꽃은 희미하게 타며 흔들렸다. 잠시 뒤, 할리아의 눈이 다시 한번 감겼다. 나는 내가 불러낼 수 있는 힘을 모두 내 팔, 손, 그리고 할리아의 손으로 쏟아부었다.

흘러가라, 내 힘아! 할리아를 내게 다시 돌려줘!

나는 할리아가 움직이기를, 한 번이라도 숨을 쉬기를 기다렸다. 하지만 아무 일도 일어나지 않았다. 나는 절망에 빠져, 할리아의 어깨를 마구 흔들었다. 여전히 아무 일도 일어나지 않았다. 할리아는 거기 그대로 누워 있었다. 얼어 버린 내 심장처럼 꼼짝하지 않았다.

불현듯, 할리아가 살짝 떨며 숨을 헐떡였다. 그러더니 눈을 다시 떴다.

"젊은 매, 돌아왔구나."

할리아가 힘겹게 말했다.

내가 뭐라 대답하기도 전에, 니뮤에의 목소리가 늪지대를 뒤흔들었다.

"죽어라, 너희 모두!"

여자 마법사가 이글이글 타오르는 불덩이를 우리를 향해 날렸다. 할리아가 그 모습을 보며 내 팔을 꽉 잡았다. 동시에, 나는 귀니아 얼굴에서 끔찍한 표정을 보았다. 고블린 전사들에 둘러싸여, 귀니아는 더 이상 놈들을 막을 수 없었다. 고블린 전사들은 점점 더 다가왔다. 놈들이 귀니아 목의 비늘을 치고, 눈을 찌르고, 출렁이는 배를 베었다. 귀니아는 분명 곧 쓰러질 거다.

니뮤에가 팔을 활짝 열었다. 니뮤에의 손에서 활활 타오르는 불덩이가 나왔다. 불덩이는 불꽃을 토하며, 우리를 향해 날아왔다. 점점 더 가까이 다가왔다. 이번에는 그것을 쐬할 시팡이가 내게 없었다. 나는 몸으로 할리아의 몸을 막으려 했다.

그 순간, 뭔가가 물안개 밖으로 튀어나왔다. 허공을 가르며, 어둠의 가느다란 흔적을 남겼다. 그것은 우리 바로 앞 불덩이와 부딪치며 갑작스레 섬광을 일으켰다. 그러고 나서 불덩이가 사라졌다.

니뮤에가 입을 쩍 벌린 채 노려보았다. 고블린 전사들 또한 뭔가 잘못

되었다는 걸 직감했다. 놈들은 여전히 무기를 휘둘러댔지만, 머뭇거리며 걱정스러운 표정으로 서로를 바라보았다. 그중 둘이 뒤로 물러나며, 용에게서 멀어졌다. 그 순간, 주변 늪에서 한 무리의 모습이 나타나 우리를 빙 둘러쌌다.

늪지 유령! 대부분은 그저 모호하게 흔들리는 모습에 불과했다. 물안개 안에서 떠다니는 껌뻑거리는 눈동자로 보일 뿐이었다. 하지만 늪지 유령이 틀림없었다. 그 중 많은 수가 큼지막한 활을 들고 있었다. 거기에는 시커먼 화살이 메겨 있었다. 죽음의 화살!

붉은색 완장을 찬 거대한 고블린 전사가 사납게 으르렁거렸다. 가장 가까이 있는 늪지 유령에게 발걸음을 옮겨, 전투용 도끼를 머리 위로 휘둘렀다. 즉각 화살 세 개가, 어둠속의 리본처럼 흔적을 남기며 고블린 전사의 가슴을 꿰뚫었다. 고블린 전사는 거름 안에 얼굴을 처박고 고꾸라지고는 다시 움직이지 않았다.

니뮤에는 분노로 치를 떨며, 늪지 유령들을 향해 뚜벅뚜벅 걸어갔다. 소리 없는 명령에 따라, 다수의 늪지 유령들이 움직이며, 곧장 니뮤에를 향해 화살을 겨누었다. 니뮤에는 몸이 굳은 채 유령들을 노려보았다. 분노를 애써 참으며 어깨에 두른 은빛 망토를 매만졌다. 드디어, 니뮤에가 긴장한 목소리로 말했다.

"자, 자, 내 오랜 친구들. 설마 나한테 해코지를 하려는 건 아니겠지, 안 그래?"

대답으로, 늪지 유령들은 활시위를 당겼다. 이미 창백해진 니뮤에의 얼굴은 더욱 창백해졌다. 긴장의 순간이 지나고, 니뮤에가 다시 말했다. 우호적인 태도가 180도 싹 달라졌다.

"나를 그렇게 쉽게 이길 수 있다고 정말 생각하는 거야? 너희는 이 배

317

신에 대해 분명 대가를 치르게 될 거야, 안 그래? 억겁의 시간 동안 고통을 받으면서 말이야! 내 힘이 완전히 회복될 때까지 기다리기나 해! 내가 너희에게 줄 고통에 비한다면 너희가 예전에 찼던 쇠사슬은 차라리 감지덕지 여기게 될 테니까."

니뮤에가 두 주먹을 불끈 쥐며 고함쳤다.

늪지 유령 몇몇은 망설이는 것 같았다. 그 중 두셋은 활을 아예 내렸다. 하지만 나머지는 활에 화살을 메긴 채, 여자 마법사를 똑바로 바라보았다. 그런데 니뮤에가 악다구니를 치는 동안, 천천히 손을 들어 올려, 할리아와 내가 앉아 있는 곳을 겨누는 걸 알아차린 늪지 유령은 아무도 없었다. 불현듯, 니뮤에의 쭉 뻗은 손가락 끝에서 붉은빛이 나타나는 걸 나는 알아차렸다.

"조심해! 니뮤에가 우리를 공격하고 있어!"

내가 소리쳤다.

"너무 늦었어, 애송이 마법사. 이제, 내 예전 동맹들, 너희의 충성을 시험할 것이다. 안 그래, 응? 내 말 잘 들어, 왜냐하면 나는 딱 한 번만 말할 테니까. 이제 무기를 내려놔, 그러면 해를 끼치지 않겠어. 내가 약속하지. 내가 원하는 건 내게 커다란 손해를 입힌 저 두 암살자의 목숨뿐이다."

니뮤에가 늪지 유령에게서 몸을 돌리지도 않고 내뱉었다.

니뮤에는 잠시 말을 멈추고, 한 번 더 강조했다.

"아니면, 너희는 괜한 고집을 부려 나를 공격해도 좋아. 하지만 만약 그랬다가는, 내가 경고하는데, 너희의 마법사 친구와 그 계집애한테 불꽃 맛을 실컷 보여주마."

니뮤에의 손가락 끝에서 연기가 피어오르며, 허공에서 찍찍 타들어갔다.

"어쩌면 저 둘을 전부 죽일 정도로 나한테 운이 안 따를 수 있겠지. 그래도 적어도 저 중 하나는 확실히 죽여줄게. 그건 내가 장담할 수 있어."

할리아와 내가 꼼짝 않고 앉아 있는 동안, 함께 모여 있던 늪지 유령들에게서 나지막한 웅성거림이 터져 나왔다. 나는 마음속으로, 그것이 무엇이든, 내가 할 수 있는 걸 찾아보려 했다. 하지만 공격은 차치하더라도, 조금이라도 내가 움직이면, 분명 니뮤에가 자신의 불꽃을 내뿜을 게 뻔했다. 니뮤에는 할리아와 나를 불태워 버릴 거다. 나는 귀니아도 나와 똑같은 끔찍한 결론에 이르렀음을 알 수 있었다. 눈에는 고통이 이글거렸지만, 귀니아는 날개를 등에 딱 붙인 채 꼼짝 않고 가만히 있었다.

얼마나 지났을까? 늪지 유령들이 다시 조용해졌다. 늪지 유령들의 빛나는 눈동자가 희미한 안개 사이로 번득였다. 안개는 유령들의 이리저리 흔들리는 모습 주위로 깔려 있었다. 여자 마법사는, 나랑 마찬가지로, 늪지 유령들이 퇴각해서 자신이 목숨을 구할 거라 예상했지만, 늪지 유령들은 꼼짝하지 않았다. 분명, 니뮤에의 결의를 시험해보기로 결정한 것 같았다. 그리고 그 과정에서 내 목숨과 할리아의 목숨을 구해보기로……

니뮤에의 얼굴에 경련이 일었다. 손가락에서 씩씩 소리가 흘러나오더니, 위로 가느다란 연기를 흘려 보냈다. 나는 할리아의 손을 꽉 잡았다. 내 마음은 탈출할 방법을 찾느라 분주히 움직였다.

내 옆으로 뭔가가 살짝 떨리는 게 보였다. 내 그림자! 그 순간, 나는 그림자에게 조용히 명령을 내렸다.

만약 네가 다시 나를 무시하지 않는다면, 넌 지금 움직여야 해! 지금 가. 네가 할 수 있다면, 저 여자를 막아!

그림자는 주저하는 듯했다. 몸집이 살짝 줄어들었다. 그러더니, 잽싸게 뛰어가는 늑대처럼, 내게서 펄쩍 뛰쳐나가 여자 마법사를 향해 돌진해 배를 처박았다.

니뮤에가 날카롭게 비명을 지르며, 뒤로 비틀거렸다. 이글거리는 불꽃 덩어리가 손가락에서 튀어나와, 칙 소리를 내며 죽었다. 니뮤에가 균형을 잡기 전에, 내가 직접 니뮤에한테 뛰어들어 있는 힘껏 밀쳤다. 니뮤에는 뒤로 자빠지며, 돌기둥에 쿵 부딪쳤다. 거울 표면에서 안개가 손가락처럼 뻗어 나오더니 니뮤에를 움켜잡았다. 니뮤에는 안개를 떨쳐내려 버둥거리며 몸을 배배 꼬았다. 거울 표면이 갑자기 딱딱한 검은 판으로 부서졌다. 이내, 니뮤에는 두 팔을 허우적거리며, 거울에 비친 자신의 시커먼 모습을, 그리고 그 너머에 있는 무언가를 노려보았다.

"안 돼!"

니뮤에가 소리쳤다. 그러고는 거울 속으로 떨어졌다. 거울 깊숙한 곳으로 사라졌다. 니뮤에의 마지막 비명이 그 박살나는 소리 속으로 스며들었다. 그 박살나는 소리 또한 희미해져 갔다.

니뮤에의 달콤한 향기가 사라지는 동안, 한동안 누구도 꼼짝하지 않았다. 이윽고, 환호성이 한꺼번에 터져 나왔다. 처음에는 할리아와 내게서, 그러고는 귀니아에게서(귀니아는 또 꼬리로 땅을 두드려대며, 사방으로 진흙을 흩날렸다.), 그리고 마침내 늪지 유령들에게서…… 늪지 유령들의 목소리가 으스스한 신음으로 커져갔다.

마침내 환호성이 잦아들었을 즈음, 남아 있던 고블린 전사들은 무기를 슬며시 내려놓았다. 천천히, 아주 천천히, 빙 둘러 있던 늪지 유령들이 흩어졌다. 처음에는 주저하며, 열린 틈 사이로 움직였다. 잠시 뒤, 고블린 전사들은 늪지대로 뿔뿔이 달아났다. 놈들의 묵직한 신발이 진흙 바닥을 쿵쿵 두드려댔다.

늪지 유령들은 잠시 동안 서서, 시커멓게 어른거렸다. 그러더니, 처음 나타났을 때처럼 재빨리, 물안개 속으로 녹아들며 자취를 완전히 감추었다. 오직 텅 빈 화살의 흔적만이 남아서, 오래된 아치 길 옆 허공에서 낙서하듯 이리저리 춤을 추었다.

나는 할리아를 부둥켜안았다. 늪은 이상할 정도로 고요했다. 나와 할리아, 그리고 귀니아가 숨 쉬는 소리만 들렸다. 우리가 살아남았다는 사실이 믿기지 않았다.

그런데 고요 속에서 새로운 소리가 일었다. 그 소리는 근처 어딘가에서 흘러나왔다. 비록 그 소리가 아주 잠깐 이어졌지만, 그것은 목소리 같았다. 거의…… 고양이가 기분 좋게 가르랑거리는 소리 같았다.

27
그들 자신의 이야기

내가 할리아 옆에 앉아 있을 때, 늪지대의 물안개가 우리를 빙 둘러 쌌다. 방금 전까지 늪지 유령들이 그랬던 것처럼……. 그런데 갑자기 무 언가 내 등을 세게 찔렀다. 돌아보니 귀니아가 있었다. 귀니아의 불같은 눈동자가 우리를 향했다.

할리아는 떨리는 손을 들어 올려 용의 커다란 코를 쓰다듬었다.

"너 정말 잘했어, 친구. 비록 네가 아직 불을 뿜어내지는 못하지만, 넌 진짜 용처럼 잘 싸웠어. 그래, 너희 용 종족의 어머니도 널 자랑스러워 할 거야."

귀니아는 당황한 듯 고개를 가로저었다. 눈 밑의 자그마한 보라색 비 늘이 자수정처럼 빛났다. 팔랑거리는 귀가 어깨에 부딪치며 우리에게 진흙을 뿌려댔다. 할리아는 웃으며 턱에서 진흙 덩어리를 떼어냈다. 그 러더니 갑작스럽게, 뒤돌아 그걸 내 머리에 던졌다. 진흙 덩어리는 정확 히 내 관자놀이에 떨어졌다.

"늦게 온 벌이야."

할리아가 큰 소리로 말했다.

내가 뭐라고 미처 변명하기도 전에, 할리아는 내 얼굴을 자기 얼굴로 끌어당겼다. 암사슴 같은 눈동자가 나를 한동안 유심히 살펴보았다. 이윽고 내 입술에 부드럽게 입을 맞추었다.

"그리고 이건 내게 돌아와준 상이야."

나는 깜짝 놀라 입술을 달싹거리며, 주춤주춤 물러났다.

"너…… 음, 나…… 어, 그건……."

"있잖아, 내가 너한테 말하고 싶었던 거 있다고 했는데 기억나? 음, 이제 말할게."

할리아가 마침내 말했다.

나는 변명은 그만두고 활짝 웃었다.

할리아는 갑자기 생각에 잠기어, 주변 늪지대를 훑으며, 솟아오르는 물안개가 휘감기는 모습을 지켜보았다. 손가락으로 우리 옆, 진흙과 흩어져 있는 재를 만졌다. 그건 니뮤에가 던진 불덩이가 남긴 재였다.

"웬일인지, 젊은 매, 나는 네가 제때에 나를 도와주러 올 거라는 걸 알고 있었어. 하지만 늪지 유령은 어떻게 된 거야? 늪지 유령이 나타나서 깜짝 놀랐어."

나는 고개를 끄덕였다.

"니뮤에도 깜짝 놀랐겠지."

"나는 늪지 유령이 다른 종족을 도와주기 위해서 뭔가를 했다는 말을 들어본 적이 없어. 남자든 여자든 가리지 않고 말이야. 심지어 용서하는 것으로는 둘째가라면 서러워할 우리 종족조차도 늪지 유령은 절대 용서하지 않아. 늪지 유령에 대한 우리의 이야기는 모두, 예외 없이, 공포로 끝나거든."

할리아는 엉킨 머리 타래를 손가락으로 빗어 넘기기 시작했다.

하지만 이내 진흙이 잔뜩 묻은 머리카락 손질을 포기한 듯, 빗질을 멈추고 나를 골똘히 쳐다보았다.

"내 생각에, 결국 네가 우리 아빠의 열쇠로 제대로 해낸 것 같아. 어쩌면 그것이 오늘 이후에 상당한 영향을 미칠 거야. 그것 때문에 늪지 유령을 바꾸어놓을 거야. 적어도 약간은."

"어쩌면 그럴지도. 그걸 알기는 쉽지 않겠지."

내가 대답했다.

나는 돌 아치 길을 돌아보며, 그 안에 있는 거울을 생각했다. 변하는 내 모습 아래, 안개의 구름이 얼키설키 뭉쳤다가, 휘몰아치고, 굳어지며, 무한한 모습과 통로를 만들어냈다. 내가 지켜보는 동안, 내 자신의 이미지가 천천히 사라지고, 그 대신 다른 것이 나타났다. 나는 그것이 내 얼굴과는 다르지만 분명 얼굴이라는 걸 깨달았다. 그것은 남자의 얼굴이었다. 그 남자의 흐르는 듯한 턱수염이 안개로 녹아들었다. 무척 늙고, 엄청 현명하고, 슬픔과 고통과 오랜 갈망이 가득 찬 얼굴. 그러면서도 희망의 기운이 묻어 있었다. 내가 그 얼굴을 뚫어져라 바라보는 동안, 한순간 그 얼굴도 나를 바라보는 것 같았다. 그러고는 그 얼굴은 바람에 날린 구름처럼 사라졌다.

나는 가죽 가방을 향해 손을 움직였다. 안으로 손을 뻗어, 씨앗을 만졌다. 자그마하고 둥근 씨앗은 살아 있는 심장처럼 맥박이 뛰었다. 그 씨앗은, 언젠가, 뭔가 놀라운 것으로 싹을 틔울 것이다.

나는 할리아를 돌아보며, 생각에 잠겨 말했다.

"늪지 유령에 대한 네 말이 맞을 수 있어. 사람들은 늪지 유령 이야기를 엄청 많이 하지. 그리고 항상 할 거야. 하지만 늪지 유령에게도 자신의 이야기를 직접 쓸 시간이 있어. 자신의 선택으로, 자신의 결말로……."

나는 깊게 숨을 쉬었다.

할리아는 아치 길을 손으로 가리켰다.

"네가 저 안에서 보았던 것들을 모두 언젠가 말해줄 거지?"

"아니, 전부는 아니야. 하지만 한 가지는 말해줄게. 가장 중요한 거. 그것은 거울이었어. 빛이 전혀 필요 없는 거울."

나는 할리아의 손을 잡았다.

내 말에, 할리아의 얼굴이 환해졌다.

"거울에서 뭘 봤는데?"

"음, 여러 가지, 그리고 그 중에, 마법사도 있었어. 그래, 내가 언젠가 될 마법사. 그것이 내 운명이기 때문이 아니라, 그것이 나이기 때문이지. 같은 피와 살로 만들어진, 나랑 같은 나, 네가 지금 여기서 보고 느끼고 있는 나."

나는 내 가슴을 톡톡 두드렸다.

바닥에서 뭔가 움직이는 게 흘끗 보였다. 나는 몸을 돌려 내 그림자를 바라보았다. 그림자는 뭔가를 결심한 듯 고개를 절레절레 저으며 나를 지켜보고 있었다. 나는 얼굴을 찡그려 보이려다 그만두었다. 대신, 천천히 고개를 끄덕이며 말했다.

"그리고 똑같은 그림자로 만들어졌지."

시커먼 그림자가 얌전해졌다. 적어도 잠시 동안은…….

갑자기, 가까운 이탄 언덕에서 쿵 하는 소리가 들렸다. 뭔가를 빨아들이는 소리가 이어지고, 그 물웅덩이 끝자락에서 울퉁불퉁한 잔디 덮개가 올라왔다. 덮개 아래에서 수염이 더부룩한 둥근 머리 하나가 나타났다. 틀림없었다.

밸리맥이 뭔가를 말하려 했다. 그런데 용을 보고는 깜짝 놀라 헐떡거렸다. 밸리맥은 한참 동안 우리를 지켜보며, 초조한 듯 수염을 잡아당겼다. 그러다 드디어 입을 열었다. 목소리가 쩌렁쩌렁했다.

"불결한 인간괴물, 항상 거름을 긁어 씻어내야 한다니까."

할리아의 눈동자가 반짝였다. 마치 우리가 한때 그 안에서 목욕했던 바로 그 액체의 빛처럼 환하게.

"그거 정말 엄청 좋겠는걸."

할리아가 말했다.

-4권 끝-

멀린4 운명의 거울

1판 1쇄 인쇄 2020년 7월 5일
1판 1쇄 발행 2020년 7월 15일

지은이 | 토머스 A. 배런
펴낸이 | 김영곤
펴낸곳 | (주)북이십일 아르테
오리진사업본부 본부장 | 신지원
미디어믹스팀 | 장현주 원보람 김가람
교정교열 | 쟁이랩_JANGYLAP
마케팅팀 | 황은혜 김경은
해외기획팀 | 장수연 이윤경
영업본부 이사 | 안형태
영업본부 본부장 | 한충희
문학영업팀 | 김한성 이광호
제작팀 | 이영민 권경민

출판등록 | 2000년 5월 6일 제406-2003-061호
주소 | (우 10881) 경기도 파주시 회동길 201(문발동)
대표전화 | 031-955-2100 **팩스** | 031-955-2151
이메일 | book21@book21.co.kr

(주)북이십일 경계를 허무는 콘텐츠 리더

아르테팝 채널에서 도서 정보와 다양한 영상자료, 이벤트를 만나세요!
페이스북 facebook.com/21artepop   트위터 twitter.com/21artepop
인스타그램 instagram.com/21artepop   홈페이지 artepop.book21.com

ISBN 978-89-509-8929-3 04840
책값은 뒤표지에 있습니다.